KB050502

운수 대통령

운수 대통령 5

초판 1쇄 인쇄일 2016년 3월 23일 | **초판 1쇄 발행일** 2016년 3월 28일

지은이 송근태 | **펴낸이** 곽중열 | **담당편집 팀장** 이범수
편집부 신연제 이윤아 김은경 홍현주

펴낸곳 (주) 조은세상 | 출판등록 제 2002-23호
주소 경기도 연천군 미산면 청정로 1355
TEL 편집부 02)587-2966 | FAX 02)587-2922
e-mail bukdu@comics21c.co.kr

ISBN 979-11-5832-499-5 | ISBN 979-11-5832-394-3(set) | 값 8,000원

운수 대통령

송근태 현대 판타지 장편소설

NEO MODERN FANTASY STORY

5

(주)조은세상

N E O   M O D E R N   F A N T A S Y   S T O R Y

첫 번째 이야기 – AG명품 음식 … 7

두 번째 이야기– 나의 작은 텔레비전 … 83

세 번째 이야기 – 복잡한 관계 정리 … 161

네 번째 이야기 – 오뚝이 … 223

다섯 번째 이야기 – 결혼 … 295

송근태 현대 판타지 장편소설

첫 번째 이야기
AG명품 음식

운수대통령

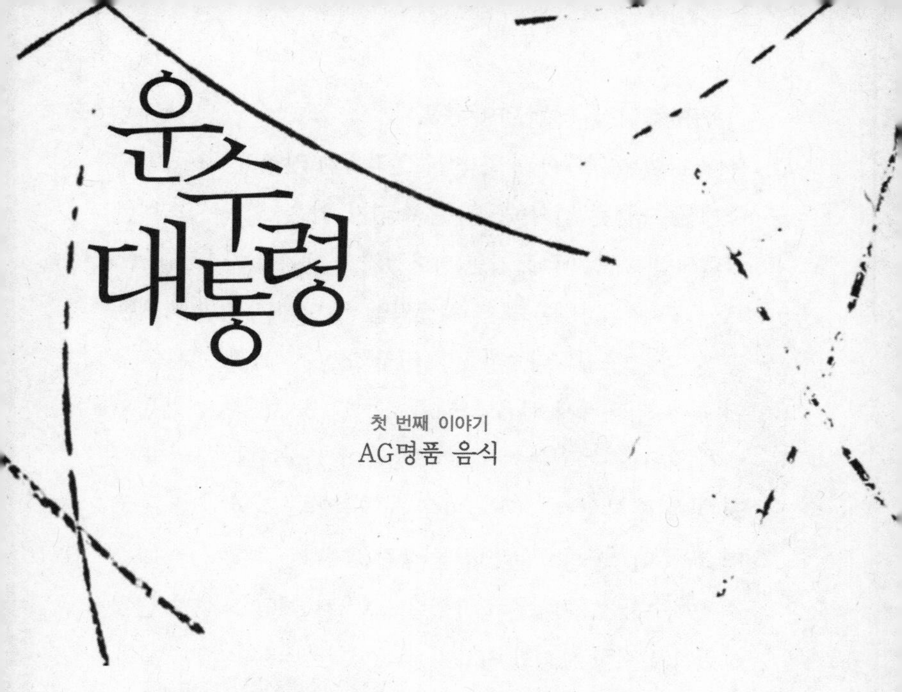

첫 번째 이야기

AG명품 음식

사업의 보증수표 최창수.

그 별호 덕분에 투자자는 금방 모였다.

스무 명의 금손 투자자와 다섯 명의 요식업 종사자들.

투자금에는 제한을 걸지 않았다. 더 많이 투자하면 차후 더 많은 보상을 돌려주겠다고 약속만 했다.

그리고 총 50억의 투자금이 생겼다.

“투자자 여러분들, 먼 곳까지 오느라 고생하셨습니다.”

앤젤 쇼핑몰 회의실.

최창수가 투자자에게 말했다.

“오늘 소집을 요청한 이유는 다름 아니라 진행상황을 알려드리기 위함입니다.”

투자자 모집 후 두 달이 흘렀다.

그 사이 투자자에게 한 번도 연락하지 않았다. 그들이 도중에 투자금은 반환해달라는 소리가 안 나오도록 최대한 그럴싸한 모습이 나오기를 기다렸기 때문이다.

"프로젝터 영상을 보면 알겠지만, 이번에 개업할 가게는 총 열 다섯 곳입니다. 열 곳은 전국 도심가, 그것도 가장 목이 좋은 자리에서 문을 엽니다. 이 열 곳은 저소득계층도 쉽게 찾아올 수 있는 가게로 구성되어 있습니다. 나머지 다섯 곳은 흔히 돈이 오고간다는 이태원이나 강남 홍대 등등에 고급 레스토랑으로 개점할 생각입니다."

최창수가 컴퓨터를 조작했다. 그러자 해당 도심가 근처 상권을 철저히 분석한 자료가 떠올랐다.

투자자들의 감탄사가 터졌다.

여태껏 많은 투자를 했지만 그 어느곳도 이만큼 상세한 적은 없었으니까.

"고급 레스토랑을 제외하고는 현재 인테리어 작업만 남았습니다."

"오픈은 같은 날 하나요?"

"아뇨. 한 푼이라도 더 빨리 벌어야 여러분들에게 돈을 돌려드리겠죠?"

싱긋 웃은 최창수가 계속 말을 이어갔다.

아무리 늦어도 2개월 안으로 모든 직영점을 오픈할 예정이고, 조금 여유로워도 괜찮지 않냐는 질문에 최창수는 걱정하지 말라고 했다.

실제로 걱정할 필요는 없었다.

이미 한 번 성공한 사업 아이템이 그에게는 있었고.

결정적으로 인사 및 음식에 자신이 관여할 생각이었으니까.

'할인 쿠폰 시스템은 일반 음식점에서만 사용하자. 고급 레스토랑은 말 그대로 고급스럽다는 느낌을 줘야 하니까.'

컴퓨터를 조작해 경영주 지원서를 펼쳤다.

"자, 이제 네가 활약할 때다."

최창수가 운수 대통령을 실행해 오늘의 운세를 확인했다.

〈행운의 아이템 : 85만 원 이상의 흰색 노트북〉

〈행운의 색깔 : 흰색이 섞인 검은색〉

〈행운의 장소 : 인구수 40명 이상의 번화가 바닥〉

"번화가는 뭐냐?"

무리 있는 장소에 쓴 소리가 나왔지만 운수 대통령의 운세를 거스를 수는 없었다. 최창수는 회사를 돌며 직원에게 행운의 아이템과 색깔을 충족하고, 바로 차를 타고 번화가로 가려고 했다.

"대표님."

그때였다.

1층 로비에서 이소영과 마주쳤다.

"어, 그래 소영이. 요 며칠은 제대로 대표님이라 부르네, 마음에 든다."

"잔소리도 이제는 지겹더라고요. 그보다 부탁하신 거 찾아왔어요."

이소영이 자신의 몸통만한 전단지를 활짝 펼쳤다.

내용은 간단했다.

얼마 후에 개점할 고급 레스토랑과 이벤트로 연계할 만한 명품의류 디자인을 받는다는 내용이었다. 참가는 누구나 가능, 1등 상금이 무려 3천만 원이었고 원하면 앤젤 쇼핑몰 입사도 가능하다.

"오, 깔끔하게 잘 뽑혔네. 소영이가 이런 것도 잘 할 줄은 몰랐어."

"엣헴! 디자이너니까요. 디자인 관련된 건 전부 잘 할 수 있어요. 그런데요 대표님, 우리도 이제 명품 상품 진출하는 거예요?"

"그렇지. 지금까지는 중소기업이었고, 그 이점을 살려서 박리다매를 추구해왔지만 이제는 대기업이 되니까. 명품이 있어야만 금수저 고객 사이에서 오르락내리락하면서 더 빨리 이름을 알리지 않겠냐?"

"1년 사이에 의류 말고 다른 제품도 검토해서 선보일 생각이니까 직원들에게 미리 귀띔해 줘."

"옛설! 명을 받들겠습니다!"

경례를 한 이소영이 다다닥 바로 엘리베이터를 향해 뛰어갔다.

"귀엽기는."

회사에 아는 사람이 점점 늘어나니 종종 어디 놀러온 것만 같았다.

···◈···

평일 오전 시간대.

어지간한 번화가는 한적할 시간이지만, 이 시간에도 떠들썩한 번화가가 딱 한 곳 있다.

바로 홍대.

'여기는 언제와도 인파가 장난 아니네.'

노트북을 사용할 만한 자리를 찾으며 주변을 둘러봤다. 드문드문 앤젤 쇼핑몰 의류를 입고 있는 사람이 보였고, 초창기 제품과 함께 걷는 사람도 있었다.

'삽시간에 여기까지 왔네.'

앤젤 쇼핑몰이 여기까지 성장한 나날을 되돌아봤다. 다시 생각해도 뿌듯하고 많은 일이 있었다.

그 일에서 자신은 언제나 승리를 쟁취했다.

앞으로도 지금처럼만 달리자 생각하면서 최창수가 콘크리트 바닥에 털썩 주저앉았다. 그리고 노트북을 꺼냈다.

"저 사람 뭐야?"

"카페 갈 돈이 없나? 왜 맨 바닥에 앉아서 노트북 사용하지?"

"근데 되게 잘 생겼다. 어디서 본 얼굴이기도 한데?"

잘 생긴 남자가 번화가 거리에 앉아서 일을 하고 있다.

흔치 않은 광경이었고 자연스레 행인들의 수군거림이 귀에 들어오게 됐다. 보통 이런 상황에서는 사람들의 반응이 신경 쓰이고 창피해서 일에 집중하기 힘들다.

'떠들 거면 떠들라지.'

하지만 최창수는 신경도 쓰지 않았다.

'남 시선 신경 쓰면 백날 지나도 성공 못 해.'

스물아홉까지 최창수는 수많은 사람을 만나왔다. 그 중 분명히 어떤 방향에 재능 있는 사람이 많았지만, 다들 남 시선을 신경 쓰느라 잘 하지도 못하는 일을 억지로 하고 있었다.

자신은 절대 그렇게 되지 않을 거라 다짐했고, 만약 주변에 그런 사람이 있다면 자신이 도와줄 생각이었다.

총 백 장의 지원서.

따로 인터넷에 공고하지 않고 지인에게 정보를 퍼트리고 퍼트렸다. 즉, 정말로 앤젤 쇼핑몰과 함께 하고 싶은 경영주만 지원서를 작성했다는 뜻이다.

그 중 열 개를 먼저 읽고, 사다리 타기 프로그램에 1~10까지 숫자를 적고 스타트 버튼을 눌렀다. 귀여운 동물이 사다리를 타고 쭉쭉 내려왔고 바로 결과가 공개됐다.

'3번인가.'

세 번째 지원서를 읽었다.

30대 중반이었고 이미 네 개의 점포를 두고 있는 경영주였다.

'네 곳이면 한 곳 정도는 경영이 나빠도 이상하지 않은데 보내준 매출표는 전부 다 준수하네. 그만큼 관리를 잘한다는 거겠지?'

게다가 이미 치킨집을 경영하고 있다. 지원한 음식도 치킨이니 더 이상 고민할 필요도 없는 일. 합격자 명단에 이력서를 옮기고 같은 작업을 계속해서 반복했다.

'도중에 프로그램이 멈췄네? 음, 이 열 명 중에 뽑을 사람은 없다는 건가?'

그 뜻으로 받아들이고 다시 작업을 재개했다.

그때.

"최창수 씨 맞으세요?"

한 여성이 말을 걸었다. 고개를 든 최창수는 이게 뭔일인가 싶었다.

"뭐 구경났나요?"

자신을 둘러싼 40명의 행인들.

다들 신기한 표정으로 최창수를 바라보거나, 혹은 사진 및 동영상 촬영을 하고 있었다.

"헉! 맞죠? 얼굴 똑같이 생기셨는데!"

"최창수 맞습니다만."

"어쩜! 완전 대박이다, 대박이야!"

"진짜 그 최창수? BJ 맞지?"

"능력 있는 사업가라고 소문났잖아. 사업 준비하는 내 친구가 최창수처럼 되고 싶다고 하던데?"

서로 서로 얘기를 나누던 행인들.

그들의 시선이 일제히 최창수에게 몰렸다.

순간 싸한 느낌이 든 최창수는 다른 곳으로 자리를 옮기려했지만, 마흔 명의 행인을 전부 물리치는 건 불가능이었다.

"사인해주세요!"

"오빠, 이 옷 앤젤 쇼핑몰 건데 옷에다가 사인 부탁드려요!"

"저는 사진이요! 친구들한테 자랑해야지!"

최창수를 아는 사람들은 평소부터 좋아했던 사람을 만나서.

모르는 사람들은 유명인과 인사를 나누고 싶다는 심리 때문에.

어찌됐든 다들 최창수에게 큰 호감을 느낀다는 사실은 똑같았다.

"아! 자, 잠시 만요! 알겠습니다, 해드릴 테니까 한 명씩 오세요!"

업무만큼 중요한 게 고객관리다.

"알아봐주셔서 감사합니다. 앤젤 쇼핑몰 많이 사랑해주세요."

고객의 소원대로 사인을 해주고, 사진을 찍어주고, 원하면 포옹도 해줬다. 그러면서 틈틈이 앤젤 쇼핑몰을 큰 목소리로 언급하면서 사람들의 기억에 각인시켰다.

'아…… 언제까지 해야 하지?'

마흔 명 정도는 금방일 줄 알고 일일이 부탁에 응해줬다.

그 중 누군가가 SNS에 올리기라도 했는지, 아니면 밀집한 인파에 의문점을 갖고 왔는지 사인 및 사진을 요청하는 사람이 좀처럼 줄지 않았다. 그래도 꾸역꾸역 참고 백 명이 넘는 고객을 전부 상대했다.

• • •◈• • •

다른 곳으로 이동할 때마다 사람들이 몰려와 고생은 했지만 어떻게든 일을 끝낼 수 있었다.

그 날.

최창수는 오랜만에 본가로 향했다.

"아들. 엄마가 차려도 되는데 정말 네가 요리하려고?"

어머니가 안절부절못하며 물었다.

"레스토랑 메뉴로 정할 요리 몇 개는 제가 만들어보려고요. 먹고 솔직하게 평가해주세요."

“우리 아들 요리 경험도 별로 없는데 쉐프한테 맡기는 게 좋지 않을까?”

“엄마도 참, 요식업 준비하면서 제가 요리도 안 해봤을 거 같아요? 그리고 자취 경력만 8년이 넘는데 요리도 못 하겠어요?”

웃으면서 최창수가 운수 대통령 상점에 들어갔다.

〈4단계 쉐프의 책을 구매했어요!〉

〈습득한 쉐프의 능력 : 20년 경력의 쉐프의 요리 실력 및 맛 분별 능력〉

‘인생 포인트가 300이나 차감됐네. 괜찮아, 그만큼 이번 요식업에 큰 투자를 했으니까. 내 추억으로 20년의 경험을 손에 넣으면 싼 거지.’

최창수가 바로 오늘 구매한 식재료를 부엌에 늘어놨다.

‘레스토랑하면 스테이크가 대표적이지.’

비싸게 구매한 최고급 소고기와 최고급 와인을 꺼냈다. 와인을 가득 따르고 소고기를 담갔다. 하루 이상 숙성시켜야하지만 시간이 없어서 와인이 어느 정도 소고기에 스며들 때까지만 기다렸다.

그 후 소고기 겉면에 칼질을 여러 번 하고 파슬리 가루를 솔솔 뿌렸다. 그 후 다시 와인에 담구고, 기다리는 동안 소스 제작에 나섰다.

'스테이크의 결정적인 맛을 좌지우지하는 게 소스지. 다른 곳과 차별점을 둬야 해.'

소스 재료만 무려 스무 개가 넘었다.

그리고 소스를 하나 씩 바라보면서 동전을 튕겼다.

'앞면. 이건 소스 재료로 사용하고, 이건 뒷면이네. 넘기자.'

이런 식으로 소스 재료로 사용할 재료를 계속 골랐다. 최종적으로 열 개가 남았다.

'열 개라, 조금 많은 거 같지만 운수 대통령이 골라준 재료니까 괜찮겠지.'

이 많은 재료를 어떻게 소스로 만들면 될까?

경험 없는 일반인이었다면 많이 헤맸겠지만, 지금의 최창수의 두뇌 속에는 20년 경력의 쉐프의 경험이 있다. 보는 순간 바로 어떤 식으로 배합을 할 지 빠르게 떠올랐고 그보다 더 빨리 손이 움직였다.

"여보 창수 봐요. 손놀림이 엄청난데요?"

"그러게, 당신보다 더 잘하는 거 같은데?"

"어쩜, 우리 아들은 못 하는 게 없어. 역시 내 아들이라니까."

"큼, 내 아들이거든?"

부모님이 서로 자식자랑을 시작했다. 결국은 자신들의 자식이건만.

"자 완성됐어요."

2시간에 걸친 요리가 끝났다.

먹음직스럽게 구워진 스테이크.

그 스테이크를 메인으로 볶은 볶음밥과 크림소스 파스타.

총 세 개의 메뉴가 테이블에 올려졌다.

"여보, 이런 음식 처음 보죠?"

"흠, 무슨 소리야. TV에서 많이 봤건만."

아버지와 어머니가 스테이크를 썰어 입에 넣었다.

그리고 눈이 휘둥그레졌다.

입안에 넣는 순간 사르륵 녹으면서 고소한 육즙이 흘러나왔다. 게다가 소스는 스테이크의 감칠맛을 더 높여줬다. 볶음밥도 파스타도 다른 가게와 비교하는 게 미안할 정도로 맛있었다.

"괜찮아요?"

"괜찮기만 하겠냐. 이렇게 맛있는 음식이 있다니, 인생 헛 산 느낌이군."

"우리 아들~ 정말 맛있어. 이 정도면 손님들도 엄청 좋아할 거야. 장해, 장해."

어머니가 최창수의 엉덩이를 가볍게 두들겼다. 나이를 먹고 애취급을 받았지만 부모님이 마음에 든 거 같아서 기분이 좋았다.

"다 드시고 나면 이것 좀 읽어주세요."

"그게 뭐니?"

"복권식당 체인점 지원한 경영주요. 엄마랑 아빠가 사장님이니까 직접 고르시는 게 좋을 거 같아서 가져왔어요."

"음, 엄마는 그런 거 잘 못하는데 아들이 신경 써서 가져왔으니까 한 번 보긴 할게. 그보다 너도 어서 먹으렴."

"네."

최창수가 자신이 직접 만든 요리를 한 입씩 넣어 천천히 맛을 음미했다.

'맛있네. 맛있긴 한데…….'

손이 툭 멈췄다. 천천히 고개를 내려 음식들을 바라봤다.

돈이 쉴 새 없이 들어오면서부터는 전국을 돌아다니며 맛있는 음식이란 음식은 다 먹어봤다. 부모님이 처음 드신 이 요리도 그동안 수 없이 먹어왔다.

때문에 알 수 있었다.

'뭔가 부족해. 결정적인 맛이…….'

이대로는 다른 가게와 차별점이 없다.

그게 최창수의 감상이었다.

• • • ◈ • • •

늦은 밤.

'너무 일반적인 방식으로 제작한 게 실수였나?'

한숨을 쉬면서 요리책을 펼쳤다.

해외 유명 쉐프가 직접 저자로 참여한 책.

그 중 몇 페이지는 조금만 힘을 줘도 찢어질 만큼 너덜너덜했다.

'소스가 가장 중요한데.'

그동안 수많은 음식을 먹어오면서 느낀 게 있었다.

바로 소스의 차이.

아무리 재료가 좋아도 요리사의 실력에 따라 그 맛이 달라지는 것처럼, 소스가 별로면 음식의 맛이 확 달라진다.

때문에 음식에 신경을 4쓴다면, 소스에는 6의 신경을 쓸 생각이었다.

그래서 요식업과 관련된 모든 준비를 하면서 틈틈이 쉐프에게 소스 제작을 배우고, 서른 권이 넘는 요리책을 읽는 등등 엄청난 노력을 했다.

'찾아보면 묘수가 있겠지.'

운수 대통령을 실행했다.

수천 개의 능력.

그 중 가장 필요한 능력을 찾아 계속해서 스크롤을 내렸고 머지않아 얼굴이 환해졌다.

'소스 제작의 책? 이런 게 있을 줄이야!'

바로 구매 버튼을 눌렀다.

그리고 처음 보는 화면과 마주하게 됐다.

〈소스 제작의 책 구매 조건이 발생했습니다.〉

〈1단계 소스 제작의 책 구매 시 각각 다른 10개 이상의 소스를 직접 먹고 만들어봐야 합니다. 이후 단계로부터는 10개씩 증가합니다.〉

"조건이라고?"

운수 대통령을 사용한 지 벌써 10년이다.

그동안 구매한 능력이 많지는 않지만 전부 유용하게 사용했다. 그 능력을 적극적으로 사용했기에 이 자리에 왔지만, 여태껏 구매 조건이 발생한 적은 없었다.

'하긴, 구매 안 한 능력이 몇 개인데 조건이 필요한 능력이 있을 수도 있지.'

그러려니 하고 조건 달성 현황을 눌렀다.

〈제작한 소스 : 1/10개〉

〈시식한 소스 : 6/10개〉

'먹는 건 충분한데 제작은 아직 한참 남았구나. 음, 효과를 톡톡히 보려면 3단계까지는 해줘야 할 텐데. 그러면 29개의 소스를 제작하고 24개의 소스를 맛보면 되는 건가?'

막막했던 앞길에 활로가 조금 보였다.

...◈...

다음 날.

최창수는 강원도 춘천으로 향했다.

"어우, 여기는 벌써 춥기 시작하네."

외투를 하나 더 걸치고 30분 정도 걸었다. 매일 도시에만 있다가, 시골에 오니 공기도 맑고 사방이 확 트여 있어서 요 근래 쌓였던 스트레스가 확 풀리는 것만 같았다.

'개인이 운영하는 곳인가 보네.'

강원도 춘천에 위치한 미식 소스 전문점.

어제 새벽에 계약을 맺은 쉐프들에게 전화를 돌려 조건을 빠르게 달성시킬 수 있을 만한 장소를 물어봤고 돌아온 대답이 이곳이었다.

'가게 규모도 작고 허름하네. 보통은 이런 가게가 더 훌륭한 편이지, 많은 걸 배우고 돌아가야겠군.'

조심스레 가게 문을 열었다.

'좋은 냄새다.'

문을 열기가 무섭게 온갖 소스 냄새가 코를 찔렀다.

보통 이런저런 냄새가 섞이면 고약하기 마련이건만, 각자 다른 냄새가 차례대로 다가와 구매 욕구를 자극했다.

'제대로 찾아온 모양이네.'

가게 안에는 아무도 없었다.

불렀으니 금방 나올 거라 생각하고 진열대를 확인했다. 냉장고에서 백 개가 넘는 소스가 진열되어 있었고 그 위에는 시식 한 번 해보라는 듯 소스 몇 개가 놓여 있었다.

'이야, 이거 되게 맛있는데? 음식이랑 같이 조리하면 더 맛있겠어. 이거는 먹어본 맛이네. 몇 몇 가게와 계약을 맺고 소스 납품을 하고 있는 건가?'

그 생각을 하고 있자 부엌에서 주인이 나왔다.

"아, 죄송합니다. 잠시 식사하느라 온 줄 몰랐네요."

40대 중반으로 보이는 남성 한 명.

요리와는 거리가 멀 것처럼 생긴 외모였다.

"처음 보는 손님인데, 어떤 소스 구매하시려고요? 밑반찬용 식사용 등등 다양하게 준비되어 있습니다."

"아, 소스 구매도 하긴 할 건데 노하우를 좀 배우고 싶어서 왔……."

"헉!"

지갑에서 명함을 꺼내려 하자 주인이 목청을 높였다. 바라보니 엄청 놀란 얼굴이 되어 있었다.

"최, 최창수 씨 맞죠?"

"절 아시나보네요?"

"알고말고요!"

주인이 부엌으로 돌아가 손을 닦더니 바로 최창수와 악수를 나눴다.

"꼭 한 번 만나 뵙고 싶었습니다!"

"네?"

"이번에 고아원 설립하셨죠? 그거 보고 정말 감동 받았습니다. 훈이랑 민지는 잘 지내죠?"

"그 애들을 어떻게 아세요?"

"제가 그 둘 있던 보육원 영양조리사였거든요. 보육원 망해서 오갈 데 없던 애들 거둬주셔서 제가 다 감사합니다. 애들 잘 지내고 있죠?"

말보다 행동이 더 빠를 거 같아서 훈이와 민지와 함께 찍은 사진을 보여줬다.

"다들 얼굴이 더 밝아졌네요. 얼핏 봐도 시설이 좋아 보이니 다행이네요. 워낙 마음에 들던 애들이라서, 제가 형편만 넉넉했어도 양자로 받아들였을 텐데."

주인이 웃으면서 깊게 한숨을 내쉬었다.

"그런데 왜 오셨다고 했죠?"

"……소스 구입하고, 노하우를 배우려고 왔습니다."

최창수는 이번에 요식업에 진출할 사실을 전했다.

"아하, 잘 되면 돈 더 많이 버시겠네요?"

"돈도 돈이지만, 요식업에 뛰어들면 아무래도 보육원 애들에게 더 많은 투자를 해줄 수 있으니까요."

주인이 무슨 소리냐는 듯한 표정이 됐다.

"저희 보육원에는 네 명의 조리사가 있어요. 계약 맺은 업체로부터 식재료를 받아오고 있지만 아무래도 요식업에 뛰어들면 계약 기간이 더 길어질 테고 자연스레 값도 싸지겠죠. 처음은 스무 개의 점포지만 매출에 따라 계속해서 그 수를 늘려갈 생각이니 아이들에게는 더 다양한 음식을 저렴하게 먹일 수 있을 테고요."

"그래서 요식업을?"

"네. IT산업과 요식업 둘 중 하나를 많이 고민했는데, 제가 가장 잘 할 수 있고 동시에 많은 사람이 그 혜택을 받을 수 있는 사업이 좋다고 생각했어요. 차후 사랑의 밥차도 얼마든지 가능하고요."

"오……. 머, 멋있습니다……."

감탄을 터트린 주인이 갑자기 울음을 보였다.

"가, 갑자기 왜 우세요?"

"진짜 착한 분이시네요……."

주인이 최창수의 손을 덥석 잡았다.

"제가 여태껏 소스를 납품하면서 만난 사업가 중에 봉사 쪽에 투철한 정신을 가진 분이 없었거든요. 꼭 한 번 만나 뵙고 싶었는데 그 꿈이 오늘 이뤄지네요. 소스 노하우가 알고 싶다고 하셨죠? 기업비밀이긴 하지만 착한 심성을 가진 분에게는 얼마든지 공개할 수 있죠."

쉐프들 사이에서 훌륭하다고 소문이 난 소스 집을 운영하는 주인장. 그 역시 강원도 철원이라는 산골 마을에서 지내며 보육원 조리사도 하고, 간혹 주말에 어르신들의 집에 가기도 하는 등.

힘든 와중에도 봉사를 해왔다.

그런 상황에서 능력도 있고 심성도 좋은 사업가가 찾아왔다. 단순히 돈 때문이 아닌, 더 많은 사람을 돕고 시다는 일념 하나로 온 최창수를 받아들이는 거 말고는 떠오르는 게 없었다.

그 날부터 최창수는 일주일 간 주인장과 함께 지내며 소스에 관한 노하우를 전수받았다.

"뭐든지 트렌드가 있는 것처럼 소스도 트렌드가 있어요. 사장님께서는 젊은 층을 노리고 있으니까 살짝 매콤한 맛의 소스. 어린애들은 달콤하거나 짭조름한 소스, 나이 드신 분들은 담백한 걸 좋아해요."

"이건 어때요?"

"음, 나쁘지 않지만 조금 부족해요. 이게 저희 가게 소스인데 베이스를 알려드릴 테니까 사장님만의 뭔가를 추가해 보세요."

성공, 또 성공을 위한 노력.

최창수는 잠자는 시간까지 아껴가며 계속 소스 제작에 나섰다.

〈제작한 소스 : 28/30개〉

〈시식한 소스 : 44/50개〉

'앞으로 두 개만 더 만들면 3단계 책은 구매할 수 있겠어. 그걸 구매한 후, 최고의 소스를 만들고 쉐프들에게

시식을 부탁해야지.'

현재 레스토랑 이외에 식당은 하나 둘 공사가 끝나가고 있다. 바로 개업할 수 있도록 준비를 다 해둔 상태라 소스 제작이 한 시라도 더 급하다.

'소스 맛에 반해 몇 번이고 찾아오게 만들어야 해.'

음식점에서 중요한 게 무엇인가.

바로 음식이다.

그 음식을 위해서 큰돈을 들여 전문 쉐프를 고용하고, 일반 음식점을 운영할 경영주도 관련 업계에 제법 잔뼈가 굵은 사람으로만 뽑았다.

그리고 그 음식을 더욱 맛있게 해줄 건 바로 소스.

찍거나 비벼먹기를 좋아하는 한국 사람에게는 특히나 더 필요한 아이템이다.

"안 주무세요?"

새벽.

혼자서 부엌에서 조건 충족을 위한 소스를 제작하고 있자 주인이 졸린 눈을 비비며 들어왔다.

"잠이 깼는데 갑자기 느낌이 확 오더라고요."

운수 대통령을 실행해 일주일 노력의 결실물을 구매했다.

〈3단계 소스의 책을 구매했어요!〉

〈습득한 소스 제작 실력 : 정확한 고객층을 겨냥하고

제작할 경우 90%확률로 강력한 중독을 이끔 / 특정 조건을 달성할 경우 100% 중독을 가진 소스를 제작하게 됨〉

'자, 이제 본 실력을 보일 때다!'

···◈···

MD호텔.

신축에다가 금수저가 많이 방문하는 곳이라 시설만큼은 그 어느 곳과 비교해도 모자라지 않은 곳이다.

그 호텔 연회장.

200명의 고객이 각각 무리를 짓고 나란히 앉아 있었다. 다들 이런 장소가 어색한 듯 했지만, 한편으로는 즐거워보였다.

"와, 이런 곳은 대여하려면 돈이 얼마나 들까?"

"당첨돼서 다행이다. 오늘 맛있는 음식도 많이 준비했다면서?"

"진짜 우리 창수 씨 엄청 멋지다……. 결혼하고 싶은데 오늘 기회가 있으려나?"

200명 중 50명이 남성. 나머지 150이 여성으로 엄청난 여성 팬을 보유한 최창수.

빠바바밤.

스피커에서 재즈가 흘러나오더니만 연회장이 어둠에

잠겼다.

"안녕하세요."

그 어둠 속에 최창수의 목소리가 울려 퍼졌다.

"와아아아아!"

"창수 씨 어디 있어요! 빨리 나와요, 배고파요!"

연회장을 가득 메운 여성들의 환호성에 남자들은 얼떨떨하면서도 부러워하는 얼굴이 됐다.

스포트라이트가 단상 왼쪽 끝을 비췄고, 그 빛을 받으며 최창수가 무대 중앙에 섰다.

"안녕하십니까, 앤젤 쇼핑몰 고객 및 제 소중한 시청자 여러분들. 오늘 이 자리는 여러분들에게 받기만 한 걸 돌려드리고 싶어서 마련했습니다. 현재 맛있는 뷔페가 연회장으로 오고 있고요. 흥을 돋기 위해서 아이돌도 불렀으니까 못 오신 분들 몫까지 재밌게 즐겨주시면 좋겠습니다!"

"우오오오오!"

"즐거운 시간 보내세요!"

최창수가 무대 뒤로 사라져 연회장 밖으로 나갔다. 때마침 뷔페 음식이 올라오는 중. 그들을 도와 고객들에게 음식을 선보였다.

"식사 전에 잠깐 집중 해주세요."

흐르는 침을 억지로 참으며 사람들이 최창수를 바라봤다.

“음식을 보면 고급스러운 음식도 있지만 주위에서 흔히 볼 수 있는 음식도 있을 겁니다. 이 음식은 앞으로 3개월 이내에 앤젤 쇼핑몰이 뛰어들 요식업에서 선보일 음식입니다. 왼쪽을 보면 투표함이 있을 텐데, 가장 맛있는 음식을 적어서 넣어주시면 감사하겠습니다. 그 투표지로 경품도 드리니까 귀찮더라도 해주세요.”

“경품이 뭔데요?”

“숨길 것도 없으니 지금 보여드릴게요.”

최창수가 오른쪽을 바라보며 엄지를 튕겼다.

화아악!

호텔 직원이 흰 천을 거뒀다.

“와…… 진짜 저게 경품이에요?”

“네. 60인치 TV한 대와 3박 4일 미국 티켓과 100만원 경비 지원. 그 외 게임기 및 앤젤 쇼핑몰 30만원 상품권 등등 다양하게 준비되어 있습니다.”

엄청난 경품!

설령 당첨이 안 되더라도 아이돌을 보고 맛있는 음식을 배터지게 먹을 수 있는 자리.

무엇보다 열렬하게 지지했던 최창수를 만날 수 있는 자리!

“와, 맛있다.”

“이것도 한 번 먹어 봐, 평범한 치킨인데 이 소스 찍으면 맛이 확 달라져.”

"그 소스도 맛있어? 이 소스도 장난 아니야. 떡볶이는 이 소스로 버무렸나? 으음~ 행복해~."

사방에서 음식을 칭찬하는, 특히 소스를 칭찬하는 얘기가 쉴 새 없이 흘러나왔다.

'잘 만들어졌나보군.'

운수 대통령과 함께 만든 소스는 다행히도 호평 일색이었다.

'여기서 끝이 아닌데.'

최창수가 주방으로 향했다.

세상에서 가장 맛있는 소스를 가지고 오기 위해서.

···◈···

인간의 욕심은 끝이 없다는 말이 있다.

이미 3단계 소스의 책 구매에 성공했다. 확실한 타깃만 정하면 어떤 소스를 만들어도 90%이상의 중독성을 자랑하는 최고의 소스가 제작되는 상황이건만, 최창수는 좀 더 욕심을 부려보기로 했다.

'특정 조건이 뭘까?'

현재로도 충분히 좋은 소스를 만들 수 있다.

이 소스로 승부해도 타 영업정을 우습게 뛰어넘을 수 있지만, 나머지 10%의 고객은 붙잡지 못한다는 말과도 같다.

'100%. 최고가 되려면 반드시 이 특정조건을 달성해야 해.'

그동안 운수 대통령은 명확한 길을 제시해줬다.

하지만 이번 소스의 책을 계기로 마치 이렇게 말하는 것만 같았다.

이 정도 성공했으니 나머지는 네 힘으로 해결 해봐라.

'그래, 이것도 다 내가 성공하는 발판 중 하나야.'

그 날.

최창수는 계약을 맺은 쉐프들에게 연락을 돌렸다. 그로부터 3일 후.

"다들 바쁜 시간 쪼개줘서 감사합니다."

MD호텔 주방장에 최창수와 네 명의 쉐프가 모이게 됐다.

"다들 소스는 가져오셨나요?"

그 말에 쉐프들이 직접 만들어 온 소스를 하나씩 꺼냈다.

이 중 운수 대통령의 허가가 떨어진 소스는 제품으로 내놓을 생각이었다. 그게 아니면 이 소스를 아무렇게나 섞어볼 예정이다.

'특정 조건이니까, 뭐든지 해봐야지.'

최창수는 바로 소스 맛을 봤다.

'과연, 다들 주방에서 10년 넘게 일하던 사람이라서 깊은 맛이 느껴지네. 하지만…….'

행운의 조건 세 개를 달성하고 동전을 튕겼다.

네 개의 소스 모두 뒷면.

'운수 대통령 이 녀석, 날 닮아서 엄청 엄격하다니까.'

이 소스는 제품으로 선보이기 힘들 거 같다 말했다. 쉐프들은 내심 속으로 사업가 주제에 뭔 음식 맛을 아냐고 생각했지만, 이 무대에서 갑은 자신들이 아니었다.

"이번에는 이 소스를 맛 봐주세요."

최창수가 소스를 꺼냈다.

총 세 개의 소스.

한 개는 매콤한 걸 좋아하는 고객을 노린 소스. 나머지 두 개는 달콤하거나 담백한 소스였다.

"음?!"

제일 먼저 소스를 먹어본 쉐프의 눈이 휘둥그레졌다.

"왜 그래요?"

돌처럼 굳은 쉐프를 본 또 다른 쉐프가 다가와 소스를 맛봤다. 그리고 똑같은 반응을 보였다.

아직 소스를 맛 보지 않은 두 명의 쉐프.

그 중 20년 넘게 레스토랑 주방에서 일한 박 쉐프가 다가와 근엄하게 물었다.

"대표님이 직접 만든 소스입니까?"

"네. 한 번 맛보세요."

"좋습니다."

박 쉐프가 가장 먼저 매콤한 소스를 맛봤다.

'맵다…… 하지만 혀도 입술도 얼얼하지 않군. 딱 맛있다

느껴질 정도로만 매운 맛이야. 매운 맛 특유의 중독성도 충분한 거 같군.'

생각하면서도 손가락을 계속 매콤한 소스를 향했다.

"맛있죠?"

싱긋 웃으며 최창수가 자신있게 물었다.

맛이 없을 리가 없다.

오늘 이곳에 소스를 가져오기 전, 회사 전 직원에게 솔직한 의견을 물었으니까. 개중 매운 걸 좋아하는 직원은 식당이 문을 열면 소스만 따로 구매할 수 있겠냐고 물을 정도였다.

게다가 쉐프들 사이에서 유명한 그 소스집 주인도 이만한 소스는 자신도 못 만든다고 감탄을 토했다.

"맛있군요."

박 쉐프가 다음 소스를 맛봤다.

'이건 어린애들이 좋아할 소스군. 달지만 아무리 먹어도 질릴 거 같지 않아, 정말 대단하군. 그리고 이 소스는…… 담백하다. 딱 내 나이대가 좋아할 맛이다.'

세 가지 소스를 전부 맛 본 박 쉐프가 팔짱을 둘렀다. 뭔가 골똘히 생각에 빠진 표정. 하지만 그것도 잠시, 갑자기 최창수에게 허리를 숙였다.

"죄송합니다."

"갑자기 왜 그러세요?"

"솔직히, 저희 소스가 맛없다 하고 대표님이 직접 만들었다는 소스를 보여주셨을 때 속으로 코웃음 쳤습니다. 저희 모두 짧아도 10년 넘게 주방을 지켰던 사람들인데, 그 사람들이 만든 소스를 무시하는 게 기분 나빴거든요. 하지만 이 소스를 먹고 나니 알겠습니다."

박 쉐프가 다시 한 번 최창수가 만든 소스를 맛봤다. 각자 맛이 달랐지만 그 중 맛이 섞인다는 느낌은 전혀 없었다.

마치 혀에 닿는 순간, 남아있던 소스가 전부 사라지고 새로운 소스가 혀를 뒤덮는다는 강렬한 인상마저 느껴질 정도였다.

"이 정도의 소스라면 충분히 무시할 만 했습니다."

"……엄청 맛있었나 보죠?"

"네. 여태껏 먹어본 소스 중에 가장 맛있고, 또 놀라운 소스였습니다. 잘 조리된 음식이랑 먹으면 대체 얼마나 맛있을지…… 생각만 해도 군침이 흐르고, 대표님과 얘기를 나누는 사이에도 저 소스가 머릿속을 꽉 채웠네요."

박 쉐프의 호평에 남은 쉐프도 다가와 소스를 맛봤다.

그리고 놀란 눈으로 최창수에게 물었다.

"대표님…… 대체 못하시는 게 뭡니까?"

쉐프들의 평균연령은 38세.

여태껏 많은 사람을 만나왔지만 이토록 다재다능한 사람은 처음이었다.

'내가 제대로 된 물건 하나 만들었나보군.'

조리법을 알려달라는 쉐프들의 호평에 최창수는 어깨에 힘이 들어갔다. 어서 이 맛있는 소스를 더욱 많은 사람들에게 알려주고 싶었다.

세상에 이토록 맛있는 소스가 있다는 걸.

'90%가 이 정도면, 100% 소스는 어느 정도일 지 궁금하군!'

씨익 웃으며 최창수가 쉐프들에게 새로운 소스 제작 협조를 부탁했다.

그 후, 최창수는 네 명의 쉐프와 함께 특정 조건을 달성한 소스 제작에 힘썼다.

"대표님? 그 소스랑 그 소스는 합치면 이도저도 아닌 맛이 날 텐데요?"

"매콤한 소스에 초콜릿 시럽은 왜 넣습니까?"

"뭐든지 다 해봐야하거든요."

쉐프들이 의문을 품었지만 최창수는 마이 웨이를 고집했다.

'상대는 운수 대통령이야. 평범한 방법을 아닐 게 분명해.'

그 생각으로 계속해서 이해되지 않는 조리법을 고집했다. 하지만 열 시간이 지나도 좀처럼 특정 조건을 달성한 소스가 나오지 않았다.

"아, 짜증나. 잠깐 담배 좀 피고 올게요."

먼 하늘을 바라보며 아직 실행하지 않은 방법을 떠올려

보기로 했다.

그때.

“엇?!”

바닥에 떨어진 소스를 밟아버렸다. 워낙 미끄러운 바닥이라 어떻게 손 써볼 틈도 없이 엉덩방아를 찧었고, 그 충격에 소스가 와르르 바닥에 떨어졌다.

“헉! 괜찮으십니까?”

“아, 손목이 조금 삐끗한 거 같네요…….”

우우웅.

지끈거리는 손목을 주물러보려 하자 휴대폰이 진동했다.

“…….”

휴대폰을 확인한 최창수가 주변을 둘러봤다. 그 시선이 금방 멈췄다. 이래저래 혼합된 소스 범벅. 망설임 없이 그 소스를 맛봤다.

“대, 대표님? 바닥에 떨어진 걸 드시면…….”

“드셔보세요.”

“네? 제가 가리킨 이 소스 드셔보시라고요.”

쉐프들이 서로를 바라봤다.

살다 살다 주방 바닥에 떨어진 음식을 먹어보라는 사람은 처음 봤다.

‘착한 사람인 줄 알았는데 여기서 갑질을 하네…….’

한숨이 절로 나왔지만 최창수가 자신들과 계약을 맺은

금액은 결코 적지 않다. 돈 때문에라도 어쩔 수 없이 바닥에 떨어진 소스를 맛봤다.

그리고 눈이 휘둥그레졌다.

그 표정을 보며 최창수가 승리의 미소를 지었다.

"퇴근할 시간 얼마 안 남은 거 같네요!"

엉덩이와 손목을 감싼 고통 따위는 느껴지지도 않는다. 벌떡 일어난 최창수가 휴대폰을 확인했다.

〈축하합니다, 운수 대통령님! 특정 조건을 달성하셨네요!〉

〈보상으로 100%의 중독성을 지닌 소스와 무료로 소스 제작의 책을 4단계로 업그레이드 해드릴게요!〉

• • • ◈ • • •

'설마 특정 조건이란 게 넘어질 때의 충격으로 이런저런 소스가 섞였을 때 달성되다니.'

지금 생각해도 웃긴 조건이다.

며칠에 걸친 오랜 연구 끝에 이제는 더 이상 일부러 넘어지지 않아도 100% 소스를 만들 수 있게 됐지만, 그전까지 소스를 위해서 넘어진 걸 떠올리면 아직도 엉덩이가 시리다.

"쉐프님들 수고가 많으십니다."

MD호텔 주방장.

최창수가 뒷짐을 지고 들어가며 인사를 건넸다.

연회장 비용을 절감하는 대신 MD호텔 쉐프가 아닌 AG 기업의 쉐프들이 음식을 준비하기로 했다.

"아, 대표님 오셨습니까? 사람들 반응은 어떤가요?"

"어우. 다들 음식이 맛있다고 난리법석이네요. 역시나, 제가 스카우트한 쉐프님들이십니다."

"저희 음식이 맛있는 것도 있겠지만……."

쉐프들이 서로를 바라보더니 입을 모았다.

"솔직히 소스 역할이 크죠. 연회장으로 보내기 전에 대표님이 만든 소스 찍어서 간단히 맛을 봤는데, 어우 오늘 식사는 다 했네요."

"다들 고생하셔서 연회 끝나고 회식이라도 하려고 했는데 돈 아꼈네요."

농담에 농담을 주고받으며 최창수가 냉장고 문을 열었다. 5L짜리 통에 담긴 소스가 눈에 보였다.

"이걸로 숙성이 끝난 거죠?"

"네. 분명히 맛이 더 깊어졌을 겁니다."

최창수가 비장의 소스를 꺼냈다.

'과연. 숙성을 하니까 냄새가 더 좋아졌네.'

수저로 소스를 살짝 떠먹었다.

"와우!"

순간 저도 모르게 환호성이 터졌다. 그만큼 비장의 소스의 맛은 강렬했고, 또 엄청났다.

첫맛은 매콤하고 달콤하다. 맛을 음미하면 할수록 더욱 다양한 맛이 느껴지고, 마지막은 담백한 게 남녀노소, 나이를 불문하고 모두의 사랑을 받을 소스라고 확신했다.

"어우, 이건 진짜 물건이네요."

"사람이 만든 거라고는 도저히 믿겨지지 않는 맛이네요……. 왜 여태 이런 걸 모르고 살았지?"

"이 소스는 어떤 음식과도 잘 어울리게 분명합니다."

"호평일색이네요. 이 정도라면 고객에게 내놔도 저도 부끄럽지 않을 거 같군요."

최창수가 소스를 챙겼다. 그리고 이 소스의 첫 고객들이 있을 곳으로 향했다.

"다들 즐거운 시간 보내고 계신가요?"

연회장 무대에 선 최창수가 주변을 둘러봤다. 벌써 식사를 끝내고 대화를 나누는 무리가 상당수였지만, 오늘이 아니면 어디 가서 이 정도로 맛있는 음식을 먹냐는 생각으로 쉴 새 없이 입을 여는 사람도 있었다.

"벌써 배부른 분들도 계신 거 같은데, 조금이라도 좋으니 이 소스를 맛봐주셨으면 해서요."

"뭔데요?"

"음. 아마도 오늘 먹은 음식이 안 떠오를 만큼 맛있는. 아니, 세계에서 가장 맛있는 소스일겁니다."

그 말에 모두의 손과 입이 멈추고 시선이 최창수에게

고정됐다. 다들 최창수가 거짓말 않는 깨끗한 사람이란 걸 알고 있다.

그런 그가 세계에서 가장 맛있는 소스를 가져왔다고 한다.

"어서 주세요!"

"저 화장실가서 속 좀 비우고 올 테니까 제거 남겨주세요!"

마치 간식을 기다리는 개처럼 사람들이 눈을 빛내며 군침을 흘렸다.

최창수는 직접 소스를 한 접시씩 나눠줬다.

"드셔도 좋습니다."

그 말이 나오기가 무섭게 사람들이 최창수의 소스를 맛봤다.

"와……."

"뭐야, 이거…… 어떻게 소스가 음식보다 더 맛있을 수 있지?"

"야 스테이크 치워! 그걸로 배 채우는 게 아까워!"

폭발적인 반응!

이제는 지겨울 정도의 칭찬이 사방에서 쉴 새 없이 터졌다. 개중에는 쌓아온 음식을 전부 미루고 개처럼 소스를 핥는 사람까지 있었다.

"소스는 더 있으니까 다들 흥분 가라앉히세요!"

목줄 풀린 개 무리.

마치 그게 연상되는 분위기에 최창수는 당황하고 말았다.

'와, 설마 이 정도로 반응이 좋을 줄이야. 진짜 대박인데?'

소스를 다시 한 번 맛 봤다.

연회장에 고객만 없었다면 이 자리에서 전부 비울 정도로 맛있었다.

이 날.

사람들은 경품 추첨도 거들떠보지 않고 최창수가 만든 네 개의 소스를 먹는데 정신을 전부 투자했다.

심지어 60인치 TV에 당첨된 사람은 TV대신에 소스를 주면 안 되냐고 부탁까지 할 정도였다.

・・・◈・・・

그로부터 한 달이 흘렀다.

'요식업도 성공한 거나 마찬가지군~.'

콧노래를 부르며 운전대를 잡은 최창수가 라디오를 켰다. 요즘 유명한 쉐프가 나오는 라디오로 음식과 관련된 전반적인 대화가 주를 이루는 라디오였다.

〈안녕하세요, 여러분. 전 국민이 매일 같이 맛있는 음식을 먹는 그 날까지 계속 이어질 맛있는 라디오의 메인 MC백원

종입니다.〉

MC백원종이 이런저런 애기를 하기 시작했다.

라디오에 귀를 기울이며 최창수는 시간을 확인했다.

'11시 30분. 이제 슬슬 나올 때인가?'

며칠 전 받은 좋은 제의.

그게 곧 라디오에서 나올 시간이었다.

〈일주일에 한 번씩, 인터넷 방송으로 맛집을 소개하는 시간이 돌아왔습니다! 이야, 박수 짝짝짝! 아, 오늘은 또 어떤 가게에 갈 지 기대가 되시죠? 원래 PD님이 맛집을 선정해주시는데, 오늘은 제가 직접 선정했습니다. 바로 AG명품족발집! 한 달 전부터 AG음식점이니 뭐니 아주 열기가 뜨거운데요. 소문의 그 맛집! 제가 오늘 한 번 검증하러 가보겠습니다!〉

이윽고 이어폰 너머로 각종 장비를 챙기는 분주한 소리가 들려왔다.

동시에.

끼이익.

최창수가 AG명품족발집 앞에 도착했다.

• • • ◈ • • •

최창수가 야심차게 준비한 요식업의 모든 가게는 AG명품이라는 간판을 달고 있다.

동네에 차고 넘치는 흔한 가게가 아닌, 간단한 분식이더라도 명품처럼 느껴지도록 맛있게 만들겠다는 의미를 담아 것.

그 중 AG명품 족발집은 가장 먼저 고객에게 선보인 가게였다.

"언제 봐도 깔끔한 디자인이라니까."

최창수가 AG명품 족발집 간판을 바라봤다.

패션 회사 계열사라는 게 느껴지는 세련된 간판.

AG명품 부분은 금색으로 칠해져 있고, 그 뒤 음식을 가리키는 부분은 해당 음식을 보면 떠오르는 색으로 칠했다.

내부도 깔끔하면서도 패션적인 감각이 드러났다.

'저번에 왔을 때보다 손님이 늘었군.'

첫 개업을 하고 일주일 때쯤 가게 현황을 확인했었다. 보통 족발집 특성 상 저녁 시간 때 가장 손님이 많이 몰리지만, 최창수의 엄청난 홍보와 인지도 덕분인지 오전 오후에도 빈자리를 찾아보기가 힘들었다.

"지금 예약 손님이 많아서요. 1시간은 기다리셔야 할 거 같은데 괜찮으세요?"

"1시간요? 역시 맛집 맞나봐. 기다릴 테니까 연락 줘요."

"네~."

쉴 새 없이 몰려오는 대기 손님.

여직원은 쉴 틈 없이 예약 손님 리스트를 작성했다.

"어서 오세요. 대기 손님이 많아서…… 어 대표님?"

"장사 잘 되나 궁금해서 왔어요. 와우, 이게 전부 대기 손님이에요?"

예약 리스트에 적힌 20명의 손님. 마지막 손님은 무려 3시간이나 대기해야만 족발을 맛 볼 수 있었다.

"대표님 소스가 엄청나게 맛있어서 그런가 봐요."

"가게를 둘러보니 그런 거 같네요."

AG명품 족발집의 규모는 60평. 빈자리는 아예 없었고 이 맛있는 걸 좀 더 먹어야 한다고 생각했는지 허리띠를 풀고 식사를 이어가는 무리도 간혹 보였다.

"아이고, 대표님 오셨습니까!"

손님들이 어떤 메뉴를 선호하나 유심히 조사하고 있자 경영주가 다가왔다.

"박 사장님, 수고가 많으시네요."

"수고는 무슨 수고요. 인건비 아끼려면 저도 일 해야죠."

"준비는 다 하셨죠?"

"그럼요! 오늘은 평소보다 2시간 일찍 문 열어서 청소도 다 했고, 음식도 넉넉히 준비했습니다."

"잘 했어요. 마침 온 거 같은데 맞이하러 가볼까요?"

분주해진 입구를 바라봤다.

각종 촬영장비와 함께 들어오는 백원종이 보였다.

백원종 대신에 스태프들이 예약을 확인하고 빈 방으로 향했다.

"와, 저 사람 백원종이지?"

"유명한 쉐프가 올 정도면 여기가 진짜 맛 집이긴 한 가봐."

40대 중반에 푸근한 인상인 백원종.

그가 자신을 알아보는 사람들에게 인사를 하며 빈 방 문을 열었다.

간단한 밑반찬은 전부 준비되어 있다.

"메뉴가 이게 다에요?"

AG명품 족발집의 메뉴판은 심플 그 자체였다. 명품 족발과 막국수, 그리고 음료수와 술이 전부였으니까.

족발집이면 족발로만 승부해야 한다고 생각해서 굳이 많은 메뉴를 준비하지 않았다.

"하긴, 메뉴 많은 곳은 백이면 구십 맛없더라고요. 그럼 명품 족발 하나랑 막국수 하나. 족발집의 질은 이 두 개면 다 알 수 있어요."

음식이 나오기 전까지 백원종이 카메라를 향해 이런저런 설명을 늘어놨다.

잠시 후.

기다리고 기다리던 족발과 막국수가 테이블에 놓였다.

"와우. 이 맛있어 보이는 족발 봐요. 윤기가 좔좔 흐르죠? 어지간히 질 좋은 고기 아니면 족발에서 이런 윤기 나오기 힘들어요. 이거 원산지가 어디에요?"

백원종이 최창수에게 물어봤다.

사전에 연락을 받은 방문.

가게의 있는 모습을 그대로 보여줘야 한다 생각했기에 청소 외 준비는 전혀 하지 않았다.

"당연히 국내산이죠. 저희 가게는 모두 국내산, 그것도 가장 질 좋은 재료만 사용하고 있습니다."

"여러분 들었죠? 요즘 국내산 사용하는 가게가 점점 적어지는데, 이것만으로도 충분히 합격점입니다. 근데…… 김치가 좀 다르네요?"

백원종이 김치를 들었다.

정상적인 방법으로 김장했다는 느낌이 전혀 없다. 마치 액체에 막 버무렸다는 느낌?

"저희 족발집을 유명하게 해준 소스가 있거든요. 그 소스로 김장해서 다른 김치하고는 좀 다를 겁니다."

"음, 한국인 고유의 입맛이 있는데. 과연 어떨지 한 번 먹어보죠."

백원종이 상추에 김치를 올려뒀다. 그 다음으로는 특제 소스를 듬뿍 찍은 족발을 두 점. 보기 좋게 접고 바로 입속에 퐁당 빠트렸다.

"움, 우음."

처음에는 무표정이었던 백원종. 족발을 한 번 두 번 씹을 때마다 눈동자가 휘둥그레졌고, 끝내 천상의 맛을 느낀 듯 행복한 표정이 됐다.

"맛있네유~."

그 말에 촬영 중이던 스태프도, 방송과 라디오를 듣던 시청자들도 깜짝 놀랐다.

백원종이 사투리를 섞어 맛있다 평가한 적이 여태껏 딱 두 번 있었으니까.

"와, 이 족발 진짜 장난 아니네요. 아니, 족발 맛은 평범한 편인데 이 소스! 이 소스가 평범한 족발을 세계 최고의 족발로 만들어주는 느낌이네요!"

백원종이 소스를 맨 손으로 찍어 먹었다.

"저, 백원종 님 방송 중인데 평가는 조금씩 해주시면서……."

"아, 조용히 해봐요! 지금 소스 먹는데 집중한 거 안 보여? 평가? 이 가게는 그런 거 필요도 없네요! 최고, 여태껏 제가 다녀본 가게 중에 최고입니다. 여러분들도 꼭 오세요, 꼭!"

그 말을 마지막으로 백원종은 방송보다는 식사에 전념했다.

"와…… 이 막국수는 요 소스로 버무렸나 보네요. 진짜 와…… 이 맛을 뭐라 표현해야 하지? 다들 와서 직접 먹어 봐요."

요새 먹방으로 유명한 백원종 쉐프.

친근한 인상이지만 음식에 관해서는 엄격해 어지간한 집이 아니면 혹평만 던지고 온다. 그로 인해 수많은 가게의 매출이 확 떨어졌다.

반대로 백원종이 칭찬한 가게는 매출이 고공행진을 했다.

"대표님! 전화가 감당하기 힘들 만큼 폭주하는데 어떡해요?"

여직원이 어쩔 줄 몰라 했다.

세 명의 서빙 직원은 숨 돌릴 틈도 없이 주문을 받고 음식을 날랐고, 열 명 남짓이었던 대기 손님은 방송이 나간 후 사십까지 늘어났다.

카운터에 놓인 전화기는 시끄러우니 선 뽑으라는 손님들의 항의가 있을 정도로 계속 울리고 있다.

'대박쳤다!'

백원종의 영향력이 큰 줄은 알았지만 설마 이 정도일 줄은 몰랐다.

"우선 손님 다 받아요."

"그래도 돼요?"

"기회가 있을 때 벌어야죠. 내일 중으로 주차장 쪽에 추가 테이블 설치할 테니까 걱정 말고요."

대표라고 놀 수만 없는 상황.

최창수는 여직원 대신 전화기를 붙잡고 일일이 고객을 응대했다.

'예약이 2일 뒤까지 잡혔네.'

백 명이 훌쩍 넘는 예약 손님.

백원종의 극찬을 받은 족발의 맛이 궁금했는지 며칠이 걸려도 좋으니 꼭 전화를 달라고 모두가 말했다.

"아따, 잘 먹었네."

전화가 잠잠해질 때쯤, 부른 배를 두들기며 백원종이 나왔다.

"맛있게 잘 먹었네요! 듣자 하니 대표님이시라면서요? 소스도 직접 만들었다고 들었는데 혹시 저한테만 살짝?"

"기업 비밀입니다."

"하긴, 이 정도 맛이면 숨길 만 하죠. 이거 제 명함인데, 언제 한 번 연락주시고요. 잠깐 인터뷰 가능하죠?"

"물론이죠."

최창수가 경영주와 함께 고객 상담실로 이동해 인터뷰를 시작했다.

"AG명품 간판이 붙은 음식점은 족발집 뿐 아니라 치킨집, 분식집, 백반집, 고기집 등등 많습니다. 조만간 레스토랑 및 고급 뷔페도 문을 열 예정이고요."

"찾아보니 전국에 딱 한 개씩 있네요?"

"네. 희소성을 높이기 위해서 그랬어요. 먼 곳에서 고객이 찾아와야 더 입소문 타서 장사가 잘 되지 않겠어요? 매출 현황을 봐서 하나 둘 늘려나갈 예정입니다."

"이 넓은 가게가 발 디딜 틈 없이 꽉 찬 걸 보니 조만간 체인점 생기겠네요."

"사실 체인점이야 지금이라도 당장 늘릴 수 있지만, 늘리지 않는 이유는 좋은 경영주를 찾기 힘들기 때문입니다."

"그건 무슨 소리죠?"

백원종의 물음.

최창수는 이 기회에 많은 사람들에게 자신의 뜻을 알리고자 했다.

"보통 타 영업점은 정직원이 아니라 알바생을 많이 고용합니다. 최저 시급만 줘도 문제가 없고, 쉽게 해고할 수 있기 때문이죠. 하지만 AG명품 음식점은 한 분도 빠짐없이 모두 정직원입니다."

"예? 진짜요?"

"네. 요즘 실업률이 높잖아요? 조금이라도 줄여보고자 결정한 사안입니다. 그 외 대한민국에서는 받기 힘들다는 야간수당 및 주휴수당을 빠짐없이 전부 지원하면서 직원 복지에 최고로 힘쓰고 있습니다. 아무리 음식이 맛있어도 직원이 없으면 가게가 안 돌아가잖아요?"

"그렇죠."

"저희 AG명품 음식점은 타 직장에서 받기 힘들 걸 전부 해드리려고 합니다. 그러다 보니 경영주를 찾기가 힘드네요."

"아아~ 왜 힘든 지 이제야 알 거 같네요. 그런데 하나부터 열까지 다 챙겨주면 남는 게 없을 텐데요?"

"그만큼 많이 팔아야죠. 그 때문에 백원종 쉐프님이 극찬한 소스를 오랜 연구 끝에 만든 거고요."

경영주가 직원 및 알바생의 돈을 제대로 챙겨주지 않는 이유는 간단하다.

한 푼이라도 아끼려고.

요즘 같이 경기가 삭막한 세상에서는 천 원짜리 한 장도 소중하다. 그러다 보니 경영주도 어쩔 수 없이 근로법을 어길 수밖에 없는 것.

그 피해는 고스란히 을이 감당해야만 한다.

알타프로스 건 때 말했듯이, 최창수는 정당한 노력의 대가가 있는 세상을 만들기 위해 고군분투해왔다.

"솔직히 제 뜻을 타 경영주에게 강요할 수는 없는 노릇입니다. 하지만 언젠간 모두가 정당한 대우를 받는 그 날까지 전 이 경영방침을 고집할 거고, 정 안 되면 대한민국 모든 음식점을 AG명품으로 바꿀 생각이에요."

"이야, 대표님이 엄청난 사나이셨네! 남자는 그 정도 포부는 있어야죠! 그런 현재 AG명품 족발집은 그 경영방침이 이뤄지고 있는 거죠?"

백원종이 경영주를 바라봤다.

"네? 아! 다, 당연하죠! 이것저것 다 챙겨줘도 득이 더 크거든요!"

"음식도 훌륭하고 대표님 마인드도 훌륭하고! 오랜만에 정말 좋은 음식점을 소개해서 마음이 뿌듯합니다! 여러분,

AG명품 족발집! 기억해뒀다가 꼭 한 번 오세요!"

이걸 마지막으로 방송이 종료됐다.

"요즘 같은 시대에 대표님 같은 경영주 찾기가 힘든데 좋은 사람 만나서 기쁩니다. 이런 분하고는 연을 계속 맺고 싶은데 언제 한 번 술이라도 한 잔?"

"잘 나가는 쉐프님 부탁인데 거절할 수 없죠. 전 언제든 괜찮으니 여유로울 때 이 번호로 연락주세요."

패션 일을 할 때는 업계 종사자들과 안면을 터 하나 둘 자신의 편으로 만들었다.

그건 요식업을 할 때도 마찬가지.

'방송에도 많이 나오는 쉐프와 친해지면 좋지. 느낌이 나랑 생각도 좀 맞는 거 같고.'

차후 백원종과 손을 잡아 콜라보를 해도 좋을 듯싶었다.

"사장님."

백원종 일행이 돌아가고 최창수가 사장과 함께 직원 상담실로 돌아갔다. 그 옆에는 20대 중반의 여직원도 함께 있었다.

"아까 대답 왜 망설이셨어요?"

"네?"

"아니다, 미주 씨. 사장님 눈치 보지 말고 제 질문에 솔직히 대답하세요. 정직원 근로계약서 작성했습니까? 제가 측정한 시급은 6300원인데 제대로 받고 계시고요? 출근 현황을 보니 주말에도 출근하시던데 주휴수당은 잘 받고 있습니까?"

"……그게, 처음 듣는 얘기인데요."

여직원 신미주가 고개를 저었다.

자신은 근로 계약서 조차 작성하지 않은 알바생이었고, 시급은 최저 시급을 받고 있었다.

"하……."

최창수가 날카로운 눈매로 경영주를 노려봤다.

눈이 마주친 경영주는 바로 눈을 깔았다.

"그, 그게…… 장사는 잘 되지만 역시 그걸 다 챙겨주면 남는 게……."

"남는 게 없다고요? 저번 달 장부 다시 확인해볼까요?"

"아유, 대표님 화 내지 마시고……."

"제가 지금 화가 안 나게 생겼습니까? 사장님 한 명 때문에 제가 거짓말쟁이로 몰리고, 동시에 AG기업의 평판도 나빠질 수 있는 문제입니다. 차후 법정싸움으로도 이어질 수 있는 문제라고요."

"아…… 죄송합니다……."

"죄송하다는 얘기로 끝날 일이 아닙니다."

자리에서 일어선 최창수가 고객 상담실 책상 서랍을 열었다.

"허, 열 장 고스란히 다 있네."

그 중 한 장을 꺼내 신미주에게 가져갔다.

"정직원 근로 계약서입니다. 지금 작성하세요."

"그, 그래도 돼요?"

"네, 괜찮습니다."

최창수가 경영주를 노려봤다.

"AG명품 음식점 경영주 계약서는 이런 조항이 적혀 있습니다. 차후 상기 내용을 제대로 지키고 있지 않은 게 적발될 시 을은 그동안의 매출을 전부 토하고, 갑은 계약금을 고스란히 돌려준다. 그뿐 아니라 경영주 자리에서도 물러난다. 자, 어쩌실 거죠?"

최창수를 바라보는 경영주의 눈이 일렁였다.

반박하고 싶었지만 할 말이 떠오르지 않았다. 실제로 계약 내용을 어긴 건 자신이니까. 법정 싸움으로 이어져도 100% 패소였으며, 무엇보다 매출을 토하는 게 불가능했다.

AG족발집이 개업한 지 오늘도 한 달 하고도 2주 째.

보통 오픈 초기에는 매출이 좋다지만, AG명품 족발집은 좋다는 수준을 뛰어 넘었다. 자신이 경영주로 있는 세 개의 체인점보다 더 많은 매출을 올렸으니까.

6300원의 시급과 야간수당, 그리고 주휴수당 및 직원복지를 전부 다 지켜도 손해는 전혀 없었다.

그럼에도 어긴 건 욕심이 끝없기 때문.

세 개의 체인점에서는 전혀 지키지 않는 조항을 이곳에서만 지키자니 추가 지출이 너무나도 크게 보였다.

"아, 앞으로는 제대로 지키겠습니다."

경영주가 떨리는 목소리로 말했다.

현 상황을 유추하건데, AG명품 족발집은 세월이 흘러도 늘 흑자일 게 분명했다. 황금 알을 가진 거위를 버릴 바에야 차라리 욕심을 버리는 게 현명한 선택이었다.

"한 번만 넘어가겠습니다. 이번 주 중으로 저번 달 직원들 밀린 월급 제대로 정산해주시고요. 미주 씨, 계약서 작성하고 다른 직원 불러와주세요. 이건 제 연락처니까 차후 근로 계약서에 명시된 것중 지켜지지 않는 게 있으면 바로 연락주시고요."

"네, 네……."

신미주가 근로 계약서를 작성했다.

전 직원이 근로 계약서를 작성한 걸 본 후에야 최창수는 밖으로 나왔다.

'다른 곳도 전부 확인해야겠군.'

한 곳이 문제를 일으켰는데 다른 곳이라도 조용할 리가 없다. 아무리 깨끗한 연못이어도 한 곳은 더럽기 마련. 최창수가 AG명품 음식점을 운영하는 경영주에게 단체 문자를 발송했다.

•••◈•••

AG기업 직원 회의실.

빈자리가 하나 둘 채워졌다.

"다 오셨군요."

준비한 자리는 총 25개.

공석은 없었고, 자리를 채운 경영주들은 아리송한 얼굴로 서로의 눈치를 살폈다.

"오늘 제가 여러분들을 부른 이유는 하나입니다. 직원교육, 그를 위해서죠. 알아서 잘 지킬 거라 믿고 맡겼지만 이번에 큰 배신을 받았습니다."

최창수의 시선이 AG명품 족발집 경영주에게 닿았다. 눈이 마주친 그는 면목 없다는 듯 고개를 푹 숙였다.

"여러분들은 무려 300여명이 넘는 경쟁률을 뚫고 AG기업과 계약을 맺은 경영주입니다. 자랑스러워해도 좋을 문제지만, 그전에 약속은 지켜줬으면 합니다."

최창수가 프로젝터를 켰다.

화면에 뜬 건 AG 계약서였다.

"이 계약서에도 적혀있고, 여러분과 계약 시에도 드린 말씀이지만 저희 AG기업은 사회적 약자를 적극적으로 서포트해주는 기업입니다. 내 밥그릇이 줄어도 남을 돕자는 취지죠."

경영주들 중 일부가 고개를 끄덕였다. 하지만 몇 몇은 헛소리라도 듣는 듯한 표정이 됐다.

"경영주 모두 이 사안에 동의를 했기에 계약을 진행했다고 생각합니다. 하지만 이번에, AG명품 족발집에서 계약이 제대로 이행되지 않고 있는 걸 확인했습니다."

경영주가 주변을 둘러봤다.

다들 AG명품 족발집 경영주를 찾았고, 창피해하는 사람이 한 명이었기에 금방 발견할 수 있었다.

"전국 직영점을 일일이 돌아다니기에는 시간이 부족해 오늘 이 자리에 소집을 요청한 겁니다. 자진 신고하라고 해봤자 손드시는 분은 없을 테니 바로 교육을 시작하겠습니다."

최창수가 계약 내용을 제대로 이행할 시 얻는 장점을 설명하기 시작했다.

"딱히 바라는 건 아니지만 사회적 약자를 배려하는 기업이 되면 자연스레 사회적 평판이 좋아지게 될 겁니다. 그 이점은 고스란히 AG기업이 받을 테고, 당연히 경영주에게도 콩고물이 떨어지겠죠. 대우가 좋은 만큼 직원들도 더욱 열과 성을 다 해 업무에 최선을 다할 테고요. 최고 아닙니까?"

최창수가 주변을 둘러봤다.

"직원이 직장을 단순히 일터가 아닌, 마음의 안식처라 생각하고 일한다. 전 상상만 해도 즐겁고, 현재 AG기업 패션 쪽은 벌써 효과를 보고 있습니다."

최창수가 컴퓨터를 조작했다.

그러자 직원 만족도 및 매출 상승표가 떠올랐다.

"우선 직원 만족도. 조작은 전혀 없었음에도 불구하고 무려 95%가 직장 생활에 만족하고 있습니다. 그로 인한 매출 상승 지표가 보이십니까? 야근 및 주말 근무도 없는데 이만 한 매출 나오고 있습니다. 이 매출? 식당도 가능합니다. 현재 AG명품 음식점은 특제 소스로 인해 연일난리가 나고 있습니다. 이번에 백원종 쉐프 덕분에 그 효과를 더욱 보고 있죠."

경영주들이 납득했다는 듯 고개를 끄덕였다.

실제로 회의실까지 오는 도중에 만난 직원들은 한 명도 빠짐없이 직장 일을 즐기고 있는 것처럼 보였다.

게다가 백원종 덕분에 하루 매출이 많게는 세 배까지 뛰었다.

"유일하게 개업 한 달이 지난 AG명품 족발집의 매출 현황을 확인했습니다. 제외할 거 다 제외하고도 무려 순수익이 2000만원입니다."

"헐, 2000만원……."

"놀랍죠? 놀라우실 겁니다. 제가 장담하건데, 흑자를 봤으면 봤지. 절대로 적자를 보는 일은 없을 겁니다. 제가 그렇게 만들 거니까요."

얼추 얘기가 끝났는지 최창수가 프로젝터를 껐다.

"직원 교육은 여기서 끝입니다. 지금부터 제가 호명하는 경영주는 앞으로 나와 주세요. 송민우, 배덕민, 이형준."

호명당한 세 명의 경영주가 최창수의 앞에 섰다.

"세 분은 지금 이 자리에서 결정해주세요."

"뭘 말이죠?"

"AG기업과 계약을 해제할 건지, 계약 내용을 제대로 이행할 건지 말입니다."

그 말에 경영주들이 크게 놀랐다.

"전 직영점 직원에게 전화를 한 결과, AG명품 족발집을 운영하는 박명진 경영주를 포함해 네 분이 계약을 제대로 이행하지 않은 걸 확인했습니다."

"모, 모르는……."

"모르는 일이라 말해도, 줄 거 다 주면 남는 게 없다 말해도 소용없습니다."

최창수가 세 명의 경영주와 나눈 계약서를 꺼냈다.

"이 자리에서 정하십시오. 계약서를 찢을 건지 말 건지."

"어, 그게……."

"찢어도 좋습니다. 아직 세 분의 가게는 한 달이 안 됐으니 매출을 토하는 것도 부담스럽지 않겠죠. 저 역시 합당한 위약금을 물겠습니다."

위축된 세 명의 경영주.

그들뿐 아니라 계약 내용을 제대로 지키고 있는 경영주들도 분위기를 살피게 됐다.

다들 최창수가 좋은 사람이라고 알고 있었으니까.

실제로 계약 시에도 굉장히 살가웠고, 가게가 문을 열기 전까지 자신들보다 더욱 열정적으로 두 팔을 걷기도 했다.

때문에 이런 상황을 예상하지 못했다.

지키지 않아도 웃으면서 한 번은 넘어가주겠지.

모두 그렇게 생각해왔다.

“저는 제 사람에게는 뭐든지 다 해주지만, 반대로 제 편이 아닌 사람에게는 신경도 안 씁니다. 선택하십시오, 제 편이 될 건지 말 건지.”

조금은 부드럽게 말해도 될 문제.

하지만 최창수는 일부러 더 강압적으로 말했다.

밀고 나가야 할 때는 밀고 가야 하니까.

이 자리에서도 평소 모습을 보였다가는 득보다 실이 더 많을 거 같았다.

“오, 오늘 직원이랑 근로 계약서 전부 작성하겠습니다.”

“저도 그러겠습니다…….”

“저도…….”

강압적인 태도에 경영주 세 명이 고개를 숙였다.

단기적으로 보면 위약금을 받는 게 훨씬 이득이다. 굳이 AG기업이 아니더라도 경영주를 구하는 업체는 많으니 그곳에 가서 어겨도 문제없는 노동법을 어겨도 상관없다.

하지만 이 자리에 있는 모두가 알고 있었다.

AG기업과의 계약은 절대로 놓치면 안 된다는 걸. 그 사실을 하루가 멀다 하고 느끼는 중이다.

사업을 하는 사람이라면 장기적인 이득을 쫓는 게 정답이다.

"믿고, 마지막 기회를 드리겠습니다. 한 번 더 이와 같은 일이 발생하면 그때는 제쪽에서 일방적 계약 해지를 통보할 테니 알아두세요."

"네, 알겠습니다."

"다른 경영주 분들도 마찬가지입니다. 잘 해주세요."

"네!"

"그리고 3개월에 한 번씩 전 직영점 직원 및 고객을 상대로 평가를 받을 겁니다. 1위를 한 직영점에는 그 달 매출의 10% 추가한 상여금이 있을 예정입니다."

그 말에 경영주들의 귀가 쫑긋거렸다.

최창수의 말 때문에 성실하면서도 열심히 해야겠다고 생각 했건만, 그 각오를 더욱 불 태워야 할 이유가 하나 더 생겼다.

"여러분들이 좋아하는 돈. 그 돈을 위해서 열심히 일해주세요."

자신은 돈 욕심이 그다지 없다. 열심히 모으는 이유가 있다면 전부 사회를 자신의 이상향으로 바꾸는데 필요하기 때문.

반면 여태껏 만나온 사업가는 한 명도 빠짐없이 돈을 좋아했고, 돈을 이용해서라도 자신의 목표 달성이 빨라진다면 얼마든지 이용할 생각이었다.

"다 끝나셨어요?"

경영주가 떠난 후, 최창수가 나오자 경리가 다가와 물었다.

"네. 반발이 있을 거라 생각했는데 조용히 잘 마무리됐네요. 혹시 나가면서 제 욕 하는 사람 있었어요?"

"설마요. 다들 한 마디도 없이 나갔어요."

"그럼 다행이네요. 쇼핑몰 업체 사장님은 어디에 계시죠?"

"3층 고객 상담실이요. 커피 금방 타다 드릴게요."

"에유, 저도 손발 다 있습니다. 하던 일이나 마저 하세요."

최창수가 직접 정수기에서 뜨거운 물을 따라 믹스 커피를 풀었다.

대한민국 직장에서는 너무나도 당연한 여직원의 커피 심부름.

AG기업에서는 찾아볼 수가 없었고, 이런 사소한 배려 하나하나가 여직원에게는 더욱 따뜻하게 다가왔다.

"죄송합니다. 오래 기다리셨죠?"

3층 고객 상담실.

AG기업이 미디어 패션의 도움으로 첫 홈쇼핑에 진출했을 때부터 지금까지 계속 관계를 이어 온 홈쇼핑 사장과 인사를 나눴다.

"귀하신 분 만나는 건데 이 정도도 못 기다리면 쓰나요."

"이해해주시니 감사하네요. 서로 바쁜 사람이니 바로 일 얘기로 들어가고 싶은데요. 그동안은 항상 서민을 위한 제품만 선보였잖아요?"

"네, 그렇죠."

"이번에는 명품 쪽으로 방향을 돌리려고요."

최창수가 도안을 건넸다.

다가올 겨울을 대비한 한 벌의 코트.

나머지 한 벌은 계절 상관없이 갖고 다닐 수 있는 가방이었다.

"지금이 8월 말이죠. 넉넉히 준비해서 10월 말이나 11월 초쯤으로 방영일을 잡았으면 좋겠어요. 도안은 나왔지만 아직 공장 가동은 안 됐거든요."

"음, 그러면 시중에 판매해서 어느 정도 검증할 시간이 부족하지 않나요? 명품이면 낮보다는 늦은 저녁 시간대가 좋을 거 같은데 말이죠."

"그 부분 말인데요. 사장님도 아시다 시피 요즘 한창 AG 기업, 그리고 최창수가 핫하지 않습니까?"

"하하! 사장님이랑 회사는 언제나 핫이슈였죠. 이번에도 요식업으로 또 소란스러우시던데."

"그쵸? 제가 성공 보증수표 아니겠습니까. 그 수표를 더 잘 이용할 생각인데요."

며칠간 큰 고민을 했다.

홈쇼핑은 시중에서 어느 정도 검증이 된 물건이 그 기세를 이어 더욱 박차를 가하기 위한 것.

하지만 지금부터 공장 가동을 시작하면 시중에 먼저 제품을 선보일 시간이 없다. 백이면 백 홈쇼핑 방영일자를 늦추고, 한 달이 됐건 간에 소비자에게 어느 정도 제품을 알리려 할 게 분명하다.

하지만 최창수의 생각은 달랐다.

'나, 그리고 AG기업이 어느 위치까지 올라왔는지 알기 딱 좋은 기회야.'

이번 제품은 여태껏 선보인 것과는 가격부터가 다르다.

명품 코트는 70만원.

명품 백은 120만원이란 고가다.

물론 유명한 브랜드에 비하면 썩 높은 가격은 아니지만, 그동안 저가 상품을 많이 발매한 AG기업에서는 정말 큰 도전이라 할 수 있다.

"홍보에 힘을 정말 많이 쓸 생각입니다. 이 날 이 시간, AG기업에서 처음으로 명품 제품을 선보이니 반드시 보라고. 그뿐 아니라 현재 금손 몇 몇 과도 접촉 해 입소문을 내고 있고요."

"호오, 대표님이 그 정도로 확신해서 말씀해주시니 저도 한 번 도전해보고 싶네요."

"우선 제 인지도와 회사의 이미지가 좋습니다. 거기에 제품의 도안도 정말 깔끔하게 갖고 싶게 잘 뽑혔어요. AG기업의 명품 제품이 좀 더 정착화 된 뒤였다면 3배는 더 받을 수 있을 만큼이요."

"네, 샤넬과 견줘도 모자람이 없네요."

"저희 회사 직원 모두가 머리를 싸맸거든요. 어쨌든, 하나라도 더 팔아보고자 보조 진행자로 제가 나갈 생각입니다. 메인 진행자는 저와 한 번 호흡을 맞췄던 양화정 씨로 할 생각이고요. 듣자 하니 명품도 좋아하고, 명품 판매 진행도 많이 했다더라고요?"

"양화정 씨가 믿을 만한 분이긴 하죠. 으음."

홈쇼핑 사장이 팔짱을 두르고 고민에 빠졌다.

'믿고 맡겨도 되겠지?'

첫 홈쇼핑에서 대박신화를 이룬 최창수.

그 뒤로도 번번이 흑자를 불러왔다.

'그래. 지금까지 잘 해줬는데 이 정도 부탁은 들어줘야지. 그리고…… 솔직히 망할 거란 생각이 전혀 안 들기도 하고.'

수년 간 최창수를 만나면서 느꼈다.

일에 대한 열정과 아이디어가 대단했고, 한 번 밀고 나간 건 어떻게 해서든 일을 진행시켰다.

그리고 번번이 성공해왔다.

"좋습니다. 대표님 믿고 진행하도록 하죠."

"감사합니다. 차후 정확한 일정이 정해지면 다시 연락드릴 게요."

"네, 기다리고 있겠습니다. 참, 그리고…… 이번에는

제쪽에서 부탁드리고 싶은 게 있는데요."

홈쇼핑 사장이 조심스럽게 말문을 뗐다.

"한 가지 더, 홈쇼핑에서 팔고 싶은 게 있습니다만."

···◈···

최창수가 고개를 갸웃거렸다.

"추가 제품을 원하는 건가요?"

"아뇨, 의류는 저희도 명품에만 집중하고 싶습니다. 제가 원하는 건 대표님이 만든 특제 소스입니다."

"그거라면 거절하겠습니다."

"……예상은 했지만, 이유를 알 수 있을 까요?"

"희소성이 떨어지기 때문입니다."

AG명품 음식점 중 종목이 겹치는 건 하나도 없다.

예를 들어 천안에만 AG명품 분식점이 존재하다고 치자. 입소문을 들은 고객은 그 분식점의 맛이 궁금해 일부러 천안까지 내려올 게 분명하다.

"현재로서는 수익을 세분화 하는 것보다 한 곳에만 집중하려고 합니다. 그게 매출과 서비스 측면에서도 이득이고요. 무엇보다 AG명품 음식점이 많은 손님을 끌어당기는 건 음식보다는 소스의 영향이 큽니다. 그 소스를 홈쇼핑에서 판매한다? 분명히 타 직영점에 큰 타격이 갈 겁니다."

"역시 그렇겠죠."

"네. 돈 때문에 AG기업을 믿고 계약을 맺은 경영주에게 피해를 주고 싶지 않습니다."

"알겠습니다. 대표님의 뜻이 그렇다면 더 이상 왈가왈부할 수는 없는 노릇이죠. 불편한 얘기 꺼내서 죄송합니다."

"아닙니다."

"그럼 저는 이만 가보겠습니다."

홈쇼핑 사장이 자리에서 일어났다.

혼자 남은 최창수는 컴퓨터 앞으로 이동했다.

'하루 만에 게시물이 또 늘어났네.'

AG기업의 계약을 맺은 IT업체가 만들어 준 검색 엔진.

오직 AG기업과 관련된 게시물만 찾아주는 엔진이었고, 이 덕분에 하루에 몇 개의 게시물이 늘어났는지 체계적으로 알 수 있었다.

"대표님~."

"어, 소영아. 왜?"

"우수 후기 작성자 명단 가져왔어요."

"고맙다. 디자이너로 취직했는데 이런 업무 시켜서 미안하네."

"아니에요~ 잘 보여야 해고 안 당하죠!"

이소영이 농담조로 말했다.

"그리고 제가 직접 하겠다고 나섰잖아요. 힘들어지면 그때 말할 테니까 대표님은 부담 갖지 마세요!"

"네가 사회생활 좀 할 줄 아는 구나."

웃으면서 작성자 명단을 받았다.

총 열 다섯 명의 명단.

AG기업에서는 한 달에 한 번씩 우수한 후기를 작성해준 작성자에게 사은품으로 3만원 상당의 상품권을 보내주고 있다.

이번부터는 AG명품 음식점 후기도 포함했기에 평소보다 후보자가 많았다. 그 중 한 명을 골라 경리에게 명단을 넘겼다.

'벌써 3시네? 슬슬 가봐야겠군.'

오늘은 서유라와 중요한 약속이 있는 날이었다.

···◈···

신세계 백화점 3층.

"이거 어때?"

최창수가 진열대 너머에 있는 반지를 가리켰다.

티파니 웨딩 반지 49호.

링은 얇지만 다이아 장식이 제법 큼지막했다.

"꼭 다이아여야 해?"

서유라가 조심스럽게 물었다.

그 모습에 직원은 남녀의 위치가 정반대라고 생각했다.

"이왕 맞추는 거 좋은 게 좋잖아."

"그렇긴 한데…… 저기 이 반지 얼마에요?"

"250만원이요. 두 분이서 맞추시는 거면 500만원이네요."

"바, 반지가 오백!"

AG기업에서 남부럽지 않은 월급을 받고는 있지만 서유라는 여전히 서민의 마인드를 유지하고 있었다.

반지에 오백을 쓰는 건 말도 안 되는 소리라 느꼈다.

"우리 그냥 금반지로 하자. 이거 어때? 장식은 없지만 링이 굵어서 우리의 사랑이 더 묵직하게 느껴지지 않니? 가격도 두 개 160만원이야. 물론 이것도 비싸지만……."

"커플링도 아니고 결혼반지야. 난 이왕이면 최고로 준비하고 싶어."

"으으…… 고집부리기는."

"그럼 이렇게 하자. 그 반지는 약혼반지, 이 반지는 결혼반지. 어때?"

"그럼 쌍으로 돈 쓰는 거잖아. 창수 너, 학생 때는 매점에서 빵 하나 사 먹는 것도 벌벌 떨더니 씀씀이가 헤퍼졌어."

"버는 돈의 단위부터가 달라졌으니까. 저기요, 이 반지는 포장 해주시고 이 반지는 지금 바로 주세요."

"몇 개월 할부로 해드릴까요?"

"일시불로 해주세요."

최창수가 카드를 건넸다. 둘의 의견다툼은 알지만 상품

판매가 우선인 직원은 서유라가 뭐라 말하기도 전에 빠르게 일시불 결제를 도왔다.

"야!"

"조용히 해라~."

최창수가 한 손으로 서유라의 입을 막고 물건을 받았다. 그리고 한적한 곳으로 이동해 약혼반지 케이스를 열었다.

"손 줘."

"결혼하면 이 반지 팔아버릴 거야."

"삐졌냐? 으휴, 네 마음대로 해."

최창수가 피식 웃으며 서유라의 왼 약지에 금반지를 끼웠다.

"잘 어울리네!"

"……너도 껴."

이번에는 서유라가 최창수의 왼 약지에 금반지를 끼웠다.

표정은 뿌루퉁했지만, 서유라는 기분이 좋았다.

"반지까지 끼니까…… 결혼 앞두고 있다는 게 정말 실감나네."

"이제부터 더 실감날 거야."

최창수가 서유라의 손을 잡았다. 손가락에 닿는 반지의 차가운 감촉. 서유라는 자신의 반지와 최창수의 반지에 붉은 실을 연결하고 싶다 생각했다.

"침대는 이거 어때?"

"둘이 자기에는 너무 크지 않아? 이 정도가 적당한 거 같아."

"좋아. 반지는 네가 양보했으니까 이번에는 내가 양보할게."

일상생활에 필요한 물건을 구매하고 가전제품 쪽으로 이동했다.

"어서 오세요, 고객님! 뭔가 찾는 게 있으신 가요?"

"느낌이 신혼부부 같은데 정말 잘 어울리시네요!"

들어서기가 무섭게 직원 두 명이 웃는 얼굴로 다가왔다.

예물 매장을 시작으로 백화점 전체를 돌아다닌 최창수.

구매한 물건은 전부 최고급.

거기에 모조리 일시불로 결제한 덕분에 현재 백화점 관계자로부터 친절하게 잘 대하라는 명이 내려왔다.

"TV랑 냉장고를 보려고 하는데요. 가장 최신에 나온 제품이 뭐예요?"

"TV는 이거, 냉장고는 이걸 추천 드립니다! 장점을 꼽자면……."

"그걸로 주세요."

최창수가 바로 신용카드를 건넸다.

"예?"

"최신 제품이니까 추천한 거 아니에요? 그럼 들어볼 필요도 없으니까 결제 해주세요. 아, 수령은 차후 연락드릴 테니까 그때 배달 좀 해주시고요."

"어, 어…… 아, 알겠습니다."

통이 큰 손님이라고는 들었는데 설마 이 정도일 줄은 몰랐다.

"겨, 결제 끝났습니다. 감사합니다, 고객님!"

"네, 수고하세요."

카드를 챙기고 서유라를 바라봤다.

"왜 멍한 표정이야?"

"예물인데…… 왜 다 네가 준비해?"

"원래 있는 사람이 쓰는 거야. 그리고 네가 쓰나, 내가 쓰나 어차피 같이 쓸 물건인데 뭐 어때? 가전제품은 한 번 구매하면 오래 쓰니까 좋은 걸로 사는 게 좋잖아?"

"그렇긴 한데…… 아. 나는 더 이상 모르겠다.

이제는 더 이상 최창수에게 잔소리 하는 것도 지쳤다.

뭘 해도 이런저런 얘기로 자신을 설득하니까.

게다가 서민으로 살아왔기 때문인지. 최창수의 행동 하나 하나에서 소소한 대리만족을 느끼고, 무엇보다 그 모습이 제법 멋있게 보였다.

"장모님 장인어른에게는 뭘 드리면 될까?"

"네가 사위라는 걸로도 엄청 좋아하니까 신경 쓰지 마. 그보다 여기 아냐?"

"그러네. 내리자."

강남구 논현동에 위치한 부자 동네.

"와. 벌써 이만큼이나 진행됐네."

"철강산업이 일처리는 빠르면서도 정확하거든."

흐뭇하게 웃으며 정면을 바라봤다.

마당은 포함해 50평 남짓의 부지.

두 사람의 보금자리가 지어지고 있었다.

"네가 처음에 땅 사서 집 짓자고 할 때는 아파트면 된다고 생각했는데, 완성되어가는 걸 보니 생각이 또 바뀌네."

"땅값만 35억이니까."

"……몇 번을 들어도 체감이 안 되는 금액이네."

"이것도 이사장님 도움 받아서 싸게 구매한 거야. 집은 철강산업 회장님이 결혼 선물이라고 공짜로 지어주시는 거니까 엄청 이득본 거지. 그러니까 예물 값 생각하지 마, 알겠지?"

"흥…… 알겠어."

두 사람은 철강산업 관계자에게 양해를 구하고 보금자리에 들어갔다.

"들어와서 보니까 더 넓네."

"그러게. 만날 고시원에서만 지내다가 넓은 집 보니까 감회가 남다르다."

그 말을 마지막으로 한동안 침묵하던 최창수가 다시 입을 열었다.

"그러고 보니 너희 집 전세지?"

"응? 응. 이번에 전세 값 올려달라고 요청도 들어왔고,

나도 곧 너랑 같이 사니까 부모님 둘이서 작은 집으로 옮길까 고민 중이래."

"내가 집 한 채 장만해드릴까?"

"……뭐?"

"전세보다는 내 집 하나 있는 게 더 든든하잖아. 우리 부모님한테는 이미 해드리기로 약속하고 집 알아보는 중이거든. 어때? 부담스러우면 월세 조금씩 받을게."

"그게……."

깊은 고민에 빠졌다.

언젠간 부모님에게 집 한 채 장만해주고 싶다고 생각했다. 하지만 현 상황으로는 먼 미래의 일. 그 일을 남편 될 사람이 먼저 해준다고 하니 솔깃할 수밖에 없었다.

"부탁해도…… 괜찮아?"

"당연히 괜찮지! 천안 쪽이면 1~2억 안으로 아파트도 가능한데. 장인어른한테 넌지시 말해봐."

"응……. 고마워."

"소중한 사람들에게 쓰는 돈은 전혀 안 아까우니 괜찮아."

어차피 자신은 돈 쓸 일이 거의 없는 사람이다.

자연스레 쓰는 것보다 버는 게 더 많아진 몇 년.

쓸 수 있을 때 거침없이 쓸 생각이었다.

• • • ◈ • • •

보금자리를 확인하고, 최창수는 서유라와 함께 AG명품 레스토랑으로 향했다.

"와, 인테리어 진짜 예쁘다."

"역시, 좋아할 줄 알았어."

길고 길었던 공사 끝에 드디어 AG명품 레스토랑 공사가 완료됐다. 만약 지난 한 달 동안 막상 정리를 끝낸 인테리어가 마음에 들지 않아 몇 번이고 뜯어 고치지 않았다면 더 빨리 오픈이 가능했을 거다.

"다음 주부터 오픈하다고 했지?"

"응. 오늘은 대박을 기도하는 파티를 열려고."

"파티?"

서유라가 고개를 갸웃거렸다.

그때, 밑에서 어린애들의 소란스러움이 들렸다.

"창수 씨, 애들 데리고 왔어요."

한아름이 숨을 헐떡이며 가게 문을 열었다. 그 뒤로 보육원 원생이 우르르 들어오기 시작했다.

"여기까지 오느라 고생 많았어요, 아름 씨. 나머지는 제가 할 테니까 좀 쉬세요."

"고마워요."

정말 힘들었는지 한아름이 근처 의자에 앉아 숨을 골랐다.

"안녕, 애들아! 오랜만에 보지?"

"오빠! 요즘 왜 보육원 잘 안 와요?"

"형! 저랑 철권 붙기로 했잖아요!"

"하하! 미안, 미안. 요즘 바빠서 들를 시간이 없었어. 대신 오늘 많이 놀아줄게! 너희를 위해서 맛있는 음식도 준비해놨어."

최창수가 주방을 바라봤다.

때마침 조리가 끝났는지 준비한 음식이 하나 둘 나오기 시작했다.

보육원 원생은 서로 친한 애들끼리 무리를 지어 자리에 앉았고, 최창수는 직접 서빙을 했다.

"너희를 위해서 준비한 음식이야. 그동안 먹어본 음식과는 맛이 확 다를 걸?"

"헉. 이, 이렇게 생긴 음식 처음 봐요. 이 알도 먹는 거예요?"

"캐비어구나. 맛있으니까 먹어 봐."

"네."

원생들이 캐비어를 입에 넣었다. 그리고 두 눈이 커다래졌다.

"와! 짱 맛있어! 자장면보다 더 맛있어!"

"야 이 고기도 맛있어! 삼겹살이 최고인 줄 알았는데 더 맛있는 고기도 있구나……."

생애 처음으로 먹는 고급 음식.

다행히도 입맛에 맞았는지 원생들이 정신없이 그릇을 비우기 시작했다.

"다들 맛있어?"

"네!"

"앞으로는 이것보다 더 맛있는 음식을 많이 먹을 수 있을 거야."

최창수가 원생들을 한 명씩 바라봤다.

진지한 분위기를 느꼈는지 원생 모두가 식사를 멈추고 최창수를 바라봤다.

"이 요식업은 너희를 위해서 준비한 사업이야. 내 자식 같은 너희를 더욱 배부르게 해주기 위해서. 너희가 성인이 되고 사회에 나갔을 때 부당한 대우를 받지 않게 하기 위해서. 내가 노력할 거니까, 너희는 미래를 불안해하지 말고 각자 하고 싶은 걸 해."

"오빠……."

"내가 너희 부모야! 부모가 자식을 위해 힘쓰는 건 당연한 일이야!"

진심이 담긴 최창수의 외침.

아직 어린 원생은 그저 최창수가 멋있다고만 생각했지만, 중학생 이상의 원생들은 눈시울이 붉어졌다.

그 어느 누구도 자신들을 위해 이 정도로 노력하지는 않았으니까.

자신을 부모처럼 따르라고 말은 했어도, 행동과 진심을

거의 보여주지 않았으니까.

"감사합니다……."

원생 중 가장 나이가 많은 송민지가 고개를 푹 숙였다.

"정말 감사합니다…… 아빠."

태어나서 단 한 번도 뱉어보지 못한 단어. 하지만 늘 동경했던 그 단어. 용기내서, 눈물에 떨리는 목소리로 말했다.

소란스럽던 주변이 단숨에 조용해졌고, 그 분위기 속에서 최창수는 다정하게 입을 열었다.

"이 아빠는 소중한 자식이 많아서 기쁘네."

송근태 현대 판타지 장편소설

두 번째 이야기

나의 작은 텔레비전

운수 대통령

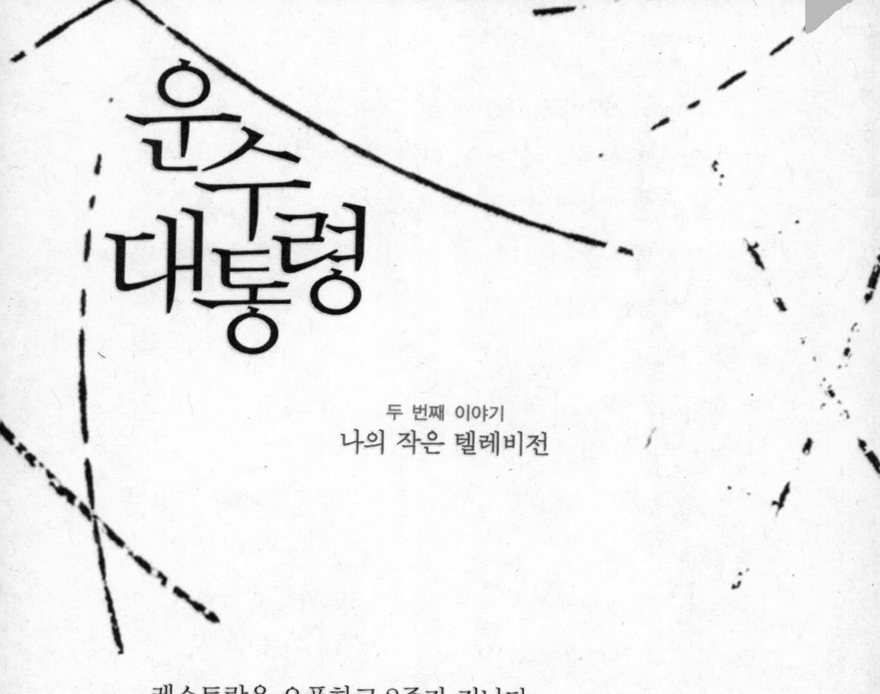

두 번째 이야기

나의 작은 텔레비전

레스토랑을 오픈하고 2주가 지났다.

짧은 시간이었지만 AG명품 레스토랑이 많은 고객의 기억 속에 남기에는 충분한 시간이었다.

그 중 가장 반응이 좋은 건 이태원에 위치한 가게였다.

"32만원입니다."

카운터에 선 최창수가 계산서를 받았다.

안심 스테이크 2인분과 와인 한 잔.

일반인은 고작 이거 먹고 32만원을 내냐고 혀를 내두르겠지만, 이태원의 기본 고객은 지갑 씀씀이부터가 달랐다.

원체 땅값이 비싸고, 작은 미국이라는 별명까지 가진 그곳은 하루에도 엄청난 양의 돈이 오간다.

대부분의 고객이 상류층 사람이니까.

"맛있는 음식 잘 먹었어요. 이건 팁입니다."

음식 값을 계산한 고객이 팁으로 5만원을 건넸다.

팁 문화를 거절하는 건 예의가 아니니 우선은 받았다.

"죄, 죄송합니다!"

몇 차례 더 손님을 상대하고 있자 문이 활짝 열렸다. 숨을 헐떡이는 직원이 보였다.

"차, 차가 막혀서 늦었어요."

"20분 정도는 괜찮으니 어서 옷 갈아입고 오세요. 참, 이거 받으시고요."

최창수가 직원에게 팁으로 받았던 5만원을 건넸다.

"저 가불 요청 안 했는데요?"

"고객이 팁 준 거예요. 원래 같으면 제가 아니라 미정 씨가 받았어야 했던 거라 주는 겁니다."

최창수가 웃으며 직원의 손에 팁을 꼭 쥐어줬다.

그 행동에 차미정은 차가 막혀서가 아니라, 근처에서 친구를 만나 수다를 떨다가 늦은 자신이 부끄러워졌다.

'사장님한테 죄송해서라도 더 열심히 일해야겠어!'

유니폼으로 갈아입은 차미정이 바로 업무 전선에 뛰어들었다.

하루에도 수백 명의 손님이 찾아온다. 8시간이란 근무시간이 순식간에 지나갈 정도로 정신없이 바쁘긴 하지만, 바쁜 만큼 살아있음이 더 잘 느껴졌다.

게다가 서빙 및 매장관리만 하는데도 불구하고 월 180만원을 받는다. 거기에 정직원까지. 차미정은 이 직장이 너무 좋았고, 가능하면 평생을 몸담고 싶을 정도였다.

2주.

이제 일한 지 고작 2주였지만 AG명품 레스토랑 이태원점은 대기업 못지않은 직장이었다.

"팁 감사합니다."

거기에 팁 덕분에 불로소득이 쏠쏠하다. 하루에 못 해도 5만원, 많으면 20만원 까지 추가 소득을 얻는다.

이 덕분에 정신적 피로도 육체적 피로도 전부 잊을 수 있었다.

하지만 딱 하나.

예외가 있었다.

"이봐요, 아가씨. 우리 애도 먹을 거니까 서비스로 까르보나라 반 접시만 달라고 하지 않았어요? 왜 안 나와요?"

"죄송하지만 고객님. 저희 매장은 특별한 일이 없으면 서비스를 제공하지 않고 있습니다. 메뉴에 까르보나라가 있으니 주문하시면 바로 준비해드리겠습니다."

"우리 애 7살이에요, 7살. 이 애가 한 접시를 어떻게 다 먹어요? 어쩜 가게가 이렇게 융통성이 없어? 고객이 왕인 거 몰라요?"

"죄송합니다."

"죄송하면 까르보나라 반 접시만 어서 가져와요. 그리고 이 스테이크, 웰던 아니에요? 왜 이렇게 질겨?"

"원래 웰던이 스테이크 중에 가장 질깁니다만……."

"난 부드러운 게 먹고 싶었는데, 자르기만 하고 아직 안 먹었으니까 레어로 바꿔줘요."

"죄송합니다, 손님. 이미 완성된 음식은 환불이 불가능합니다."

"뭐라고요? 아니, 무슨 가게가 안 되는 게 이렇게 많아! 이 가게도 아가씨처럼 못 배운 사람이 만들었어?"

"최강대 영통학과 출신이 만들었습니다."

진상과 직원의 대화에 최창수가 끼어 들었다.

"덤으로 AG기업 운영 중이고요. 소란스러워서 왔는데 불편이 있으셨나요?"

최창수가 웃으며 말했다.

그 미소에 진상은 한순간 심장이 벌렁했지만 바로 표정을 사납게 바꿨다.

"우리 애가 어려서 조금만 먹으니까 까르보나라 반 접시만 서비스로 주고, 웰던으로 시킨 스테이크가 너무 질겨서 아직 안 먹었으니 레어로 바꿔달라는데 직원이 싫다네요. 대체 직원 교육을 어떻게 시키신 거예요?"

"죄송하지만 고객님. 저희 영업점 방침 상 두 가지 다 불가능하고요. 까르보나라 한 접시를 시키고 남은 건 포장해 가시면 어떨까요?"

"우리가 거지에요? 포장을 왜 해?"

"그럼 거지가 아니신데 서비스는 왜 달라고 하십니까? 고객님 돈 내고 주문하시면 되죠."

일침에 진상이 당황했다.

"또한 음식에 이물질 나왔다면 모를까, 다른 경우로 교환하면 그 손해는 고스란히 저희가 지게 됩니다. 타 영업점에서는 이와 같은 행동이 통했을지 몰라도 저희 가게에서는 많이 힘듭니다."

사회적으로 큰 이슈가 되고 있는 블랙컨슈머.

이른바 진상.

온갖 말도 안 되는 억지논리를 펼쳐 직원에게 갑질을 하고 보상을 챙기는 진상을 최창수는 상당히 싫어했다.

학창 시절, 부모님이 치킨집을 운영하면서 진상에게 여러 번 호된 꼴을 당하는 걸 봤으니까.

그런 과거를 갖고 살았기에, 자신은 절대로 진상도 안 되고 만약 진상을 만나면 가차 없이 응징하기로 마음을 먹었다.

그리고 요식업에 뛰어들면서 자연스레 진상과 만나는 일이 잦아졌다.

"하! 뭐 이따위 가게가 다 있어! 이 가게 소문이 안 좋게 나도 상관없다 이거야?"

"그깟 소문에 주저앉을 만큼 물렁한 가게가 아니거든요."

제대로 된 손님에게는 지극정성을 다한다.

하지만 진상에게는 받은 대로 돌려준다.

AG명품 음식점 직원교육에 존재하는 방침이다.

어차피 고객이 부담하는 돈의 절대량을 비슷하다. 가게 물을 흐리고 직원을 힘들게 하는 진상을 상대할 시간에 똑바로 된 고객만 상대하는 게 여러모로 이득이었다.

"우리 꼬마 아가씨. 엄마가 이러면 창피하지 않니?"

갑작스러운 질문.

꼬마는 엄마와 최창수를 번갈아보더니 순수한 목소리로 말했다.

"창피해요. 나 까르보나라 별로 먹고 싶지도 않은데, 엄마가 먹고 싶은 거잖아."

"뭐, 뭐? 아니, 얘가!"

"그렇다고 하네요."

최창수가 웃었다.

창피함과 분노가 올랐는지 진상의 얼굴이 시뻘게졌다. 그리고 막무가내로 나가려고 했는지 테이블을 강하게 내려쳤다.

"근데 이 사람이 진짜……!"

"아, 거 참! 식사 좀 조용히 합시다, 조용히!"

그때 옆 테이블에 앉은 남성 고객이 소리쳤다.

"옆에서 잠자코 들어보니 뭐 개소리만 자꾸 내뱉던데 애 앞에서 진상 짓 하면 안 부끄럽습니까?"

"당신은 또 뭔데 끼어들어!"

"손님이다, 이 년아! 한참 어려보이는 게 어디 감히 반말이야! 거지도 아니고 네 돈 주고 시켜먹으면 되지, 왜 자꾸 공짜로 달래!"

"그러게, 이상한 사람이야. 직원이 아니라 그쪽이 더 못 배운 거 같아요."

"돈 없으면 나가요. 같이 있는 우리 수준까지 떨어트리지 말고."

남성 고객의 일침을 시작으로 다른 고객들도 거세게 항의를 시작했다.

더 이상 자신의 편은 없다. 딸내미까지 창피하니 가자고 하는 상황. 타 영업점에서는 잘만 먹히던 수가 안 먹히고, 욕을 하던 입장에서 먹는 입장으로 바뀌니 이제는 분노보다는 창피한 게 더 커졌다.

"아, 시발 거지같아!"

결국 급하게 짐을 싼 진상이 딸과 함께 가게 밖으로 뛰쳐나갔다.

"저, 손님 계산은……!"

"그냥 내버려둬요."

진상을 쫓으려던 직원을 붙잡았다.

"하지만 사장님……."

"음식 값은 내가 낼게요."

그 자리에서 빠르게 스테이크를 먹어 치운 최창수가 대신 음식 값을 계산했다.

"진상도 악플러랑 비슷해요. 사회에서 받은 모멸감을 어디 풀 곳이 없으니 자신이 갑이 될 수 있는 곳에서 그 스트레스를 푸는 불쌍한 사람이에요."

최창수는 늘 생각했다.

단순히 공포심을 이용하는 게 아니라.

하루에 받는 스트레스보다 행복이 더 많아지면 언젠간 진상도 악플러도 모조리 사라질 거라고.

그러기 위해서는 사회 전반에 깔려있는 타인과의 비교 및 노골적인 무시의 뿌리를 뽑아야 했다.

"나중에 또 진상 나타나면 저처럼 대처하세요."

"네, 알겠습니다. 도와주셔서 감사해요."

"내 가게 직원은 내가 챙겨야죠."

"……사장님은 정말, 다른 경영주하고는 많이 다르시네요. 엄청 좋은 분이세요."

"하하! 그렇게 봐주시니 고맙네요."

차미정을 격려한 최창수가 창가 쪽 테이블로 향했다. 그곳에는 백원종이 있었다.

"음식은 입맛에 좀 맞으십니까?"

레스토랑이 개업했다는 소식을 뒤늦게 안 백원종은 최창수에게 연락해 찾아갈 테니 최고의 음식을 준비해달라는 얘기를 했다.

그래서 쉐프들에게 평소보다 더 신경 써서 백원종의

음식을 준비해달라고 말했다.

"음, 경력 많은 쉐프들이 만들어서 그런 지 정말 맛있네요. 대표님이 만든 이 소스가 음식에서 손을 더 뗄 수 없게 만들고요. 가게 분위기도 아주 마음에 듭니다."

백원종이 카메라로 아직 손 안 댄 음식과 가게 인테리어를 촬영했다.

"이 정도면 이번 칼럼에 실어도 충분하다 못해 넘치겠어요."

"백원종 쉐프님이 칼럼이면 손님이 더 붐비겠네요. 감사합니다."

"감사는 제가 해야죠. 요즘 고급 레스토랑도 점점 질이 떨어져서 슬슬 쓸 칼럼이 떨어졌는데, 때마침 최창수 대표님이 좋은 가게를 개업해줘서 다행입니다. 기회가 되면 AG명품 음식점 특집 칼럼도 써보고 싶네요."

30년 가까이 쉐프로서 살아온 백원종.

그에게 있어 AG명품 음식점의 소스는 신선한 충격이었고, 동시에 최창수는 여태껏 만나온 인간 중 가장 올바르고 깨끗한 인간이었다.

"오늘은 칼럼 쓰러 오신 건가요?"

"칼럼도 있고, 대표님에게 드릴 얘기도 있고요."

백원종이 가방에서 서류를 꺼냈다.

그걸 읽은 최창수는 대박 하나 더 잡았다고 생각했다.

"그쪽에서는 뭐라고 하나요?"

"긍정적으로 검토하고 있는데 무조건 될 거 같아요. 제가 워낙 영향력이 쎈 사람이라."

백원종이 음식을 음미하면서 말했다.

그를 바라보며 최창수는 미래를 음미했다.

···◈···

'이게 전부 대기줄인가?'

차에서 내린 최창수.

자신이 관중이 아니란 사실에 감사했다.

오늘은 대한민국 패션 대기업이 주최한 국내 패션쇼가 있는 날.

본래 저번 달이었지만 알타프로스 측의 사정으로 인해 한 달이 연기됐다.

"아, 창수야."

관계자 권한으로 대기를 하이패스한 최창수가 대기실 문을 열었다.

오늘 패션쇼에 참가할 AG기업 직원들이 모두 모여 있었다.

"가게 좀 보느라 늦었네. 다들 식사는 했어요?"

"어우, 대표님. 저희 모두 긴장돼서 아무것도 못 먹겠어요."

"저도 지금 속 쓰려요……."

직원들이 일제히 배를 문질렀다.

"긴장하지 마요. 모두 제가 엄선해서 뽑은 디자이너 분들이시니 어깨에 힘 팍 줘요!"

"그래도…… 국내 디자이너에게는 꿈의 무대에 제가 오르다니, 아직도 안 믿겨져요."

국내 패션쇼에 참가하는 모델과 디자이너는 세계에서도 얼추 이름이 알려져 있는 이들로 구성된다.

그만큼 역사 깊고 유명한 패션쇼라는 것.

AG기업 디자이너 세 명의 명성과 경력을 모조리 합쳐도 미디어 패션 소속으로 참가한 막내 디자이너보다 모자라다.

최창수도 처음에는 AG기업에서 가장 경력이 많은 디자이너에게 맡기려고 했었다.

그러지 않은 이유는 공평성이 없었기 때문이다.

때문에 전 직원을 상대로 패션쇼에 선보일 디자인 공모를 받았다.

눈앞에 선 셋은 운수 대통령의 힘을 빌려 선정한 디자이너들이었다.

'좋은 평가를 안 받으려야 안 받을 수 없어.'

운수 대통령의 힘을 사용할 때 한 가지 조건을 붙였었다.

패션쇼에서 좋은 평가를 받을 옷만 고르라고.

때문에 자신 있었다.

오늘 참가한 모든 기업 중 가장 좋은 성적을 낼 수 있을 거라고.

"계속 떨다가는 나중에 의상 소개 때 실수하니까 긴장 푸세요. 여기서 여러분이 잘하면 해외에서 러브콜을 받아 AG기업보다 더 좋은 곳에 취직할 수 있고, 자연스레 AG기업의 매출도 증가할 테니까요."

"으으, 그래야죠. 근데 러브콜 받아도 저희 AG기업 안 떠날 거예요."

그 말에 최창수는 의외라고 생각했다.

다들 더 좋은 자리와 성공을 위해 AG기업으로 이직한 사람이었으니까.

"대표님이 저희한테 얼마나 잘 해주셨는데 AG기업을 떠나요. 사람으로서 그러면 안 되죠."

"맞아요. 그리고 저는 여기가 좋아요. 근무 여건도 좋고 복지도 좋고, 해외 기업도 이만한 곳 없을 걸요?"

"……제가 대표생활 똑바로 하긴 했나 보네요."

"대표님만 한 대표가 어디 있어요! 미디어 패션도 AG기업처럼 편하지는 않았어요."

이득보다는 직원을 더 생각하는 기업.

갑과 을이 아닌, 모두가 가족처럼 지내는 기업.

그게 바로 AG기업이었고, 자연스레 직원의 호감을 사는 요소가 되어버렸다.

시간이 되자 디자이너 셋과 최창수가 무대로 향했다.

'많다.'

무대 뒤편에서 관중 석을 바라봤다.

천 명이 넘는 관중이 이 패션쇼를 보기 위해서 찾아왔다.

기업 석에는 유명한 패션 기업의 대표가, 디자이너 석에는 초청된 유명 디자이너가 앉아 있었다.

'잘 하자.'

주먹을 꽉 쥐었다.

오늘 이 무대는 자신에게 있어서도 큰 도전이자 발판이었다.

'날 더 알려야 해. 그래서 더 많은 사회적 영향력을 얻어야 해!'

최창수가 기업 석, AG기업 대표 자리에 앉았다.

···◈···

1년에 한 번씩 개최되는 국내 패션쇼.

참가한 기업은 총 다섯 곳.

디자이너의 수는 약 백 명.

그리고 관객은 업계 관계자를 제외하고 무려 2천 명에 달했다.

"안녕하십니까, 국내 패션쇼에 참가해주신 관객 여러분."

마이크를 쥔 진행자가 국내 패션쇼의 역사에 대해서 구구절절 설명하기 시작했다. 대부분이 관심 없다는 듯 휴대폰을 만지작거렸다.

"생각해보니 다들 재미없는 얘기를 들으러 오신 게 아니었군요. 그럼, 바로 기업 소개로 넘어가겠습니다. 우선 국내 패션쇼의 장을 여신 미디어 패션의 대표. 한석구 대표님입니다."

"안녕하십니까, 패션을 사랑해주시는 여러분들. 이번 년도도 별 탈 없이 국내 패션쇼를 개최하게 되어 정말 다행입니다. 진행자 분도 말씀하셨지만, 이 패션쇼는 역사도 깊고 그만큼 화려합니다. 오늘 이 자리에도 해외에서 유명한 기업과 디자이너, 그리고 모델 분들이 많이 참석하셨습니다. 다들 즐거운 시간 보내시길 바랍니다."

한석구가 자리에 앉자 박수세례가 일어났다.

관객 중 대부분이 패션 업계 종사자 및 꿈나무였으니까.

그들에게 있어 한석구는 좋은 모델이었고, 어떻게 해서든 환심을 사고 싶게 만드는 사람이었다.

그리고 그런 사람이 한 명 더.

이곳에 존재했다.

"안녕하십니까, 전 앤젤 쇼핑몰. 현 AG기업의 대표 최창수입니다."

바로 최창수.

그가 일어서자 미디어 패션과 알타프로스 두 대표 때보다 더욱 큰 박수세례가 일어났다.

"와, 내가 최창수 대표를 실제로 보게 될 줄이야! 사진보다 실물이 더 잘생겼다!"

“옷 입은 거 봐. 슈트가 저렇게 잘 어울리는 사람도 드문데!”

“젊고 능력 있고 잘 생기고…… 진짜 엄친아네.”

이곳저곳에서 들려오는 자신의 칭찬.

보다 어깨에 힘이 들어가 목소리에 힘을 줬다.

“5년 전. 앤젤 쇼핑몰은 직원 열 명의 작은 중소기업이었습니다. 그 후로 5년이 지난 현재, 대기업으로 전환할 만큼 엄청난 성장을 거쳤습니다. 그 덕에 영광스러운 이 자리에 앉을 수 있던 거 같습니다. 다른 기업에 뒤지지 않을 만큼 좋은 의상을 준비했으니 즐겨주세요.”

꾸벅 고개를 숙인 최창수가 자리에 앉았다. 그러자 한석구가 말을 걸었다.

“인기가 엄청나군.”

“늘 칭찬 받을 일만 해왔으니까요. 절 몰라주면 그건 그것대로 섭섭하죠.”

“훗, 그렇지.”

진행자가 나머지 기업과 참가한 유명 디자이너를 소개하는 와중에도 한석구와 최창수는 개인적인 얘기를 나눴다.

알타프로스 대표는 그 분위기에 끼어들지 못하고 손가락만 빨고 있었다.

‘으음, 이 기회에 최창수 대표에게 잘 보여야 하는데.’

AG기업에게 용서를 구하며 나눈 계약은 진작 끝났다.

하지만 한 번 짓밟혔던 알타프로스는 좀처럼 AG기업과 어깨를 견주기 힘들었다.

"자, 그럼 지금부터! 본 무대를 시작하겠습니다!"

진행자가 말하자 관객의 환호성이 홀을 가득 채웠다.

동시에 조명이 전부 꺼진다. 1초, 2초, 3초. 어두웠던 홀에 은은한 보라색 조명이 드러누웠고, 모델이 워킹할 무대에 스포트라이트가 집중됐다.

국내외에서 유명한 모델들.

그들이 국내외에서 유명한 디자이너가 디자인 한 의상을 입고 우아하게 워킹을 시작했다.

패션쇼라는 게 그렇듯, 실용적인 의상은 거의 없다.

대부분이 예술적 아름다움을 추구하는 것.

누구는 휴지로 만든 드레스를 입고 나왔고, 또 누구는 갈기갈기 찢어진 옷에 철사를 두른 의상을 입고 나왔다.

그 중 가장 파격적인 의상에 사람들이 놀랐다.

"와…… 저건 너무 야하지 않나?"

"와우, 눈호강 제대로 되는데?"

뛰어난 몸매의 외국인 여성 모델.

헤어밴드처럼 생긴 탱크톱으로 가슴을 겨우 가렸고, 꽃모양 장식이 달린 속옷을 입고 있었다. 거기에 흰색 니삭스를 입고, 두 손에는 고양이 손처럼 생긴 장갑을 끼고 있는 모습이 많은 남성들을 곤란하게 만들기 딱 좋았다.

-보지 마.

최창수도 우선은 남자.

넋 놓고 모델을 감상하고 있자니 서유라로부터 문자 한 통이 날아왔다.

-딴 여자 보지 말라고.

-너보다 훨씬 몸매 좋은 듯 ㅋ

-___? 패션쇼 끝나고 보자.

"귀엽게 질투하기는."

흐뭇하게 웃으며 무대로 시선을 돌렸다.

30분 간 이어진 타 기업 및 디자이너의 쇼.

드디어 AG기업의 차례가 다가왔다.

첫 번째 의상은 서유라의 것이었다.

"와, 예쁘다."

"다른 건 너무 예술성만 잡은 거 같았는데, 저거는 각오 좀만 하면 밖에서도 입고 다닐 수 있겠어."

"서유라 디자이너? 처음 듣는 디자이너인데 누구지?"

칭찬과 궁금증.

그 두 개를 한 번에 품으며 관객들이 다시 무대로 시선을 돌렸다.

물을 원단 삼아 만들었다는 느낌이 가득한 푸른색 드레스.

회오리 치듯 빙글빙글 천이 휘감기거나 꼬여있다. 한쪽 어깨는 훤히 드러났고, 반대쪽 어깨는 물방울이 튀어 오르는 것처럼 삐죽한 장식이 달려 있는 게 잘 어울렸다.

"아름답군."

"그러게요."

각 기업 대표들이 서유라의 의상을 칭찬하기 시작했다. 직장 동료이자, 미래의 아내가 칭찬을 받으니 최창수는 마치 자신은 칭찬 받은 것처럼 기분이 좋아졌다.

디자이너 석으로 고개를 돌리니 서유라가 유명한 디자이너와 얘기를 나누고 있었다.

'얼굴 풀어진 거 봐라. 하긴, 저 디자인 뽑으려고 몇 달을 고생했으니 그럴 만도 하지.'

다행히도 AG기업의 세 의상은 전부 반응이 좋았다.

덕분에 한결 편해진 마음으로 쇼 관람에 임할 수 있었고, 그로부터 약 1시간 30분 뒤.

길었던 무대가 드디어 막을 내렸다.

"정말 좋은 무대였습니다. 예술성이 가득 느껴지는, 도저히 이해 못할 디자인의 의상. 그리고 드문드문 눈이 즐거운 의상도 참 많았습니다. 다들 고생한 모델 및 디자이너분들에게 박수 한 번 부탁드립니다."

홀이 박수 소리로 가득 찼다.

"자, 다들 아시겠지만 아직 쇼는 끝나지 않았습니다. 오늘 이 자리에 참가한 디자이너들이, 자신의 의상의 진 명목을 평가받을 시간이 남아있는데요. 다들 투표용 리모컨을 잘 받으셨죠?"

"네!"

"오늘 참가한 디자이너는 총 백 명. 지금부터 이 대형 스크린에 총 열 개의 의상을 열 번에 거쳐서 띄울 겁니다. 자, 그럼! 100강부터 시작합니다!"

대형 스크린에 총 열 개의 의상이 떠올랐다.

투표 기회는 총 열 번.

관객들은 무대를 보면서 미리 생각해뒀던 의상에 투표를 시작했다.

"누가 우승할 거 같나?"

어느 사이 40강.

한석구가 즐겁다는 어조로 물었다.

"관객의 시선을 더 많이 사로잡은 의상이 우승하겠죠. AG기업은, 못 해도 3등 안에 들 거라고 자신합니다."

"호오, 서유라 디자이너의 그 옷 말인가? 제법 가능성이 있어보였지."

"운 좋으면 1등도 가능할 거 같네요."

최창수가 팔짱을 둘렀다.

'유라가 몇 달 동안 고생해서 제작한 의상이야. 게다가 운수 대통령이 통과 사인을 내린 의상이고. 좋은 성적을 거둘 게 분명해.'

기대를 가득 품고, 이번에도 어김없이 서유라의 디자인에 투표를 했다.

"자, 다들 투표하느라 수고 많으셨습니다. 최종적으로 선별된 총 열 벌의 의상. 이제부터는 여러분들의 투표 하나당 5만원 씩 측정됩니다. 더 이상의 탈락 없이, 10위에 든 의상은 받은 표 수 만큼 상금을 획득하고 1등부터 3등까지는 추가 혜택이 주어집니다. 투표 시작해주세요!"

관객들이 투표를 시작했다.

실시간으로 올라가는 금액의 수.

때로는 1위. 때로는 10위. 계속해서 바뀌는 순위에 디자이너들은 희비에 엇갈려야만 했다.

사실 그들에게 상금은 있으나 마나 한 존재다. 자신의 연봉이 상금보다 훨씬 많으니까.

하지만 반드시 1위를 하고 싶은 건 디자이너로서의 명성이 달려있기 때문이다.

그 명성에 따라 자신의 몸값이 또 한 번 상승하니까.

계속해서 상승하던 금액이 갑작스레 멈췄다.

"자, 투표가 마감된 거 같습니다. 이 중, 1위부터 3위까지의 디자인을 선정하겠습니다."

화면이 바뀌고 총 세 벌의 옷이 화면을 채웠다.

그 화면을 본 서유라가 소리 질렀다.

"헉! 거짓말!"

3위 안에 당당히 자신의 의상이 속해있었다.

하지만 놀람은 거기서 끝나지 않았다.

0원부터 시작한 금액이 무서운 속도로 상승하더니 계속 해서 순위가 변동됐다.

화면을 바라보는 관중도, 디자이너도, 기업 대표들도 모두 긴장을 삼켰다.

그리고 마침내…….

"자, 결과 발표됐습니다! 1위는 외국 아르포프라 기업의 케이먼 디자이너! 2위는 AG기업의 서유라 디자이너! 3위는 미디어 패션의 문석희 디자이너가 됐습니다! 세 분은 무대 위로 올라와주세요."

부러움과 축하함이 담긴 시선, 그리고 박수를 받으며 세 명의 디자이너가 무대에 올랐다.

"간단한 소감을 듣도록 하겠습니다. 우선 서유라 디자이너님. 전 오늘 처음 듣는 이름인데 무려 2위를 차지하셨습니다. 기분이 어떠신가요?"

"아, 그게……."

마이크를 쥔 서유라가 좀처럼 말을 잇지 못했다. 대형 스크린에 비친 그녀의 아름다운 얼굴. 눈시울은 벌써 붉어져 있었고, 표정은 눈물을 겨우 참는 것처럼 보였다.

"정말, 감사합니다. 제 옷을 사랑해주셔서 진심으로 감사드립니다."

힘겹게 말문을 열었다.

그리고 눈물이 홍수처럼 터졌다.

그녀는 늘 생각했다.

어째서 다들 이런 자리에서 꼭 눈물을 보이는 걸까. 이해할 수 없었고, 그래서 자신은 절대 울지 않기로 했다.

있는 그대로 기뻐하려 했다.

하지만 막상 현실로 다가오니 그제야 이해할 수 있었다.

결코 작은 무대가 아니다.

대한민국에서 가장 크고, 해외에서도 유명한 패션쇼다.

영광스러운 무대에서 자신이 2위를 차지했다.

공무원이 되라는 부모님의 고집을 꺾고 중학생 때부터 달려온 외길.

그 동안의 고생을 지금 이 자리에 전부 보상 받는 기분이었다.

"1등 상금은 3천만 원. 2등은 2천, 3등은 1천만 원입니다. 그 외 투표 상금은 1등은 2400만원. 2등은 2200만원. 3등은 1600만원이 되겠습니다. 그 외 수상자 분들은, 희망하는 분에 따라 해당 의상을 시중에 판매할 수 있도록 미디어 패션 측에서 최대한 협조를 할 예정입니다. 다들 수고 많으셨습니다!"

3시간에 걸친 패션쇼.

드디어 막을 내렸다.

"고생 많았어. 2등 축하해."

쇼가 끝나고, 최창수는 회식을 하자는 각 기업 대표들의 제안을 거절했다. 그뿐 아니라 AG기업 디자이너 둘에게 따로 돈을 쥐어주고 둘이서 회식을 하라고 말했다.

"눈물이 안 멈춰……."

"억지로 멈출 필요 없어. 더 기뻐해도 좋아."

"응……."

차 안.

서유라가 최창수의 어깨에 머리를 기댔다.

오늘처럼 좋은 날.

그 누구보다 서유라를 축복해주고, 그녀와 함께 있고 싶었다.

"결혼까지 몇 달 안 남았는데 그 사이에 좋은 일이 있어서 진짜 기뻐. 앞으로도 계속 좋은 일만 있으면 좋겠어."

"내가 옆에 있는데 뭘 걱정해?"

"……그러게."

최창수와 함께 있는 시간.

그 시간 속에서 서서히 눈물이 멈췄는지 서유라가 조용히 눈을 감았다.

・・・◈・・・

그로부터 일주일이 흘렀다.

패션쇼에서 얻은 총 4200만원의 상금.

회사를 위해 쓰고 싶다는 서유라의 부탁에 따라 최창수는 4200만원 중 2000만원은 직원을 위해서. 나머지는 보육원에 투자했다.

'여기인가?'

공중파 방송국 MCB.

그곳 3층에 위치한 회의실 앞에 최창수가 섰다. 조심스레 문을 열고 들어가자 안경을 쓴 남성과 얘기를 나누는 백원종이 보였다.

"안녕하십니까."

"오! 창수 씨 오셨군요. 이 분이 제가 추천한 최창수 대표님입니다."

"역시나, 제가 아는 그 최창수 대표님이 맞았군요."

안경을 쓴 남자.

그가 자리에서 일어나 최창수와 악수를 나눴다.

"만나서 정말 반갑습니다. 나의 작은 텔레비전 PD 이형욱이라고 합니다."

···◈···

백수 혹은 배운 거 없는 애들이나 하는 거라고 무시 받던 인터넷 BJ.

하지만 스마트폰이 점점 발전하면서 인터넷 방송은 좋은 킬링타임 요소가 됐다.

컴퓨터로만 시청이 가능했을 때보다 시청자 및 BJ가 훨씬 많이 늘어났으며, 성공만 하면 벌어들이는 금액의 차이가 기하급수적으로 늘어났다.

점점 양지로 부상하는 인터넷 방송.

평소부터 인터넷 방송을 자주 챙겨보던 이형욱 PD는 여기서 영감을 얻었다고 한다.

"연예인이나 사회적으로 유명한 인물이 방송을 하면 어떨지 궁금해서 만든 프로그램입니다. 처음에는 파일럿 방송이었는데 반응이 좋아 정규로 편성됐죠."

"인터넷을 보니 반응이 좋더라고요."

사실 백원종에게 출연제의를 받기 전까지는 나의 작은 텔레비전이라는 프로그램이 있는 지도 몰랐다.

해당 프로그램 PD를 만나는 건데 아무런 지식도 없으면 실례이므로 뒤늦게 초기 몇 편을 챙겨봤다.

'신기하긴 했지.'

각종 예능 및 드라마에서나 볼법한 사람들이 인터넷 방송을 진행하며 각자 준비한 콘텐츠를 선보인다.

그러면서 방송에서는 볼 수 없던 새로운 모습을 하나 둘 보여준다. 아마도 이 부분이 흥행에 큰 부분을 차지했으리라.

"총 2주에 걸쳐서 두 번의 방송이 진행돼요. 출연진은 총 다섯 명인데 한 시즌이 끝날 때마다 새로 교체되죠. 이번 시즌 네 명은 구했는데 나머지 한 분이 빈자리여서요."

"그래서 제가 최창수 대표님을 추천했습니다. 아들 시켜서 인터넷 검색을 해보니 예전에 인터넷 방송도 하셨더라고요?"

"제가 큰 획을 그었죠. 2년 전부터는 바빠서 전혀 못 하고 있지만요."

"그럼 더 좋네요."

이형욱 PD가 활짝 웃었다.

"모르시겠지만, 저도 왕년에 최창수 대표님 방송을 자주 챙겨봤습니다. 여성을 겨냥한 방송이지만 남자인 제가 봐도 충분히 재밌더군요. 그리고 이번 보육원 설립, 전 정말 긍정적으로 보고 있습니다."

이형욱 PD가 계약서를 건넸다.

"떠오르는 사업가, 최창수. 나의 작은 텔레비전에서 2년 만에 화려하게 복귀! 어떠세요?"

"아주 좋네요."

비록 스케줄은 더 빡빡해지겠지만 돈까지 받아가며 회사 홍보할 기회는 좀처럼 없다.

무엇보다 가슴이 두근거렸다.

'얼마 만에 방송이냐!'

계약서 작성을 마치고 회사로 돌아온 최창수.

TV를 켜고 나의 작은 텔레비전 전 회차를 구매했다. 총 36편.

'어디 보자, 2주 뒤에 출연이니까 하루에 3편씩 보면

간신히 다 보겠네.'

바로 1화를 재생했다.

유명 연예인 3명과 타 분야에서 유명한 2명.

그들이 나와 각각 다른 주제의 방송을 시작했다. 누구는 요리, 누구는 노래, 누구는 애견방송.

'연예인이라고 해서 방송이 다 재밌는 건 아니구나. 오히려 일반인이 더 재밌는 방송도 있네. 하긴, 인터넷 방송과 그냥 방송은 이것저것 다른 게 많으니까.'

인터넷 방송 경력만 무려 6년이다.

그 6년 동안 진행한 모든 방송이 재밌었다고 자부할 수 있다.

최창수는 시간이 허락할 때마다 틈틈이 나의 작은 텔레비전 방영분을 챙겨봤다.

'요즘 요리가 핫해서 그런가, 백원종 쉐프를 제외하고 누가 됐던 요리를 서브 콘텐츠로 사용하네. 나도 유행을 따라볼까?'

어떤 콘텐츠를 사용해야 시청자가 좋아할 지 고민해봤다. 그리고 현재의 자신이 가장 잘할 수 있는 걸 무기로 삼기로 정했다.

"출연하기 전에, 내가 죽었나 살았나 확인이나 해볼까."

출연 2일 전.

최창수는 누구에게도 밝히지 않고 몰래 아프리카 TV를

실행했다. 그리고 30분 만에 큰 감동을 받게 됐다.

—헐, 창수 오빠가 방송 킨 거예요?

—와 대박! 내가 죽기 전에 창수 오빠 개인방송을 다시 보게 될 줄이야!

—오빠 잘 지냈어요?! 다시 방송 복귀하신 거예요?!

사업이 바빠 방송을 접은 지 2년.

그 사이 새로운 BJ와 시청자가 생겨났다. 물론 과거의 명성 덕분에 어느 정도 반응이 올 거라고는 생각했지만.

"오랜만입니다, 여러분들. 1천 명이라도 절 알아보면 다행이라 생각했는데 순식간에 2만 명이나 모였네요! 방송 복귀까지는 아니고, 좋은 소식이 있어서 오랜만에 얼굴 보여드리네요."

최창수가 환하게 웃었다.

오랜만에 방송을 통해 듣고 보는 그의 목소리와 얼굴.

그 말만 했을 뿐인데 기다렸다는 듯 별풍선이 엄청나게 터지기 시작했다.

···◈···

그 시각 아프리카 TV본사.

"팀장님! 팀장님! 대박! 대박사건이에요!"

"뭔데 호들갑이야?"

왕년에 최창수와 함께 호흡을 맞췄던 정 팀장이 짜증을 냈다. 새로 입사한 신입은 별 것도 아닌 일로 소란을 피우다 보니 스트레스가 이만저만이 아니었다.

"최, 최창수! 최창수 BJ님이 방송을 켜셨어요!"

"풉! 뭐라고?!"

마시던 커피를 전부 뱉어버렸다. 며칠 전에 구매한 와이셔츠에 얼룩이 졌지만 지금 중요한 건 이게 아니었다.

"진짜잖아……."

모니터를 확인한 정 팀장이 놀랐다.

아프리카 TV의 떠오르는 신성.

아프리카 TV에 수많은 역사를 남기고, 아직까지 깨지지 않은 역사를 남긴 초특급 거물 BJ.

그가 귀환했다.

"방송 시작한 지 1시간인데 벌써 6만 명이 모였어요. 별풍선도 수수료 제외하고도 2천만 원은 가져가실 거 같은데요."

"최창수 BJ님 방송 배너 올려."

"네? 하지만 오늘 배너는 현 1위 BJ가 야심차게 준비한 콘텐츠를……."

"걔 시청자 몇 인데?"

"3시간 진행 중이고 현재 2만 5천명이요."

"수익은?"

"300만원 정도……."

"누굴 띄우는 게 더 이득이냐?"

"……바로 배너 제작해서 올리겠습니다."

신입이 마케팅 부서에 전화를 걸었다.

정 팀장은 얼룩진 와이셔츠를 벗고 최창수의 방송을 실행했다.

'진짜 최창수 씨다…… 요즘 사업 때문에 바쁘실 텐데, 복귀를 선언하신 건가?'

최창수가 아프리카 TV라는 걸 사회에 알리는 데 큰 공헌을 했다. 악플러 근절 캠페인은 회사 이미지 상승에 큰 도움을 줬다.

최창수가 있는 동안 아프리카 TV는 유례없는 호황을 맞았고, 최창수가 방송계를 떠난 뒤로는 다시 평범하게 돌아왔다.

그가 방송을 드문드문하기 시작한 것까지 포함하면 얼추 4년.

충분히 또 다른 신성이 찾아와도 이상하지 않건만, 그가 이룩한 신화가 너무 많다보니 아무도 그걸 뚫지 못했다.

'제발 복귀해라!'

간절히 바라며 스피커 음량을 높였다. 그리고 귀를 의심하게 됐다.

"2일 후. 나의 작은 텔레비전에 출연하게 됐습니다."

···◈···

드디어 방송 당일.

MCB 본사로 향하면서 최창수는 계좌를 확인했다.

"방송 4시간 밖에 안 했는데 그 사이 4천만 원을 벌었네. 시급 1천만 원이면 한가할 때 다시 간간히 해도 좋겠는데? 뭐……."

휴대폰 뱅킹을 종료했다.

"사업하는 것보다는 한참 모자란 금액이지만."

예전에는 컸던 금액.

이제는 별 감흥이 없는 금액이 됐다.

누군가에게는 꿈의 직장이자 꿈의 연봉이 최창수에게는 괜찮은 용돈벌이로만 느껴졌다.

"이쪽입니다."

프로그램 스태프가 출연자 대기실까지 안내해줬다.

'생각보다 대우가 좋네.'

2주 나오고 말 사람이라서 대충대충 할 줄 알았는데 배정받은 대기실은 타 연예인과 다를 게 없었다.

고급과자와 음료수로 고픈 배를 달래고 있자 대기실 문이 열렸다.

"안녕하세요~."

"……김민희 씨?"

문을 열고 들어온 여성.

예쁜 얼굴과 다르게 예능 방송에서는 남성처럼 털털해 인기몰이 중인 연예인이었다.

"어…… 어디서 본 얼굴인데……."

"AG기업 대표 최창수입니다. 1년 전쯤에 모델 의뢰했을 때 잠깐 만났는데 기억 안 나세요?"

"아! 그때 저랑 같이 호흡 맞췄던 분! 모델인 줄 알았는데 사업가였어요?"

김민희가 눈을 빛내며 물었다.

이제는 남성 모델의 입지를 더 넓히기 위해서 자신이 직접 등판하지는 않지만, 그때는 마땅한 모델을 찾기 힘들어 어쩔 수 없이 자신이 직접 나섰었다.

"완전 대박이다! 참, 몇 살이세요?"

"29살입니다."

"그럼 제가 동생이네요! 전 26살! 있죠, 있죠 오빠. 그거 아세요?"

구면이긴 하지만 친하진 않은 사이.

하지만 김민희는 마치 오래된 친구라고 만난 것처럼 친근하게 다가와 어깨를 기댔다.

'유라가 없어서 다행이군.'

아직 결혼도 안 했건만.

벌써부터 서유라의 눈치를 살피게 됐다.

"저 다시 한 번 오빠 만나고 싶었어요."

"왜요?"

"잘 생겼잖아요! 그 날 보고서 어지간한 연예인보다 낫다고 생각했어요! 초면이었는데 큰 호감도 느껴지고!"

기어코 김민희가 최창수의 손까지 덥석 잡았다.

"있죠, 오빠~."

그녀가 콧소리를 냈다.

그때.

"김민희 씨 최창수 씨. 20분 뒤에 녹화 있으니 스테이지로 와주세요."

"……가봐야겠네요. 얘기는 나중에 또 나누죠."

"칫, 눈치가 없어."

혀를 찬 김민희가 먼저 밖으로 나갔다.

・・・◈・・・

나의 작은 텔레비전이 진행되는 스테이지.

최창수를 비롯해 총 다섯 명의 출연진이 소파에 앉아 있었다.

"녹화 시작합니다!"

카메라 감독이 외쳤고, 동시에 진행 MC가 미소 지었다.

"안녕하세요, 여러분~. 나의 작은 텔레비전, 이번 주도 빵빵한 라인업과 함께 찾아왔습니다."

MC가 하나 둘 출연진을 소개했다. 그 후 진행방식을 설명했다.

"주어진 시간은 총 3시간입니다. 1시간 30분 씩 두 차례에 걸쳐 방송이 진행되고, 30분에 한 번씩 중간 순위를 알려드립니다. 우승자는 3천만 원의 상금을 획득합니다."

"설명해주는 건 고마운데 우리도 좀 쳐다보면 안 되나?"

입이 험하기로 유명한 연예인이 말했다. 그제야 MC가 최창수로부터 시선을 때 모두를 바라보며 어설프게 웃었다.

"하하…… 잘 생긴 분이 출연한 건 처음이라 저도 모르게 바라봤네요."

"저만한 사람이 없었나봐요?"

최창수가 살짝 자뻑했다.

방송을 본 결과, 약간의 자뻑이 있는 편이 더 좋아보였다.

"음, 저 친구 확실히 잘 생기긴 했네. 웃는 얼굴만 봐도 호감가고."

"그쵸? 그쵸?"

"그래, 알겠으니 어서 진행이나 해. 이거 직무유기 아냐?"

"……할 거거든요? 주변을 둘러보면 총 다섯 개의 문이 있죠? 10분의 시간을 드릴 테니 각자 원하는 방을 고르시면 돼요. 자, 시작!"

출연자들이 자리에서 일어나 미리 찜해뒀던 방으로 향했다.

최창수가 향한 방은 기본적인 식기구와 함께 일상적인 느낌의 방이었다.

'간간히 요리를 하면서 인간적인 면을 보여줘야지.'

그동안은 인터넷 방송을 하면서 꾸민 면을 많이 보여줬지만, 이번에는 최창수라는 인간 그 자체를 보여줄 생각이었다.

"오빠도 여기 쓰려고요?"

그때 김민희가 다가왔다.

"네. 혹시 민희 씨도 이 방 쓰려고 했어요?"

"피곤해서 몰래 침대에 누워 낮잠방송하려고 했는데…… 오빠가 쓴다면 어쩔 수 없죠. 쓰세요~."

김민희가 쿨하게 다른 방으로 이동했다.

각자 방을 정해 컴퓨터를 실행하고, 스태프의 도움을 받아 방송을 켰다.

그 중 도움을 받지 않은 건 최창수 뿐이었다.

이윽고 방송이 시작됐다.

-최창수입니다. 나의 작은 텔레비전 인터넷 방송 시작됐어요 ㅎ^ㅎ/ 사진 대로 따라오면 제 방송을 볼 수 있을 거예요.

페이스북에 게시물을 올렸고, 기다렸다는 듯 댓글과 좋아요가 달리기 시작했다.

타 연예인과는 비교가 안 되는 속도로 상승하는 최창수의 시청자.

"와, 10분밖에 안 됐는데 벌써 3천 명이에요. 다른 방은 이제 2천 명 겨우 넘고 있는데.

"느낌이 1등할 느낌인데요?"

능수능란한 모습을 바라보며 스태프들이 서로 돈을 거뒀다. 매 방송 때마다 1등을 걸고 돈놀이를 하고 있었다.

"아무리 그래도 연예인 버프가 있는데 다른 사람이 1등하겠죠. 이번에 민희 씨도 있잖아요?"

"그건 모르지. 들어보니까 연예인 못지않게 골수팬이 많다던데."

"누가 됐든 방송만 재밌게 해주면 충분하지."

정말 방송만 생각하는 듯 말하는 이형욱 PD. 하지만 그의 지갑에서 나온 5만 원은 김민희에게 향하고 있었다.

그리고 그때.

"어!"

갑자기 스테이지에서 큰 소리가 났다. 뭔 일인가 싶었더니 인터넷 방송 스태프가 다급하게 다가왔다.

"P, PD님! 갑자기 인터넷 상태가 불안정해졌어요!"

"뭐?! 방송 켜고 초반이 중요한데 이게 무슨 실수야! 당장 가서 원인파악하고 고쳐! 최대한 빨리!"

"네!"

인터넷 방송 스태프가 다른 곳으로 이동했다.

순식간에 스태프들이 소란스러워져 방송사고를 수습하려고 애를 썼다.

그 상황에서 최창수가 말했다.

"저기요, 저는 인터넷 안 튕겼는데 제 인터넷 선 타 컴퓨터에 연결하면 될 거 같아요."

방송의 고수.

그 어떤 방송 사고에 대처할 수 있는 최창수가 여유롭게 말했다. 그리고 스태프들이 다가와 임시방편으로 최창수의 컴퓨터에 연결된 여분의 인터넷 선을 타 컴퓨터에 연결해 인터넷 상태를 원상 복귀시켰다.

그뿐 아니라 자리를 비우고 스태프들을 도와 타 출연진의 방에 찾아가 문제 해결에 큰 도움을 줬다.

"10분 넘게 자리 비웠는데 시청자가 더 늘어났네요."

"다른 출연진 방송에서 좋은 모습 보여줘서 그런 거 같아요."

"그래도 슬슬 민희 씨가 치고 올라오는데? PD님. 민희 씨한테 배팅한다 하셨죠?"

돈놀이 담당 스태프가 김민희 칸에 이형욱 PD의 이름을 적으려 했다. 그리고 이형욱 PD에게 저지당했다.

"……최창수 씨한테 걸련다."

• • • ◈ • • •

〈운수 대통령님! 목표가 생겼어요!〉

〈달성 조건 : 고난을 뚫고 시청률 1등이 될 것〉

〈보상 : 소원 게이지 5%〉

운수 대통령 체험판이 종료된 후.

본격적으로 트로피를 모으고, 더 이상 목표 달성으로 인해 인생 포인트를 얻을 필요가 없어진 그 순간부터.

운수 대통령은 더 이상 목표를 세워주지 않았다.

인생 포인트를 위해서 추억 트로피를 모으는 것만으로도 충분히 인생의 목표가 제시되니까.

그래서 더 이상 목표는 없을 줄 알았는데, 이번에 갑자기 운수 대통령이 목표를 갖고 나타났다.

'이게 그 이유인가?'

운수 대통령을 조작해 달성 게이지를 확인했다.

어느덧 80%.

앞으로 20%만 더 채우면 운수 대통령 정식판을 획득하게 된다.

그 날이 얼마 남지 않았다는 암시인 듯, 운수 대통령은 또 다른 메시지를 출력했다.

〈정식판 기능의 일부를 미리 체험해보세요!〉

〈체험 기간 : 2년〉

〈체험 패널티 : 모든 보상이 정식판보다 절반 낮습니다.〉

'목표 시스템이 정식판 기능 중 하나였던 건가?'

초기 체험판에서는 목표 시스템만 이용이 가능했다.

체험판이 종료된 후에는 이 어플이 마음에 들면 네 걸로 만들어보라는 듯 그 발판을 마련해줬다.

그리고 정식판 획득까지 얼마 남지 않은 현 시점.

다시 그 기능 중 일부가 돌아왔다.

'초기 때랑은 다르니까 목표 말고 다른 기능도 있겠지?'

그건 방송이 종료된 후 알아보기로 하고 우선은 시청자들을 성심성의껏 상대하기로 했다.

방송 시작 30분.

타 출연자의 인터넷이 끊긴 덕분에 2배는 더 많은 시청자를 확보하고 있다.

"안녕하세요, 여러분! AG기업의 대표이자 이번에 나의 작은 텔레비전에 BJ로 선발된 최창수라고 합니다! 대부분 절 아시는 거 같네요."

-창수 오빠가 각잡고 방송하는 거 오랜만에 보네요!

-오늘 방송은 뭐 할 거예요? 2년 전과 똑같나? 똑같아도 재밌으면 상관없지만요 ㅎㅎ

“하하! 다 준비해온 게 있죠. 우선 전반전은 전처럼 라디오를 진행하고 후반전은 다른 걸 할 거니까 나가지 말고 마지막까지 자리를 지켜주세요!”

최창수가 미리 준비해 둔 카카오톡 아이디를 공개했다.

“방송용 아이디입니다! 사연을 보내주시면 읽고 제 의견을 말씀드릴 테니까 부담 없이 보내주세요.”

까똑까똑!

공개하기가 무섭게 휴대폰이 계속 진동하기 시작했다. 대부분 인사말. 그때 진중한 사연 하나가 도착했다.

-안녕하세요. 중학생 때부터 창수 형 방송을 시청하던 이해솔이라고 해요. 벌써 고등학교 3학년…… 수험까지도 몇 달 남지 않아서 요즘 하루하루가 힘들어요. 학교건 집이건 쉬지 못하고 공부만 하거든요. 제 장래희망은 소설가거든요. 그런데 부모님은 뭐하러 돈도 안 되는 직업을 하냐면서 저보고 공무원이나 되라고 해요. 저도 솔직히 공무원이 안정적이라고는 생각하는데, 그래도 꿈을 포기하고 싶지는 않아요. 무엇이 제 미래를 위한 일일까요?

“진로상담이네요. 제가 아는 동생 중에서도 해솔 씨랑 비슷한 고민을 하던 친구가 있었어요. 디자이너가 꿈이었는데 부모님은 공무원을 하라 했고, 하지만 묵묵히 자신의 길을 걸어서 현재는 제 소속 디자이너로서 유능하게 활동하고 있죠. 제가 운영하는 보육원에서도 진로 문제로 고민하는 원생이 많아요. 그때마다 전 이렇게 말해주고 있습니다."

최창수가 모니터를 바라보며 웃었다.

"하고 싶은 걸 하라고요. 어차피 한 번 사는 인생이잖아요? 제가 하고 싶은 걸 하면서 이 자리에 올라와서 그런 걸 수도 있겠지만 만약 제가 해솔 씨였다면 하고 싶은 걸 했을 거예요.제가 소설 쪽은 문외한이라서 잘 모르지만 스마트폰이 발전하면서 예전보다는 시장상황이 많이 좋아졌다고 들었어요. 물론 그렇다고 공부를 소홀히 하라는 건 아니에요. 소설을 쓰려면 다양한 경험이 중요하다 생각하고, 공부는 차후 큰 도움이 될 거예요. 만약 소설로 사는 게 힘들 데를 대비해서 본 직업을 하나 두면 좋을 거 같아요. 여유가 되면 겸업을 하고, 차후 소설가로서 먹고 살 수 있을 때 전업 작가가 되는 것도 전 나쁘지 않다고 봐요."

정석 그 자체인 대답.

시청자들은 각자 자신의 의견을 채팅으로 전달하기 시작했다. 내용은 대부분 얼굴도 모르는 이해솔을 응원하거나 자신의 경험담을 늘어놓는 것. 최창수의 입가에 흐뭇한 미소가 지어졌다.

'그래, 이게 방송의 즐거움이지.'

서로가 누군지도 모르지만 방송이라는 하나의 주제를 두고 모두가 자유롭게 의견을 뱉는다. 그 속에서 재미와 감동도 있고, 이처럼 진중한 문제에는 모두가 자신의 인생은 어떤가 한 번 고민하게 된다.

게다가 라디오 사연 방송 때는 수많은 사람이 자신에게 의지한다. 그 기분이 너무도 좋았다.

—안녕하세요, 창수 오빠! 전 대구에 살고 있는 25살 이미정이라고 해요! 저는 연애상담을 할 건데요. 제가 다니는 직장에 서른 살 오빠가 한 명 있어요. 얼굴은 평범? 키도 평범한 편인데 성격이 엄청 좋아요. 저한테 호감이 있는 것처럼 잘 대해주시고요. 호의를 받다 보니 저도 이 오빠한테 연심을 느끼기 시작하더라고요. 저는 돈은 많이 못 벌어도 되니 서로를 진심으로 사랑하면서 행복하게 사는 걸 중시하는 편이에요. 아직 사귀는 사이도 아니지만 이 오빠와 결혼하고 싶다는 생각이 들어요. 이건 제가 그 오빠를 진심으로 좋아한다는 거겠죠? 이 마음을 전하고 싶어서 이래저래 어필하고 있는데 도통 제 마음을 몰라줘요. 여자가 먼저 고백하는 건 자존심상하고, 어쩌면 좋죠?

"사랑~ 사랑 좋죠. 사랑하는 사람이 있는 것만으로도 얼마든지 힘든 일을 참고 버틸 수 있으니까요."

서유라에게 느끼고 있는 감정.

수십 년 동안 몰랐던 그 감정을 요즘 많이 느끼고 있기에 사연만 읽었을 뿐인데도 행복해졌다.

"우선 미정 씨의 마인드는 정말 훌륭하네요. 한 가지 잘못된 게 있다면 고백하는 게 자존심 상하는 행동이라 느끼는 거라고 생각해요. 사랑은 서로가 서로를 사랑해야 빛을 발하는 거거든요. 가장 기본적인 부분에서 자존심을 챙기면 아무리 미정 씨가 그 오빠를 좋아해도 차후 문제가 생길 거예요. 사랑에는 때때로 싸움도 중요하지만, 가장 중요한 건 양보예요. 내가 이 사람을 위해서 얼마나 희생할 수 있나, 그게 사랑의 척도를 가른다 생각해요."

–맞아요, 맞아. 자존심 챙기다가 남자 뺏기면 어쩌려고?

–나도 저 사람처럼 자존심 챙기다가 남친 뺏겨서 엄청 울었었음. 좋아하면 빨리 고백하는 게 답임.

"시청자 분들도 그렇다고 하네요. 느낌상 그 오빠도 미정 씨에게 호감은 있는 듯 하니 내일이라도 당장 고백해보세요!"

–음, 이건 사연은 아니고요. 단지 궁금해서 그런 건데, 창수 씨는 왜 그렇게나 사회의 부조리를 잡는데 신경 쓰시나요?

"……"

방금 전까지 웃으면서 방송을 진행하던 최창수의 얼굴에서 미소가 사라졌다.

이 질문만큼은 더욱 더 신중하게 대답해야 하니까.

"간단합니다. 모두가 행복했으면 싶거든요. 제가 사회의 부조리를 바꾸려고 노력하면서 정말 많은 사람을 봤습니다. 그 중 불행한 사람이 있었지만, 저와 함께 하면서 모두가 행복해졌습니다. 그 모습을 보는 게 좋았어요. 노력한 만큼 정당한 대가를 받아서 행복해지는 모습. 세상에게 외면 받아 버림받은 사람들이 희망을 얻는 모습. 저는 태어난 이상 행복하게 살아야 할 권리가 있다 생각합니다. 하지만 대한민국에 부패된 일면이 그 권리를 빼앗고 있어요. 그걸 되찾아 모두에게 돌려주려고 합니다. 그것 뿐이에요."

삐비빅!

멘트를 마치기가 무섭게 전반전 종료를 알리는 소리가 들렸다.

"끝났네요. 20분 뒤에 돌아올게요."

방송을 끈 최창수가 가벼운 발걸음으로 로비로 나왔다.

'1등은 따 놓은 당상인데.'

타 출연자는 몇 명의 시청자를 보유한 지 몰라도, 8천 명보다는 훨씬 적을 거라고 확신했다.

'이게 다 골수팬 덕분이지.'

기분 좋게 웃으며 소파에 앉았고, 그 옆으로 김민희가 다가왔다.

"오빠 기분 좋아 보이네요? 방송 분위기 좋았어요?"

"다행히도 시청자 분들이 좋아해주더라고요. 민희 씨는요?"

"전 뭐~ 나쁘지 않았어요. 남자들이 많아서 춤도 적당히 추고 외모 자랑도 하고~."

그녀가 아름다운 주황빛 머리카락을 흩날렸다. 단지 그것만으로 남성 스태프 몇 몇이 조용히 환호성을 질렀다.

'민아 같은 성격이네.'

한 때 오랫동안 최창수를 좋아했던 그녀.

계속 최창수만 쫓다가는 노처녀가 될 거라 생각했는지 이제는 마음을 접고 다른 남자를 찾아보고 있었다. 하지만 큰 사랑을 했던 최창수가 워낙 훌륭한 인물이어서 좀처럼 눈에 차는 남자가 없다고 하루가 멀다 하고 신소율에게 하소연을 하고 있다.

"전부 모이셨죠?"

MC가 주변을 둘러봤다.

다섯 명의 출연자는 서로 다른 세상을 살고 있는 것처럼 희비가 엇갈리는 얼굴이었다.

"중간 순위를 발표하겠습니다. 우선 1등은 AG기업의 대표 최창수 씨! 최종 8120 시청자를 확보해 압도적 1위를 차지했습니다."

"와 8천 명이 넘는 게 말이 돼? 이거 역대급 아니야?"

"역대급 맞을 걸요? 저번에 명훈이 오빠가 5200명 모았었잖아요."

모두의 시선이 최창수에게 모였다.

마치 먹잇감을 노리는 듯한 하이네아의 눈빛.

다들 시간을 내 최창수에게 방송 노하우를 배워야겠다고 생각했다.

"2등은 연예인 김민희 씨. 4200명의 시청자를 확보했습니다."

MC가 나머지 순위를 발표했다.

"현재 꼴등은 이구민 씨. 896명입니다."

"왜 그거 밖에 안 돼?!"

출연자 중 가장 나이가 많고 방송 경력도 긴 이구민.

나의 작은 텔레비전은 첫 출연이었지만, 자신의 경력이 전혀 통하지 않은 시청자 수에 언성을 높였다.

"뭐 잘못된 거 아냐? 저 사업가 양반의 10분의 1이잖아."

"방송이 재미없었나보죠~."

김민희가 코웃음을 쳤다. 순간 이구민의 표정이 험악해졌고, 분위기를 살핀 MC가 황급히 진행을 이어갔다.

"자자, 최종 순위는 후반전 결과를 바탕으로 정해지니까 다들 마지막까지 힘내주세요. 30분 휴식 시간동안 어떻게 하면 시청자를 확보할지 생각해보세요."

MC가 로비에서 나갔다.

그리고 출연자 세 명이 바로 최창수에게 달려들었다.

"무슨 방송을 했는데 시청자가 그렇게 많이 몰렸어요? 사업하듯이 했나?"

"노하우 좀 알려줘요, 게임이 비등비등해야 재밌지. 압도적으로 1등하면 무슨 재미야?"

"음…… 좋아요. 알려드릴게요."

어차피 목표를 달성하려면 자신을 위협할 존재가 나타나야 한다.

최창수는 세세하게 방송 노하우를 전달했다.

"오빠는 안 들어도 돼요? 지금 꼴등인데?"

노하우보다는, 최창수의 얘기라서 귀 기울여 듣던 김민희가 이구민에게 말을 걸었다.

"핫! 내가 30년 경력인데 저런 애송이 말을 들어서 뭐해?"

"그 30년 경력으로 꼴등했잖아요."

"……."

할 말이 없었는지 이구민이 어딘가로 홀연히 사라졌다.

···◈···

휴식 시간 동안 이구민은 방송국 곳곳을 돌아다니다가 다시 세트장 근처로 돌아왔다.

'아오, 김민희 그 년. 어린 것이 요즘 잘 나간다고 대선배에게 못 하는 말이 없군. 최창수 그 사업가 양반은…… 내 성격상 어린놈이 잘 나가면 화가 나야 하는데 이상하리만큼 호감이 느껴지네. 쩝, 그냥 얘기를 들을 걸 그랬나?'

요새 예능에서도 주춤한 자신이다.

아직 죽지 않았다는 걸 보여주기 위해서 나의 작은 텔레비전에 출연했고, 멋지게 1등을 해 뜸해진 출연제의를 다시 부활시킬 생각이었다.

'그래도 전반전 때 시스템을 알았으니 후반전은 잘 될 거 같은데. 음, 최창수가 문제군.'

어떻게 하면 이길 수 있을까.

진지하게 고민했다.

그때.

이구민의 시야에 뭔가가 잡혔다.

···◈···

휴식이 종료되고 후반전이 시작됐다.

"오빠 후반전도 파이팅!"

"우선은 민희 씨도 제 적인데 응원해도 괜찮아요?"

"에이~ 전 어차피 얼굴이나 알리려고 나온 거라 우승 안 해도 상관없어요. 후반전 때는 종종 놀러갈게요~."

김민희가 손을 살랑살랑 흔들며 자신의 방으로 들어갔다.

'언행이 가벼워서 그렇지, 나쁜 사람은 아니네.'

최창수가 다시 방송을 켰다. 기다렸다는 듯 8천 명의 시청자가 순식간에 들어왔다. 그뿐 아니라 이제야 최창수의 방송 소식을 들었거나, 혹은 시청자의 SNS에 의해 호기심이 생겼는지 아까보다 시청자가 더 늘어났다.

"와우~ 방송 키자마자 1만 명이 됐네요. 저 때문에 방송 서버가 터지는 건 아닌지 걱정이네요."

-터져도 또 들어올게요!

-후반전 때는 뭐할 거예요? 아직 제 사연 안 읽어줬는데 또 라디오하면 안 돼요?

"라디오도 계속 할 겁니다! 메인은 다르지만요! AG기업이 이번에 요식업에 뛰어든 거 아시죠? 그래서 준비한 콘텐츠는 바로 요리입니다! 냉장고에 쌓여있는 재료, 그걸 간단하면서도 맛있게 없앨 수 있는 방법을 오늘 알려드리겠습니다!"

오늘을 위해 30권의 가정식 책을 독파했다.

실력도 지식도 전부 머릿속에 있는 상황.

"이 냉장고 보이시죠? 나의 작은 텔레비전 PD님의 냉장고를 그대로 재현한 겁니다. 딱 봐도 잡다한 재료가 많이 있는데, 제가 이 냉장고를 깔끔히 비우고 저 테이블을 음식으로 가득 채워보겠습니다."

방송용 캠코더로 냉장고 안을 비추며 어떤 요리를 할 건지 구구절절 설명했다. 어느 정도 메뉴가 정해진 후, 라디오 사연을 읽으면서 요리를 하려고 다시 모니터를 바라봤다.

"어?"

그리고 놀랐다.

-인터넷 연결이 불안정해 방송이 종료됐습니다.

・・・◈・・・

평안했던 세트장이 소란스러워졌다.

"아직도 뭐가 문제인지 모르겠어?!"

이형욱PD가 소리 질렀다.

최창수의 방송이 갑작스레 종료된 지 벌써 10분.

IT전문가들도 스태프로 있건만, 좀처럼 문제점을 발견하지 못하고 있었다.

"타 방송은 멀쩡한 걸 봐서 인터넷 회선에 문제가 있는 건 아닌 거 같은데요……."

"그럼 뭐가 문제여서 최창수 대표님 방송만 문제인 건데!"

"우선 지금 여분 컴퓨터 가져오는 중입니다. 최대한 빨리 고칠게요."

"아, 진짜 미치겠네! 빨리 해, 빨리! 지금 최창수 대표님이 시청률 확 끌어 모았던 거 다 분산되고 있잖아!"

평소에는 거의 화내지 않는 이형욱.

하지만 나의 작은 텔레비전이 편성된 후 전례 없는 시청자가 모였다. 트래픽 증가에 따라 방송서버를 운영하는 사이트로부터 일정 금액을 받기로 한 계약 덕분에 현 상태만 유지되면 자신의 몫이 커지고 캐리어가 하나 더 추가된다.

때문에 최창수보다 그가 더 불안했다.

만약 후반전 종료 때까지 해결하지 못하면 자신의 명성에도 흠이 가고, 다음 방송부터는 시청자가 눈에 띄게 줄어들 가능성이 높다.

"정말 죄송합니다!"

이형욱 PD가 최창수에게 허리를 숙였다.

그는 백원종의 추천으로 섭외된 출연자. 이대로는 출연자 섭외에 큰 도움을 주는 백원종과 바쁜 와중에도 섭외를 수락한 최창수를 볼 면목이 없어진다.

"아직 원인파악이 안 됐나요?"

"네…… 혹시 컴퓨터 문제일 가능성도 있어 현재 여분 컴퓨터를 가져오는 중입니다."

"그렇군요."

"면목이 없습니다……"

"괜찮으니까 너무 죄송해하지 마세요. 어차피 최종순위는 방송종료 직전 시청자를 합산하는 거잖아요?"

최창수의 전반전 기록은 8720명.

후반전은 10분 채 진행되지 못하고 종료됐지만 3400명의 시청자를 보유했다.

둘을 합하면 12120명.

'민희 씨가 변수지만 이 정도 합산이면 질 가능성은 희박하지.'

현재 진행되는 방송은 총 네 개.

그 방송으로 2500명 씩의 시청자가 분산되더라도 자신의 승리를 위협하는 요소는 되지 않는다.

때문에 최창수는 불안하지 않았다. 대신 의문이 들었다.

'분명히 행운의 조건 3개를 전부 달성했을 텐데?'

게임적 요소가 있는 승부에서는 실력도 중요하지만 운 또한 따라야 한다.

'내 행운을 무시할 정도의 개입이 있던 건가?'

그 이유는 뭐고, 범인은 누구인가.

좀처럼 짐작 가는 게 없었고, 이대로 방송 관계자에게만 맡기는 것도 답답해서 직접 나서기로 했다.

"원인이 있는 곳으로 날 안내해줘."

최창수가 동전을 꺼냈다.

팅!

동전을 튕겼다.

뒷면.

왼쪽으로 걸었고, 그 다음은 앞면이라 오른쪽으로 걸었다.

그리고 동전이 일자로 똑바로 섰을 때, 최창수는 걸음을 멈췄다.

'방송 장비가 가득한 곳이네.'

하나 둘 방송장비를 살펴봤다. 하지만 대부분 인터넷 방송과 직접적인 관련은 없는 것들이었다.

그때.

'공유기네. 인터넷 선이 엄청나게 꽂혀있군.'

공유기를 바라보니 각 포트마다 출연자의 이름이 적힌 종이가 붙여 있었다.

'내 포트가 이거군. 선은 잘 꽂혀있는데, 뭐가 문제지?'

주의 깊게 공유기 포트를 바라봤다. 그리고 이상함을 발견했다.

'이 끈적거림…… 종이를 땐 흔적인데. 그러고 보니 이 포트 쪽 종이 두 장이 겹친 거 같은데?'

다른 포트는 종이를 땐 흔적이 없다. 그리고 종이 위에 종이를 겹친 것처럼 보이지도 않는다.

'확인해보자.'

인터넷 포트를 건드리지 않고 자신의 이름이 적힌 종이를 뗐다. 그러자 방송 송출용 포트라 적힌 종이가 드러났다.

'역시…… 누군가가 내 인터넷 포트를 빼놨네.'

바닥을 둘러보자 무질서한 인터넷 선 사이에 유일하게 어디에도 끼지 못한 선이 하나 보였다.

그걸 빈 포트에 꽂고 이형욱 PD에게 말했다.

"PD님! 제 방송 한 번 켜보세요."

"왜요?"

"원인 파악한 거 같아서요."

"헉! 진짜입니까?!"

화들짝 놀란 이형욱 PD가 최창수의 컴퓨터를 조작해 방송을 실행했다. 그러자 업계 전문가들도 파악하지 못했던 문제가 완전히 해결된 걸 볼 수 있었다.

"헉! 바, 방송 켜졌습니다! 대체 뭘 하신 거죠?"

"누가 제 인터넷 포트를 빼놨더라고요."

"……네?"

너무도 어이없는 문제점에 이형욱 PD는 헛웃음도 안나왔다. 그 감정은 금세 분노로 바뀌어 인터넷 관련 스태프에게 향했다.

"야, 너희들 장난 하냐?"

"……누가 바꿨지?"

"아오, 이 멍청한 새끼들아! 너희들 방송 끝나고……."

"하하, 그만하세요."

싸늘한 분위기에 최창수가 끼어들었다.

"원만히 해결됐고, 피해자인 제가 괜찮으니 이형욱 PD님도 고정하시고요. 스태프 분들은 앞으로 방송포트 위치 잘 기억해두세요. 보니까 누가 송출용 포트에 제 이름 적힌 종이를 붙여놨더라고요."

"아…… 그럼 우리가 모를 수밖에 없었네."

"뭐?"

"아, 아닙니다."

"후우…… 어쨌든, 심려 끼쳐드려 죄송합니다. 아직 후반전 시간 남았으니까 어서 가보세요."

"네."

최창수가 바로 컴퓨터 앞에 앉아 방송시작 버튼을 눌렀다. 20분이라는 결코 짧지 않은 공백. 그 덕분에 전처럼 시청자가 폭발적으로 몰리지 않았다.

조금 힘이 빠져도 되건만, 최창수는 자신의 실력을 믿고 방송을 진행했다.

-오빠 무슨 일 있었어요?

-창수 씨 방송 보다가 딴 사람 방송 보려니 엄청 노잼이에요 ㅠ_ㅠ 김민희는 계속 얼굴 자랑만 하고~

"죄송해요. 잠시 컴퓨터에 문제가 생겨서 해결하느라 오래 걸렸어요. 지금 당장 요리 시작할게요!"

최창수가 부엌에 섰다.

골수팬이 몰렸으니 다시 입소문이 나 천천히 시청자가 몰릴 것이다.

그것만 믿고 칼국수 면을 삶기 시작했다.

• • • ◈ • • •

"엉? 무슨 일이지?"

주 시청자가 남자인 방송.

그 방송에서 메이크업 방송을 하던 김민희가 고개를 갸웃거렸다.

갑작스레 시청자가 폭발적으로 늘더니 이번에는 또 확 줄어들었다.

그건 다른 방송도 마찬가지였다.

대기업에게 빼앗기 손님을 다시 돌려받은 골목상권이었던 타 출연자들.

돌아온 소비자에 쌍수를 들고 웃었지만 그 기쁨은 한순간의 짧은 약물에 불과했다.

–얘들아, 창수 오빠 방송 켰다! 이사 가자!

모든 방송 채팅창이 최창수로 도배됐다.

그제야 출연자들은 갑자기 늘어난 시청자의 이유를 알게 됐고, 한순간이나마 가졌던 희망이 싹 사라졌다.

'아, 최창수를 어떻게 이겨.'

전반전에서 너무나도 압도적인 차이를 느꼈다.

그 차이는 연예인이라는 타이틀을 갖고도 좁힐 수 없다.

'어차피 출연료는 받으니까 대충 해야겠다.'

김민희, 그리고 이구민을 제외한 출연자들의 어깨에 힘이 쫙 빠졌다.

···◈···

"어우, 배부르다."

기지개를 편 최창수가 침대에 벌렁 드러누웠다. 그 모습은 방송에 그대로 송출됐고, 시청자들은 여태껏 보지 못한 최창수의 모습에 흐뭇한 미소를 지었다.

"재료가 넘쳐나서 이것저것 많이 만들었네요. 오늘 요리한 레시피는 페이스북에 올릴 테니까 참고하실 분은 거기서 봐주세요. 으음, 벌써 후반전 종료까지 10분밖에 안 남았네요."

-아 ㅠㅠㅠㅠ 저 방금 들어왔는데 벌써 끝이에요?

-기다릴 테니까 오늘은 집에서 방송 이어서 하면 안 돼요? 아, 올만에 창수 오빠 방송보니까 완전 시간가는 줄 모르겠다~

-내년이면 서른인데 아직도 방송 초기 때처럼 풋풋하시네~

"하하! 이게 다 여러분들의 사랑을 먹어서 그런 거죠."

오글거리는 말.

하지만 주 시청자가 여성인 덕분에 반응은 엄청났다.

"아! 방송 종료까지 얼마 안 남았는데 누가 또 기프티콘을 보내주셨네요."

전반전 때 공개한 카카오톡 아이디.

그 계정으로 편의점이나 음식점에서 사용가능한 기프티콘이 쌓였다. 종류는 무수했고, 금액으로 환산하면 거의 백만 원에 가까웠다.

"아! 이민철 씨! BBT 황금올리브 치킨 기프티콘 감사합니다~. 유효기간이 3개월 전이네요. 타임머신 타고 이동해서 잘 먹겠습니다. 그리고 김태룡 씨는 피자핫 기프티콘이네요."

최창수가 기프티콘을 화면에 공개했다.

그러자 그림판으로 대충 그린 듯한 가짜 기프티콘이 등장했다.

"달리 반 피카소 빰 후려치는 그림 실력이네요. 이 정도면 직원도 기계도 깜빡 속겠어요. 안 속으면 제 돈으로 계산해서 잘 먹겠습니다~."

짓궂은 장난에 능글맞게 대답했다.

동시에 후반전 종료를 알리는 소리가 들렸다.

• • • ◈ • • •

나의 작은 텔레비전 로비.

다섯 명의 출연자가 소파에 등을 기댔다. 웃고 있는 건 최창수와 김민희 뿐. 나머지 세 명은 처참한 결과에 표정이 어두웠다.

"최종 결과 발표하겠습니다! 시청자 총 합산. 13000명! 그동안 나의 작은 텔레비전 최고 기록이 9천명이었는데요. 이 기록을 AG기업의 대표인 최창수 씨가 갈아치웠습니다! 우승은 최창수 대표님! 그리고 2등은 6500명으로 연예인 김민희 씨입니다! 3등부터는…… 너무 처참하니 굳이 말 안 해도 되죠?"

MC가 웃으며 말했지만 대답하는 사람은 한 명도 없었다. 다들 방송이란 걸 잊을 정도로 너무도 충격적인 결과였으니까. 꼴등은 합산 기록이 3천명도 안 됐다.

"우승자인 최창수 대표님에게는 3천만 원의 상금이 지급됩니다! 우승 소감 한 마디 부탁드릴게요."

"제 방송 실력이 아직 죽지 않았다는 걸 확인하는 좋은 계기였습니다. 역시 방송은 재밌네요. 앞으로는 아무리 바빠도 간간히 시청자분들과 소통을 해야겠어요."

"이 정도 기록이면 차후 또 섭외가 있을 거 같은데 어떠세요?"

"아무도 제 기록을 갈아치우지 못하면, 그때 제가 직접 갈아치우러 한 번 더 오겠습니다."

"와우~ 엄청난 포부! 개인적으로 호감이 많이 가는 분이라 꼭 나와 주시면 좋겠어요."

MC가 눈을 초롱초롱 빛내며 슬쩍 최창수에게 어깨를

기대려고 했다.

그 순간.

"호호, 오빠 다리 아프죠? 어서 앉아요~."

김민희가 재빠르게 최창수를 낚아챘고, 기댈 대가 사라진 MC는 꼴사납게 넘어질 뻔 했다.

MC는 불편한 기색을 보였지만 방송 관계자는 좋은 장면이 나왔다 생각했다.

"흠. 어쨌든, 우승하신 거 정말 축하드립니다! 그런데…… 별로 안 기뻐하시네요?"

"네? 아, 아닙니다! 쟁쟁한 연예인을 이기고 우승해서 얼마나 기쁜데요! 이대로 방송계 진출해도 잘 할 자신이 생겼어요."

호탕하게 웃으며 최창수가 주머니 속 휴대폰을 만졌다.

'왜 알람이 안 울리지?'

우승했다는 걸 알았을 때만 해도 엄청 기뻤다. 하지만 시간이 지나도 운수 대통령 알림이 안 울리자 서서히 불안해졌다.

'아, 설마 조건을 충족하지 못한 건가?'

인터넷 끊김은 문제도 안 될 만큼 압도적인 승리를 가져버렸다. 스스로도 역경이라 생각하지 않았으니까.

그때였다.

우우웅.

휴대폰이 울렸다.

〈축하합니다, 운수 대통령님! 목표를 달성하셨네요!〉

〈운수 대통령님의 능력에 비하면 역경이라 보기는 어려웠지만~ 그래도 중간에 인터넷이 끊겨서 많이 당황했으니 역경이 할 수는 있었네요!〉

〈보상 : 소원 게이지 5%〉

"앗싸!"

알림창을 보자마자 저도 모르게 환호성을 질렀다.

"까, 깜짝아! 오빠 갑자기 왜 그래요? 아직 방송 종료 안 됐는데."

"네? 아, 그게! 중요한 회사 일이 잘 처리됐다는 문자가 와서 저도 모르게…… 하하."

어설프게 변명을 하고 자리에 앉았다.

'좋았어! 목표 달성했다. 소원 게이지, 이게 뭔지 알아봐야겠어.'

금세 방송이 종료됐기에 마음 놓고 운수 대통령의 새로 추가된 기능을 살펴봤다.

그 중 소원 게이지라는 항목이 새로 추가되어 있었다.

〈소원 게이지 : 5%〉

〈사용 방법 : 운수 대통령님이 바라는 소원을 말씀하실 경우 자동적으로 필요한 만큼의 소원 게이지가 표시됩니다.〉

'아하, 그러니까 소원 같은 걸 이뤄주는 거구나. 소원이 뭐냐에 따라 필요한 게이지가 달라지는 건가? 영화처럼 말도 안 되는 소원은 안 될 거 같고…… 소원을 말하면 그걸 이루기 전까지 그쪽 방면 행운이 극대화 되는 거겠지?'

운수 대통령의 기본적인 능력은 행운 강화다.

그렇게 생각하는 편이 간단할 거 같았고, 한 번 실험을 해보려고 했다.

"대한민국. 아니, 전 세계에서 부정부패가 사라지고 모두가 행복해지게 만들고 싶어."

간절히 바라는 꿈.

현재도 노력중인 그 꿈.

그 꿈을 실현하려면 얼마만큼의 소원 게이지가 필요할까?

알아보고 싶었고, 애매하던 목표의 방향을 재설정하고 싶었다.

-필요한 소원 게이지를 계산중입니다.

・・・◈・・・

부정부패를 없앤다.

강자도 약자도 모두가 공평히 행복하게 살 수 있는 세상을 만든다.

인류 역사상 없던 일이며, 앞으로도 실현되기는 힘들 일이다.

그만큼 요구하는 소원 게이지의 양도 엄청날 거고, 그만큼 소원 게이지 계산은 생각처럼 빨리 되지 않았다.

'급할 거 없으니까.'

휴대폰이 꺼지지 않도록 설정한 후 자리에서 일어났다.

나의 작은 텔레비전 특성상, 촬영은 당일 날 끝난다. 그만큼 붙잡혀 있는 시간도 많다는 뜻. 시간을 확인하니 벌써 12시가 훌쩍 넘어 있었다.

'내일은 또 오뚝이 식품과 만나봐야 하고.'

AG명품 음식점을 선보인 지 이제 4개월에 다다랐다. 짧지만 그 사이 사회에 끼친 영향력은 엄청나다.

우선 소비자들이 타 영업점과 AG명품 음식점을 비교하기 시작했다.

비교대상은 주로 맛과 서비스의 품질.

AG명품 음식점은 직원 관리에도 힘쓰고 있지만 고객 관리에도 신경을 기울이고 있다.

자영업에는 한 번 손님이 영원한 손님이라는 말이 있을 정도로 고객 유지가 중요한 종목이니까. 고객이 없으면 돈을 벌지 못하고, 돈을 벌지 못하면 가게가 망한다.

게다가 백원종을 포함해 유명한 미식 평론가들도 이례적으로 AG명품 음식점을 칼럼으로 썼다.

온갖 산해진미를 먹으며 지내온 그들이 일개 동네 음식점을 칼럼으로 썼다는 사실에 관련 업계는 소란스러워졌고, 그들을 욕한 이들도 AG명품 음식점의 소스 맛을 본 뒤로는 아무 말도 못하게 됐다.

될성부른 떡잎은 초기에 가로채야 하는 법.

이미 패션 쪽에서 충분히 자신의 능력을 세간에 알린 최창수였기에 업계에서는 최창수가 요식업에 뛰어든다 했을 때 그가 별 무리 없이 롤러코스터 성장을 할 거라 예상했었다.

오뚝이 기업도 그 중 마찬가지였다.

대한민국 요식업계에서 2위를 차지한 대기업.

온 동네를 찾아다니던 이동형 포장마차를 시작으로 점차 규모를 키워 프랜차이즈를 잔뜩 거느리고 있다. 8년 전에 본격적으로 뛰어든 인스턴트 제품도 괜찮은 성장세를 보이고 있다.

'오뚝이 기업의 문제점이라면 모든 게 다 특출한 거 없이 평범하다는 거지.'

그게 오뚝이 기업이 후발주자인 푸드푸드에게 밀리는 이유였다.

'푸드푸드는 가끔씩 굵직한 제품을 내지만 오뚝이는 계속해서 평범한 식품만 내고 있지. 호불호 갈리지 않는 제품만 낸다는 게 장점이긴 하지만, 성장하기 힘들다는 점에서는 단점이지. 그게 AG기업에 접촉한 이유겠지만.'

겉으로는 아닌 척 하지만 분명히 오뚝이도 푸드푸드에게 열등감을 느끼고 있을 거다.

사람과 사람 사이에서도 열등감은 심한데, 큰돈이 오가는 기업 대 기업이라면 얼마나 더 심할까?

'AG명품 음식점이 단기간에 유명해지고, 유명한 미식가에게도 인정받은 건 나와 운수 대통령이 만든 소스의 힘이 가장 커. 분명히 그 소스를 기반으로 뭘 하자는 말이겠지.'

홈쇼핑 건은 거절했다. 그 당시에는 소스만 개별적으로 판매하는 것보다, AG명품 음식점에 직접 찾아오게 하는 게 여러모로 이득이었으니까.

물론 그건 지금도 같다.

하지만 오뚝이가 유리한 조건만 제시한다면 얼마든지 손을 잡을 의향이 있었다.

물론 아니라면 매몰차게 거절할 생각이었다.

오뚝이가 접촉을 시도했다는 건, 빠른 시일에 푸드푸드에서도 접촉을 시도한다는 뜻이니까.

'AG기업, 슬슬 알타프로스를 역전하고 있고 몇 년 안에 대한민국 3대 패션기업에 들어갈 수 있어. 그 명성 덕분에 요식업을 보다 빨리 자리 잡게 할 수는 있지만 정상에 앉으려면 시간이 더 걸려.'

때문에 대기업과 손을 잡아야 한다.

손을 잡아서 더 많은 인지도를 쌓고, 더 많은 매출을 올리고, 마지막에는 손잡은 대기업마저도 뛰어넘는다.

그렇게 하나 둘 대한민국의 정상 자리를 차지하고, 최종적으로는 그 누구도 건드리지 못하는 위치에 선다.

'소원 게이지를 쌓아서 내 목표를 이루는 행운을 얻게 되더라도, 밑바탕 되는 힘이 없다면 전부 무용지물이야.'

지금은 그 힘을 얻어야 할 때였다.

"최창수. 아니, 최창수 대표님."

오늘은 그만 고시원으로 돌아가 자려했을 때. 이구민이 말을 걸었다.

"죄송합니다."

왜 불렀냐고 말을 하기도 전에, 이구민이 허리를 숙였다. 그 어떤 잘못에도 뜻을 굽히지 않는다고 소문이 난 그의 행동이었기에 최창수는 적잖게 당황했다.

"가, 갑자기 왜 그러세요?"

"후반전 때 최창수 대표님의 방송이 인터넷 문제로 종료됐었죠?"

"네, 그렇죠. 아, 혹시 구민 씨 짓인가요?"

"그, 그런데요."

너무나도 태연하게 다가온 질문.

최창수가 노발대발할 거라 생각했던 이구민은 적잖게 당황했다.

"사과하러 오신 건가요?"

"……화 안 나셨나요?"

"하하! 그런 사소한 일에 화낼 게 또 뭐 있습니까. 오히려 제가 감사 인사를 드려야죠!"

최창수가 이구민의 손을 덥석 잡았다.

"자세히 말씀드리기는 힘든데, 어쨌든 구민 씨 덕분에 큰 도움을 얻었습니다. 감사해요."

"예예?"

"아. 하지만 제가 아닌 남이라면 조금 화낼 수도 있겠네요. 아마도 방송 경력에 비해 저조한 시청률 때문에 우발적인 행동을 하신 거 같은데, 다음부터는 그러지 마세요."

이구민의 수작 덕분에 운수 대통령 목표도 달성했다.

나의 작은 텔레비전에서 1등도 달성했다.

승자가 굳이 패자에게 화를 낼 필요는 없다.

"으음, 좋은 분이시군요."

예상치 못한 최창수의 반응에 떨떠름한 반면, 큰 깨달음도 하나 얻었다.

'좋은 일을 많이 한다기에 이미지 관리인 줄 알았는데, 이제 보니 정말로 남을 감쌀 줄 아는 사람이었어.'

어릴 적부터 연예계에 들어온 이구민은 선배들로부터 온갖 구박을 받아오며 이 자리를 지켜왔다. 자신이 당한 게 있기에 나이가 든 현재까지도 똑같이 행동해왔다.

그러다 보니 지금처럼 누군가로부터 격려를 받은 적은 거의 없다.

'나는 잘못을 하면 노발대발 화를 냈는데, 젊은 친구가 참…….'

여태껏 자신이 후배에게 저질렀던 잘못이 하나 둘 떠올랐고 창피해져 쥐구멍에라도 숨고 싶은 심정이 됐다.

"앞으로도 좋은 활동 많이 해주세요!"

사람 좋게 웃으며 최창수가 저 멀리 사라졌다.

형광등 때문에 최창수의 등이 빛났건만, 이구민의 눈에는 마치 그가 대단한 존재처럼 보였다.

"최창수 대표님도 좋은 경영 해주십시오!"

어린놈에게 배울 건 아무것도 없다던 생각이 깨지는 순간이었다.

…◈…

다음 날.

최창수는 직원보다 더욱 빨리 회사에 출근했다.

"어제 술판 벌였나."

일찍 출근한 날에는 늘 회사를 돌아다니며 간단하게 청소를 한다. 깨끗해야 좋은 결과물이 나온다 믿으니까. 그 생각에 따르면 3층 경영 1부서는 오늘은 일하기 그른 것이나 마찬가지였다.

"내가 너무 자유롭게 풀었나?"

빈 맥주병과 소주병을 주워 쓰레기봉지에 넣었다.

회사 방침상 허가만 받으면 회사에서 숙식생활도 가능하다. 간혹 이사를 위한 몇 몇 직원이 이 시스템을 이용하고,

부서 회식이 있을 때는 음식점이 아닌 회사 내에서 직원들이 회식을 하는 경우도 있었다.

"뒷정리는 깔끔하게 하라고 그렇게 말했는데."

잡아야 할 문제는 확실히 잡아야 한다. 경영 1부서 직원이 출근하면 한 마디 하려했고, 그때 경영 1부서 회의실 문이 열렸다.

"하움~."

머리가 떡이 된 남성 직원 한 명이 술이 덜 깬 표정으로 나왔다. 그리고 최창수를 보자마자 술이 확 깼다.

"대, 대표님?!"

"잘 주무셨습니까?"

"네, 잘 잤습니다. 아! 이게 아니라, 제가 아침 일찍 일어나서 치우려고 했는데……."

"이따가 팀장 출근하면 말하세요. 먹는 건 상관없는데 지킬 건 확실히 지키라고. 지킬 것만 잘 지키면 뭘 해도 상관없지만, 지키지 않으면 얘기가 달라져요."

"네, 정말 죄송합니다."

고개를 숙인 직원이 황급히 다가와 청소를 거들었다.

"그런데 어제 회식은 즐거웠습니까?"

"네? 어…… 중간에 팀장님이 갑자기 꼰대모드가 되긴 했는데 전반적으로 좋은 분위기였어요."

"다음에는 저도 껴줘요~. 아셨죠?"

"어이쿠, 물론이죠."

살짝 무거워졌던 분위기가 다시 화목해졌다.

우우웅.

청소를 끝내고, 하나 둘 출근하는 직원들과 인사를 나눈 뒤 대표실로 돌아오니 휴대폰이 울렸다.

'이야, 진짜 길었다.'

진동의 정체는 운수 대통령 알림.

최창수는 바로 내용을 확인했고 눈이 휘둥그레졌다.

〈운수 대통령님의 소원 달성에 필요한 소원 게이지는 5000%입니다.〉

"5, 5000%?!"

이 수치가 계산될 때까지 무려 하루가 걸렸다.

기다림 끝에 돌아온 건 황당무계한 수치였다.

"와…… 말도 안 돼……. 아니, 낮은 거라고는 생각도 안 했지만 그래도 이건……."

어제 목표 하나를 달성하고 얻은 게이지가 5%였다.

정식판 전까지는 절반이니 정식판이 되면 목표 하나당 10%의 게이지가 채워지는 거고, 계산대로라면 500번의 목표를 클리어해야만 하는 거였다.

"채울 수 있는 거 맞아?"

하루에 한 개의 목표를 클리어해도 500일. 변수는 얼마든지 존재하니 어쩌면 몇 년이 걸릴 지도 모르는 일이다.

"잠깐? 그렇게 생각하니 별로 많지도 않아 보이네."

인류가 몇 번이고 역사를 반복하면서도 이루지 못한 일이다.

"애초에 죽기 전까지로 목표를 잡았으니까, 10년을 노력해서 5000%를 채워서 세상을 바꾸면 되게 짧네."

생각이 정리되자 운수 대통령은 그 누구와도 비교할 수 없는 자신의 편이란 걸 실감하게 됐다.

"그래. 늦어도 40대 중반쯤에 깨끗한 세상을 만드는 거면 엄청 빠른 거지. 운 좋으면 역사 교과서에도 실리겠는걸?"

최창수가 씨익 웃었다.

"게다가 어려워야 할 맛이 나지."

늘 그래왔다.

고등학생 때도 어려웠던 상황에서 운수 대통령을 만나, 온갖 역경과 고난을 뚫으며 최강대에 입학했다. 그 후 행보에서도 최창수는 늘 밑바닥부터 시작해왔다.

때문에 푸드푸드의 제안을 기다리지 않고 먼저 접촉을 시도한 오뚝이와 계약을 할 생각이었다.

시작부터 만렙이면 재미없으니까.

"맞아, 추가된 기능 중에 목표를 직접 설정하는 것도 있지 않을까?"

바로 운수 대통령 기능을 살피려했다.

똑똑.

노크 소리가 들려왔다.

"대표님. 오뚝이 기업 경영 이사님 오셨는데요."

"그분이 왜요? 점심쯤에 제가 회사로 가기로 되어 있는데."

"귀하신 분 직접 만나러 오셨다는데요?"

"들여보내세요."

"들어가세요."

대표실 문이 열리고 오뚝이 기업 경영 이사, 전진문이 들어왔다. 말끔한 정장과 올백으로 올린 회색 머리. 딱 봐도 연령이 있어 보였다.

"안녕하십니까. 어서 계약 얘기를 나누고 싶어서 일찍 찾아왔습니다만, 혹시 실례가 아니었는지 싶군요."

"아닙니다. 저도 오전에는 업무가 널찍하니 괜찮습니다. 앉으시죠."

두 사람이 마주 앉았다.

"우선 계약 얘기를 들어주신다 하셔서 감사합니다. 사실 AG기업이 소스 관련으로는 철벽이라 해서 걱정이 많았거든요."

"오뚝이와 손을 잡으면 이점이 많은 거라 판단했거든요."

"그렇게 생각해주시니 감사하네요."

대기업의 경영 이사.

그가 최창수에게 고개를 꾸벅 숙였다.

얼핏 보기에는 전진문이 갑이고 최창수가 을이지만 실상은 정반대다. 오뚝이 기업이 빼앗긴 영광을 되찾으려면 순식간에 사회적 파장을 일으킨 최창수의 소스가 필요했으니까.

"아시다 시피 오뚝이 기업은 최창수 대표님의 소스가 반드시 필요합니다. 저희 회사 임원, 그리고 대표님도 먹어봤는데 저를 포함한 모두가 요즘에는 계속 AG명품 음식점만 드나들고 있습니다. 아무리 먹어도 질리지 않고, 한 번 먹으면 뭘 먹어도 그 맛을 못 잊겠더군요."

"제가 생각해도 엄청난 소스입니다."

"네. 그래서 소스 공급 계약을 맺고 싶습니다."

전진문이 계약서를 건넸다.

"계약금으로 20억을 선 입금해드리겠습니다. 차후 수익은 6:4. 그 외 해당 소스를 사용한 인스턴트식품은 모두 AG로고를 부착하겠습니다."

기본적인 사항을 전하고 나머지 세세한 조건을 덧붙였다.

"나쁘지 않군요."

"그렇죠?"

"하지만 딱히 좋지도 않네요."

사업을 하면서 느낀 게 있다.

사업가 대 사업가 사이에서는 나이란 아무런 벽도 되지 않는다는 것.

우위에 섰다면 그 우위를 계속 고집해야 한다는 것.

"……무엇이 불만이신가요?"

"우선 계약금 부분. 여기를 보면 계약 기간이 3년입니다. 3년, 오뚝이와 손을 잡지 않고 AG기업 혼자 행동한다면 계약금의 몇 백 배를 벌어들일 겁니다. 계약금은 최소 1년 매출 정도는 해줬으면 싶습니다."

"1년이라 하면?"

"현재 AG요식업은 4개월 밖에 안 됐지만 벌어들인 수익은 20억에 가깝습니다. 고작 스무 개의 점포로 이뤄낸 매출입니다. 현재 추가 점포 설립을 계획하는 중이니 매출은 더 늘 테고, 햇수가 거듭될수록 더욱 차이가 나겠죠."

"60억을 달라는 말씀인가요?"

"네. 그리고 수익은 공평하게 5:5. 전 그 정도 가치가 있다고 생각합니다. 제 소스와 오뚝기의 마케팅과 명성이 있다면 푸드푸드를 누르는 건 시간문제일 겁니다."

"음…… 이 부분은 대표님과 얘기를 나눠봐야 할 거 같습니다."

"나눠보고 오세요. 저는 급하지 않습니다."

급한 건 오뚝이다.

최창수도, 그들도 알고 있다.

푸드푸드를 포함한 타 업체도 AG명품 음식점과의 계약을 호시탐탐 노리고 있다는 걸.

"잘 생각해보세요. AG기업은 패션으로 순식간에 대기업

자리를 꿰뚫었습니다. 그 성장세를 생각하면 결코 비싼 계약이 아닙니다.”

100%

송근태 현대 판타지 장편소설

세 번째 이야기

복잡한 관계 정리

운수 대통령

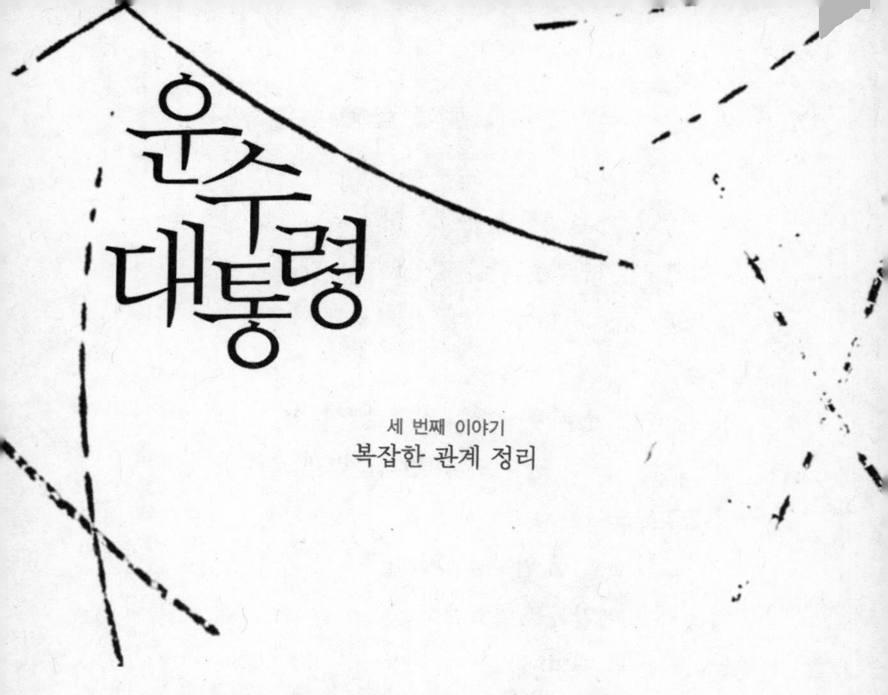

세 번째 이야기

복잡한 관계 정리

한참 후배인 대기업으로부터 역 제안을 받았다.

원래 같으면 거절해야 할 일.

하지만 오뚝이 기업은 앞으로 몇 년 안에 매출이 현상유지는커녕 자칫 하락할 지도 모른다는 위기감을 갖고 있었고, 그 위기감을 없애려면 무슨 일이 있어도 AG기업과 손을 잡아 비장의 소스를 손에 넣어야만 했다.

결국 오뚝이 기업의 경영 임원인 전진문은 회사에 보고는 올려보겠다 말하고 떠났다.

'AG기업의 가치를 안다면 금방 연락이 오겠지.'

만약 불만을 품거나, 조정을 요청하면 바로 거절할 생각이었다.

'늦어도 두 달. 그 안에 푸드푸드에서도 접촉을 시도할 테니까.'

AG기업은 빠른 성장 추세를 보이고 있다.

거기에 타 기업과는 다른 경영방침과 대표의 마인드 덕분에 차후 성장 가능성은 전문가도 쉽게 예측하기가 힘들다.

한 번이라도 실패한 경력이 있다면 모를까.

AG기업은 늘 한 번 손댄 건 만족스러운 결과가 나올 때까지 붙잡았으니까.

"자, 그럼 슬슬 내 업무를 봐볼까."

회사 대표 메일함을 열었다.

쌓여있는 열 개의 메일.

그 중 가장 최근에 온 메일을 확인했다.

〈대표님. 이번 홈쇼핑 명품 판매량 보고서입니다.〉

첨부된 파일을 다운 받아 실행했다. 그러자 깔끔하게 정리된 액셀 파일이 시야에 들어왔다.

이번에 홈쇼핑을 통해서 최초로 선보인 명품은 총 세 종류.

가을 시절에 맞춰 가을용 코트 한 벌과 스웨터 두 벌.

사실 가을용 코트는 정말 명품적인 측면에 초점을 맞춰 디자인하고, 신기술로 제작한 명품이었지만 스웨터 두 벌은 말만 명품이지 AG기업에서 그동안 판매하던 제품과 큰 차이는 없다.

'AG기업의 브렌드 가치가 어느 정도인지 확인해야 할 타이밍이니까.'

상승세를 보이는 기업 전부가 사용하는 방법.

바로 비슷한 상품을 보다 높은 가격으로 시장에 내놓는 것이다.

전에도 간간히 내부에서 정한 것보다 높은 가격의 제품을 판매한 적이 있었다. 그 제품의 판매량은 다른 제품과 큰 차이가 없었다.

비싸봤자 1~2만 원 정도니까.

하지만 명품이라면?

최소 20만원의 차이가 난다.

결코 적지 않은 그 금액 차이를 누르고 명품의 탈을 쓴 제품이 팔려나갈지 궁금했다.

휘리릭.

우선 첫 번째 가을용 코트의 판매고를 확인했다.

〈AG 가을용 코트 3색

레드 색상 : 개당 가격 32만 원

판매 수량 : 3200벌

총 판매 금액 : 10억 2천 4백만원〉

"……이 만큼이나 팔렸어?"

의류의 경우 홈쇼핑에서 초기에 준비하는 제품의 수량은 약 1천에서 1500벌 정도 된다. AG기업은 어느 정도 명성이 있어서 2000벌 정도를 제작했다. 코트가 총 3색이니 6천 벌. 그 중 판매된 건 5400벌 정도였다.

'방송 시간이 10분만 더 길었다면 완판도 가능했을 텐데.'

아쉬움에 입맛을 다셨다.

하지만 나쁘지 않다.

AG기업에서 처음으로 선보인 명품이다. 저가 브랜드에서 갑자기 고가 제품이 나온다는 소식에 몇 몇 부정적인 시선도 있었지만, AG기업이 더 성장하기 위해서는 어쩔 수 없는 판단이었고 그 판단을 토대로 행동했다.

그리고 좋은 결과가 나왔다.

'순수익은 홈쇼핑 측이랑 대행사, 공장비 등등 제외하니 며칠 후에야 알겠네. 그래도…… 30억이야. 1시간 방송으로 30억.'

그 뜻은 정식으로 광고 및 유통을 시작할 경우 더 많은 돈을 벌어들인다는 뜻이다.

'이제 브랜드 가치를 알아볼까.'

드르륵.

마우스 휠을 내렸다.

그와 동시에.

우우웅.

휴대폰이 진동했다. 모르는 번호로부터 걸려온 한 통의 전화. 거래처 일 지도 몰라 전화를 받았다.

"네, AG기업 대표 최창수입니다."

"오빠!"

"……누구시죠?"

아쉽다면 아쉬운 얘기지만 현재 자신을 오빠라 부르는 여자는 존재하지 않는다. 대표님이라 부를 사람은 많아도.

"뭐야~ 제 목소리 까먹었어요?"

애교 섞인 앙탈.

어디선가 들었던 목소리였고, 잠깐 생각을 한 후에야 기억이 떠올랐다.

"혹시 김민희 씨예요?"

"딩동! 댕! 뭐해요? 바빠요? 아, 회사 대표니까 바쁜 건 당연한가?"

"근무 중입니다. 제 연락처는 어떻게 아셨어요?"

"나작텔 스태프한테 물어보니까 알려주더라고요."

타인의 개인정보를 이토록 쉽게 알려줘도 되는 건가 싶었지만, 어차피 자신의 전화번호는 물론 주민번호까지 중국 곳곳을 여행하고 있을 거라 생각하니 딱히 아무렇지도 않아졌다.

"있죠, 오빠. 괜찮으면 점심이나 같이 먹지 않을래요? 저 오늘 점심 스케줄 비어 있거든요."

"점심이요?"

시계를 바라봤다.

11시.

한 시간 후면 점심시간이긴 했다.

'오늘은 유라도 직원들이랑 먹는다고 했지?'

평소에는 서유라와 함께 식사를 하지만, 힘들 경우에는 직원 식당에서 식사를 한다. 아니면 거래처 사람을 만난다거나.

'그래, 유명 연예인과 친해지는 것도 나쁘지 않지.'

요즘은 대기업에서 연예인을 이용한 공격적 마케팅을 많이 펼치고 있다.

세상이 점점 각박해지다보니 사람들은 마음의 도피처가 필요했고, 그 도피처로 연예인을 많이 고르고 있었다. 그 덕분에 연예인이 입는 옷과 먹는 음식이 한 번 SNS를 통해 알려지면 일시적으로 매출이 폭발하는 효과를 볼 수 있다.

"주소 불러주세요, 제가 갈게요."

···◈···

오뚝이 기업 대표실.

오뚝이 기업의 대표인 박문수는 기분이 영 좋지 않았다.

"선 계약금으로 10억이라. 거기에 수익 배분은 5:5. AG 기업, 대표가 아직 서른도 안 돼서 적당히 구슬리면 넘어올 줄 알았는데 말이지."

"생각보다 현명한 친구였습니다."

"자기 기업의 가치는 잘 파악하고 있는 듯 하군."

최창수가 수정한 계약서를 몇 번이고 살펴봤다.

솔직히 말도 안 되는 조건이었다.

오뚝이 기업은 벌써 40년 가까이 자리를 지킨 대기업.

그 반면 AG기업은 이제 막 5년 차에 돌입하고 있었다.

'5년에 이 정도 규모. 40년이 지나면 오뚝이는 함부로 우러러 보기도 힘들어지겠지.'

오랜 기간 사업을 해왔다.

그 사이 친분을 맺은 사업가도 많고, 그 중 대부분이 현재 대한민국에서 한 자리씩 꿰차고 있다.

동업자끼리 만나면 짧던 길던 간에 최창수는 늘 거론됐다. 시기에 차 부정적인 의견만 내놓은 자도 있는 반면, 사업적 수완을 인정하고 존경의 시선을 보내는 사람도 있었다.

박문수는 후자에 속하는 사람이었다.

그동안 AG기업이 패션에만 집중해서 접촉은 못했지만, 요식업에 뛰어든다는 소문을 들은 뒤로는 호시탐탐 기회를 노리고 있었다.

"어떡할까요? 세간의 반응을 보면 다소 부담이 되더라도 AG기업과 계약을 체결하는 게 좋을 거 같습니다. 아무래도 저희는 단기보다는 장기적인 이득을 우선시하는 기업이니까요."

"나도 생각은 같네. 같다만……."

말끝을 흐린 박문수가 몇 달 전쯤 동업자와 나눈 애기가 떠올랐다.

최창수는 지금 이 자리까지 너무 고난 없이 올라왔다고. 이제 한 번 실패할 때가 됐고, 설령 실패하지 않더라도 현 상황이 유지되면 콧대가 높아져 스스로 구렁텅이에 빠질 거라고.

'내 보기에는 벌써 콧대가 높아진 거 같군.'

선배 기업을 상대로 수정한 양보 없는 계약서가 그 증거였다.

계약서를 손에서 논 박문수가 인중을 누르며 한숨을 길게 내쉬었다.

"진문아. 네가 나랑 같이 일한 기간이 어느 정도지?"

"30년 정도 됐습니다."

"그래, 오뚝이 기업 중에서 평사원으로 시작해 임원까지 된 사람은 너밖에 없지. 그건 그만큼 네가 경영실력이 훌륭하고 경영철학도 나와 비슷했기 때문이야."

"……갑자기 왜 칭찬입니까?"

"네가 생각하는 기업은 뭐냐?"

"이윤 획득을 목적으로 운영되는 조직이죠."

"그래, 그럼 이 계약서를 받으면 우리에게 이윤이 있을 거 같아?"

"있습니다."

"어느 정도?"

“자세한 건 뚜껑을 까봐야 알겠지만, 손을 잡으면 나쁠 건 없습니다. 솔직히 오뚝이는 성장이 정체되고 있는 시점이라서, 이럴 때일수록 강력한 루키가 필요하다고 생각하거든요. AG기업의 특별 소스만 있다면 푸드푸드를 제치는 것도 시간문제입니다.”

“그래, 나도 동의해. 하지만 말이지…… 사업에는 밀당이란 게 존재한단 말이지. 우리가 미는 입장이냐, 당겨지는 입장이냐. 그에 따라 또 이윤의 크기가 달라져.”

“그 뜻은……”

전진문이 박문수를 바라봤다. 멍하니 계약서만 바라보던 그가 찌뿌듯한 몸을 쫙 피고는 크게 한숨을 내쉬었다.

“밀당 한 번 해보자.”

···◈···

이태원에 존재하는 AG명품 레스토랑 이태원 점.

보통 레스토랑에 손님이 모이는 건 저녁 시간부터지만, 특유의 소스 덕분인지 평일 점심시간인데도 사람이 제법 많았다.

그 중 대부분이 점심특선 메뉴를 먹고 있었다.

구성은 간단하다.

안심 스테이크와 원하는 와인 한 잔, 거기에 특별 소스 10g.

말이 특선이지, 가격은 개별적으로 시키는 것보다 3천원 더 비싸다.

그럼에도 고객들은 의아함보다는 3천원 더 내면 이 맛있는 소스를 집에서도 먹을 수 있다는 사실에 쌍수를 들었고, 어쩔 때는 저녁보다 점심 매출이 더 많은 날도 존재했다.

'있는 사람이 더 써야지.'

낙수효과라는 말이 있다.

부유층의 투자 및 소비가 증가가 저소득층의 소득 증대에 영향을 미친다는 경제용어.

'침체되기 시작한 대한민국 경제가 다시 살아나려면, 낙수효과를 잘 이용하는 수밖에 없어.'

이제 AG기업도 자리를 완전히 잡았다.

앞으로는 낙수효과를 제대로 작동시킬 수 있는 사업 및 투자를 할 생각이었다.

그만큼의 이득은 또 사회의 환원할 예정이지만, 국가에 직접적인 기부는 하지 않을 생각이다.

'믿을 수가 있어야지.'

사회에 써달라고 큰돈을 줬는데 엉뚱한 곳에 소비되면 손해가 막심하다.

그럴 바에야 조금 더 힘들고 시간이 걸리더라도 자신이 직접 나서는 게 좋다.

"창수 오빠!"

이런저런 생각을 하고 있자 레스토랑 출입구에서 명랑한

목소리가 들렸다.

선글라스를 끼고 마스크를 쓴 한 여성. 충분히 수상한 차림새인데 벙거지 모자까지 쓰고 있으니 그녀의 정체를 모르는 사람이라면 미친년이라 욕하고도 남을 만 했다.

"차림새가 왜 그래요?"

창가 쪽 자리, 맞은편에 앉은 김민희에게 물었다.

그러자 그녀가 마스크는 내리고, 선글라스는 슬쩍 벗으며 말했다.

"제가 여기 있다는 게 밝혀지면 귀찮아지거든요. 팬들이 막 몰려올 거 아니에요."

"레스토랑의 손님이 될 수도 있겠는데요?"

"사업가처럼 말해도 소용없어요. 저 오늘은 정말 평범하게 오빠랑 밥 먹고 싶은 기분이거든요. 저번 방송 이후로 나누고 싶은 얘기가 많았어요."

"마음은 알겠는데 사업가는 시간이 곧 돈이라 서요. 점심시간 1시간 밖에 상대 못 해드려요."

가볍게 웃으며 농담조로 말했다. 딱히 틀린 말은 아니었지만. 갑작스러운 그녀와의 만남 때문에 스웨터 판매재고는 제대로 확인도 못하고 나와야만 했다.

"와~ 오빠 완전 짠돌이네. 치, 좋아. 1시간 동안 잔뜩 떠들면 되지. 아님 제 매력으로 오빠를 유혹한다거나~."

김민희가 윙크를 날렸고, 최창수는 거절하겠다는 듯 바람을 후 불었다.

'진짜 민아를 쏙 빼닮았네…….'

세 번째 만남인데도 친근하게 다가온다.

초민아와 자매라 해도 믿을 정도로 성격이 판박이였다.

'생각난 김에 조만간 소율이랑 민아 볼 겸 회사 찾아가야겠네.'

AG기업이 자리를 잡는 동안, 그 회사도 제법 자리를 잡았다.

요즘은 굳이 AG기업이 홍보 및 일거리를 안 줘도 알아서 잘 성장하는 중이었고, 신소율과 초민아는 서로를 절친처럼 여기며 왕성한 활동을 펼치고 있었다.

두 사람은 메뉴를 주문하고 가벼운 잡담을 나눴다.

주로 김민희가 질문하고, 최창수가 답변하는 모양이었다.

딸랑.

두 사람이 얘기를 나누는 사이, 손님 한 명이 레스토랑 출입문을 열었다.

"어서오세요, AG명품 레스토랑 이태원 점입니다. 몇 분이신가요?"

손님은 대답대신 검지를 세웠다.

"한 분이신가요? 자리로 안내해드릴게요."

점원이 최창수 근처 자리로 손님을 안내했다.

"메뉴판 여기 있습니다. 결정하시면 불러주세요."

교육 받은 데로 공손히 행동한 점원이 다시 카운터로

돌아갔다. 그리고 몰래 손님을 훔쳐봤다.

'오늘 근처에서 축제라도 하나? 대표님이랑 같이 있는 사람도 그렇고 저 사람도 그렇고. 웬 선글라스에 마스크?'

궁금했지만 본인이 알 수 있는 일이 아니다. 점원은 가게가 오픈을 하고 점심때까지 벌어들인 매출을 보며 최창수가 되고 싶다는 헛된 꿈에 빠져들었다.

점원이 그러는 사이.

수상한 손님이 메뉴가 나오자마자 카메라를 들었다.

그 후, 음식을 몇 장 찍나 싶더니만…….

카메라 렌즈가 최창수를 향했다.

···◈···

뜻하지 않은 사진을 제공한다.

그 사실도 모르는 채 최창수는 김민희와의 얘기에 집중하고 있었다.

"오빠는 어떤 여자가 취향이에요?"

김민희가 우아하게 스테이크를 썰어 입에 넣었다. 부드럽게 녹아내리는 고기와 물처럼 흘러나오는 육즙에 그녀는 저도 모르게 행복한 미소를 지었다.

"취향이라……."

서유라를 떠올렸다.

"친구처럼 편한 게 제일 좋네요. 또 감정도 풍부했으면 좋겠고요. 자연스럽게 서로 도움을 주고받을 수 있고, 결정적으로 평생 저만 사랑해줄 사람이 취향이에요."

최창수가 서유라와의 결혼을 결심하게 된 건 바로 그녀의 사랑의 농도 덕분이었다.

고등학생 시절 때부터 지금까지.

그녀는 단 한 순간도 딴 남자에게 시선을 주지 않고 오직 자신만 바라왔으니까.

사귀기 전에도 그랬는데 결혼까지 하면 얼마나 더 짙어질까?

그 생각을 하니 몇 달 남지 않은 결혼이 더욱 기대됐다.

"죄다 내면 얘기뿐이네요."

"그런 말 있잖아요. 배우자의 외모가 아름다우면 1년이 행복하지만 내면이 아름다우면 평생이 행복하다고."

"그럼 배우자를 1년에 한 번씩 바꾸면 되잖아요?"

"……솔로몬이네요."

솔로몬의 뜻을 따를 생각은 없지만.

"외면적인 부분에서는 어떤 여자가 취향이에요? 아, 혹시 저?"

농담조로 말하며 김민희가 쿡쿡 웃었다.

어깨까지 닿는 붉은 머리카락과 둥그런 얼굴, 거기에 큰 눈동자까지. 전체적으로 애교가 넘칠 듯한 외모였고 실제 행동도 그랬다.

"외모는…… 예쁘거나 귀여운 것도 좋지만 평범한 외모가 마음은 편하겠어요. 너무 특출하면 제가 부담스러워서요."

이 대답 역시 서유라를 생각하며 말했다. 그녀의 외모는 연예인처럼 예쁘거나 귀여운 편은 아니었지만, 바라보는 것만으로도 마음이 편해지게 하는 힘이 있다.

"왜 부담스러워요? 오빠 정도면 잘 생긴 편인데."

"그래요?"

턱을 쓰다듬으며 창문을 바라봤다. 나날이 더 성숙해지는 자신의 얼굴이 비쳤다.

"학생 때부터 잘 생겼다는 얘기는 제법 들었는데, 정작 저 자신을 잘 모르겠더라고요."

"오빠 잘 생겼어요. 되게 남자답게요. 연애 경험도 되게 풍부할 거 같은데."

"아뇨? 저 모쏠이에요."

아직 언론을 통해 밝히지 않은 서유라와의 결혼 얘기.

때문에 그녀를 제외한 사실을 말했다.

그러자 스테이크를 찍으려던 김민희의 손이 멈췄다. 안 그래도 큰 눈동자는 더 커지고, 작은 입은 저렇게나 커질 수 있나 의문이 생길 정도로 쩍 벌어졌다.

"지, 진짜에요?"

"제가 연예인도 아니고 이런 걸로 거짓말해서 뭐해요?"

"아니, 대체 왜? 그 외모에, 그 키에, 그 능력을 갖고 왜 여태 모쏠이에요?"

"그냥…… 많이 바빠서 여자 만날 시간이 없었어요. 예나 지금이나 그 시간에 일 하는 게 더 효율적이라 생각하고요."

"사랑에 무슨 효율을 따져요? 오빠 좋다고 따라다니던 여자도 없었어요?"

"모르겠는데요?"

사실 한 명은 알고 있지만 감추기로 했다.

그 당시에는 초민아의 마음을 정말로 몰랐다. 알게 된 건 제법 시간이 흐른 뒤. 하지만 그때는 이미 서유라로부터 선전포고를 받고, 서유라에게 마음이 상당히 쏠려있을 때였다.

'그러고 보니 민아도 내가 얘기한 취향이랑 제법 부합되는 게 많구나.'

문득 고등학교 졸업 후 서유라와 자연스레 멀어졌다면 지금쯤 초민아와 결혼 얘기를 하고 있을지도 모른다는 생각이 들었다.

"대박, 완전 의외다……. 앞으로도 여자 만날 의향은 없어요?"

"좋은 여자가 다가오면 만나봐야죠."

"저라던가?"

김민희가 활짝 웃었다.

상당히 아름다운 미소였지만 최창수의 마음을 흔들기에는 역부족했다.

"글쎄요."

피식 웃으며 적당히 대답했다.

그녀가 점심을 먹으며 한 주제만 갖고 얘기를 나누는 걸로 보아, 알기 싫어도 어떤 목적으로 접근했는지 알 수밖에 없었다.

"그보다 민희 씨, 당분간 스케줄 꽉 차 있나요?"

"일 얘기 말고 오빠 얘기가 더……"

"괜찮다면 저희 회사 모델 한 번 더 해주시겠어요?"

"진짜요?"

그녀의 눈에 생기가 돌았다.

"물론 계약은 민희 씨 소속사와 하겠지만, 괜찮다면 대표한테 넌지시 얘기 건네줘요. 페이는 아쉽지 않게 잘 드릴 테니까요."

"페이는 딱히 상관없지만, 후훗. 알겠어요."

꿍꿍이가 있는 듯 김민희가 웃었다.

'어쩌면 창수 오빠랑 더 친해질 수 있겠어~.'

요즘 인기가 물오르면서 일거리가 계속해서 들어오고 있다. 오늘은 여유롭지만, 내일부터는 두 달 정도 휴일이 사라진다.

'대학 공연 하나 취소하면 되겠지?'

사장 앞에서 연기할 대본이 순식간에 좌르륵 떠올랐다.

"오늘 즐거웠어요."

점심시간이 끝났다. 김민희는 아쉬움을 보였지만 처리해야 할 일이 많아 더 이상 시간을 내기는 힘들었다.

"다음에는 더 오래 놀아줘야 해요. 약속!"

"기회가 되면요~."

필요 이상으로 김민희에게 잘해줄 필요가 없다. 그녀의 마음을 얼추 알아버렸으니까. 조금 미움 받더라도 거리를 벌여야 할 필요가 있고 그녀가 건넨 새끼손가락을 못 본 척 무시하고 등을 돌렸다.

혼자 남은 김민희가 어이없다는 듯 말했다.

"저 오빠 엄청 철벽이네."

· · · ◈ · · ·

회사로 돌아온 최창수가 엘리베이터에 올랐다. 그러자 서유라가 팀장으로 있는 디자이너 B팀 직원 몇 명이 보였고 그 중 서유라도 있었다.

"직원들 데리고 어디 가?"

"오늘따라 회사가 답답해서, 한가한 직원 몇 명이랑 30분 정도 바람이나 쐬고 돌아오려고. 상관없지?"

"좋은 디자인만 나온다면 자택근무도 상관없는 게 AG기업 방침인 거 알면서."

"응, 그래서 가려고. 그보다 어디 갔다 와? 점심시간 내내 자리 비웠던데."

"아, 김민희 씨 만나고 왔어."

"김민희? 너랑 같이 나작텔 나왔던 그 여자 연예인?"

"응. 먼저 점심 먹자고 얘기하더라고. 광고 모델 제안도 할 겸 만나고 왔지. 아… 정말 밥만 먹고 왔어. 네가 걱정할 일 없었으니까."

"나도 알거든요~?"

평소에는 서유라 앞에서 딴 여자 얘기를 하면 심기가 불편하다는 걸 노골적으로 티냈다.

그녀는 늘 자신과 최창수가 안 어울린다 생각했으니까. 그가 딴 여자를 만나면 불안해하고 질투하는 건 스스로가 싫어도 어쩔 수 없이 가질 수밖에 없는 감정이었다.

하지만 변명이 필요 없을 정도로 서유라의 반응은 여유로웠다.

"…화 안 내?"

"뭐하러 화 내? 몇 달 후면 완전히 내 남자 되서 어디도 못 도망가는 신세가 되는데. 그리고 요즘따라 점점 느끼고 있거든."

엘리베이터에 딱히 사람이 많은 것도 아닌데, 서유라가 슬쩍 최창수에게 몸을 실었다.

"나도 너도, 서로가 없으면 안 되는 거 같더라."

"…창피한 말하기는."

뒤통수를 벅벅 긁었다.

그리고 조용히 둘의 사랑현장을 눈과 귀로 목격한 직원들은 급하게 단톡방을 만들어 입 밖으로 내뱉을 수 없는 얘기를 나눴다.

-대표님 저런 반응 처음 봐!!!

-와, 서유라 팀장님 벌써부터 대표님 꽉 잡으셨네 ㅎㄷ;;

서유라와 헤어지고 최창수는 대표실로 향했다. 그때 경리가 다가왔다.

"대표님, 혹시 전화 올 곳 있으셨나요?"

"아뇨?"

"그래요? 아까 누가 대표님 자리에 있냐고 물어보더라고요. 그래서 이태원점으로 식사하러 갔다 말했는데……."

"딱히 저 만나러 온 사람은 없었는데. 너무 신경 쓰지 마세요. 용건 있으면 다시 연락하겠죠."

이때까지만 해도 회사는 평소와 다를 게 없었다.

최창수는 맡은 일에 최선을 다했고, 그건 서유라도 마찬가지였다. 점점 결혼일이 가까워지니 사랑은 더 애틋해졌고, 시간이 될 때마다 신혼집에 방문해 시간을 보내기도 했다.

문제는 그로부터 정확히 일주일 후였다.

"…어쩐 일이야?"

부하 직원의 디자인 원안을 살펴보던 서유라. 예의상 저장한 번호로부터 걸려온 전화에 당황해 급히 밖으로 나갔다.

"불여우, 지금 선생님이랑 같이 있어?"

"알아서 뭐하려고? 그리고 불여우는 내가 아니라 너거든?"

날카로운 질문에 날카로운 대답을 돌려줬다. 대학 때부터 사이가 나쁘던 둘. 그건 서른을 바라보는 나이가 돼서도 마찬가지였다.

물론 둘 다 조금은 친해지려고 노력은 해봤지만, 과거의 기억 때문에 괜히 고집을 부리거나 자존심을 내세우는 싸움이 반복되어 이제는 냉랭한 분위기가 사라질 기미조차 안 보이게 됐다.

"선생님… 요즘 만나는 여자 있어?"

"무, 무슨 소리야?"

결혼 사실은 자신과 최창수, 그리고 가족. 마지막으로 회사 직원만 알고 있다.

AG기업 대표인 최창수 자체가 빠르게 성장할 수 있던 이유 중 하나가 아이돌 버금가는 여성 팬을 보유했기 때문이니까.

최창수는 남 눈치를 보고 싶지 않아 상견례 날 SNS에 그 사실을 알리려했지만, 자칫 회사 매출에 타격이 생길 지도 몰라 서유라가 극구 만류했다.

만약 아이돌에게 이성친구가 생기면 순식간에 등을 돌리는 팬이 정말 많으니까.

아무리 아이돌이더라도 우선은 사람이니 누군가와 사귈 수도 있고 성행위를 할 수도 있다.

하지만 이를 마치 신뢰하던 누군가로부터 큰 배신을 당한 것처럼, 노발대발하는 부류 때문에 어느 정도 인지도를 쌓은 아이돌은 늘 스캔들을 염두에 두고 조심조심 생활한다.

최창수가 기업의 대표인 걸 떠나, 한 때 외모를 통해 인지도를 쌓았고 그때 생긴 팬이 현재 AG기업의 고객이란 건 누구도 부정할 수 없는 사실이다.

게다가 요즘은 언론이나 SNS에 더 얼굴을 자주 비추는 지라 논란거리는 최대한 자제하려고 했다.

최창수의 잘못된 행동을 지적하는 게 자신의 역할이라 생각했으니까.

그 상황에서 초민아가 자신에게 최창수의 여자관계를 물었다.

'설마… 직원 중 누군가가?'

어차피 몇 개월 후에 밝혀질 얘기. 하지만 결혼 전과 후에 밝혀지는 것에는 다소 차이가 있다.

"모르… 겠는데."

"…반응을 보니 정말 모르나보네. 너, 인터넷 잘 안 하지?"

"뭔데 그래? 답답하게 빙빙 돌리지 말고 용건만 말해."

"좋아. 카톡으로 링크 보낼 테니까 확인해. 나도 지금 선생님 회사로 가는 중이니까."

뚝.

초민아가 전화를 끊었다.

"뭐 이런 애가 다 있어?"

불만 가득한 짜증을 뱉었다. 동시에 초민아로부터 카카오톡 메시지가 도착했다. 링크 하나. 그걸 누르자 포털 사이트 인터넷 뉴스가 화면을 채웠다.

그 뉴스를 읽었고…….

"저, 저기. 서유라 팀장님…?"

뉴스를 다 읽을 때쯤.

팀원 한 명이 조심스레 다가왔다. 그리고 눈치를 살피며 우물쭈물 물었다.

"그… 대표님이랑… 결혼, 하시는 거 맞죠?"

"기사 읽었나요?"

"아… 네. 지금 다들 읽었을 거 같아요. 팀장님은 모르는 일이죠?"

"모르는 일이지만, 거짓말이 확실해요."

신뢰 가득한 그녀의 눈동자가 다시 뉴스로 향했다.

〈잘 생긴 외모와 엄청난 사업수완의 소유자 AG기업 대표 최창수! 인기 연예인 김민희와의 열애 중?!〉

자극적인 제목의 기사.

내용은 두 사람의 만남을 열애로 확정짓는 듯 했고, 그걸 밑받침 하듯 행복하게 웃고 있는 두 사람의 사진이 몇 장

첨부되어 있었다.

"최창수 대표 지금 대표실에 있죠?"

"아마도요?"

"물어보고 올 테니까, 직원들한테 뜬구름 잡는 얘기 하지 말라고 전해요."

평소에는 나긋나긋한 서유라. 그녀가 독설처럼 날카롭게 말을 내뱉고 대표실로 향했다.

최창수에게 실망했기 때문에?

절대 아니다.

그녀는 그 누구보다 최창수를 신뢰하고, 최창수라는 인간을 잘 안다. 29년 인생을 올바르게 살아왔고, 기껏 해봐야 술 담배가 나쁜 짓의 전부인 그가 바람 같은 걸 피웠을 리가 없다.

무엇보다 최창수와 정식으로 사귀기 시작하면서 얘가 얼마나 진심으로 자신을 사랑하는지 알게 됐다.

드디어 대표실에 도착했다.

자신의 눈치를 보는 직원들을 무시하고, 대표실 문을 확 열었다.

"최창수."

"어, 유라야. 일 땡땡이치고 놀러왔냐? 잠깐, 그러고 보니 좀 있으면 점심시간이네. 금방 나갈 테니까 기다……."

"너 바람 폈어?"

최창수의 말을 자르고 용건을 툭 던졌다.

"김민희랑 열애 중이야?"

⋯◈⋯

결혼까지 몇 달이나 남았다고 황당한 질문을 던지는 걸까.

곰곰이 생각하던 최창수가 코웃음 쳤다.

"뭐야, 저번에 민희 씨 만나고 왔다 했을 때 아무렇지도 않은 척 하더니 내심 질투하고 있었어?"

"지금 장난치는 거 아니거든?"

서유라가 대표실 문까지 닫으며 진지하게 물었다. 그제야 최창수는 서유라가 자신을 의심할 만한 뭔가를 보거나 듣고 왔다고 짐작하게 됐다.

그러지 않고서야 서유라가 이성관계로 자신을 의심할 필요는 없으니까.

"내가 바람피웠다는 얘기라도 들었어?"

"응."

고개를 끄덕이며 서유라가 아까 전 자신이 본 인터넷 기사를 그에게 보여줬다. 그 사이 기사가 더 퍼졌는지 연관 뉴스에 똑같은 기사가 좌르륵 떠올랐다.

기사를 확인한 최창수는 헛웃음이 터졌다.

"미쳤나?"

김민희와 식사 중인 사진 한 장.

단지 이것만으로 열애 중이라 말하는 기자도 그렇고, 사실불분명한 인터넷 뉴스를 보고 진짜라 입을 모아 말하는 네티즌도 그렇고, 대단한 상상력의 소유자였다.

"파파라치가 둘 중 한 명 이미지 망치려고 작정한 거 같아. 그래서 딱히 창수 너를 의심하지는 않는데…… 나도 사람이고, 오랫동안 짝사랑만 해왔고, 그러다 보니 조금 불안하긴 해."

서유라가 살짝 흔들리는 눈동자로 최창수를 바라봤다. 늘 굳센 이미지만 보여줬던 그녀가 지금은 비 내리는 날 버림받은 강아지처럼 불안에 떨고 있다.

자신이 할 수 있는 건 하나 밖에 없었다.

"서유라 이외에 여자는 사랑하지 않으니 걱정하지 마십시오, 마님."

서유라의 볼을 가볍게 꼬집었다. 최대한 힘을 뺐는데도 아팠는지 그녀가 인상을 찌푸렸고, 최창수는 살며시 웃으며 양복 재킷을 걸쳤다.

"어디 가?"

"너 불안하게 한 기사 올린 회사. 찾아가서 자초지종을 듣고 와야겠다."

괜히 서유라를 걱정시키고 싶지 않아 최대한 여유롭게 웃으면서 말했다. 하지만 속은 조용히 타오르고 있었다.

'어떤 놈인지 걸리기만 해 봐라.'

이번 기사는 명백히 자신과 김민희에게 피해를 입히기 위한 것. 피해 규모를 상관하지 않고 정식으로 사과를 받고, 여차하면 법적대응까지 할 생각이었다.

"저기 사장님……."

대표실 문을 열고 나가자 비서가 다가왔다. 불안한 표정을 보아 하니 뭔가 일이 생긴 모양이었다.

"지금 게시판이 난리가 났는데 어떡하죠? 서버도 한 번 다운 됐었는데……."

"뭐라는데요?"

"김민희 씨 팬이 찾아와서 여자 후리고 다니냐 말하고, 사장님 팬들은 사람 그렇게 안 봤는데 실망이라고……."

"하."

악플이 거의 근절된 줄 알았건만 아직은 아닌 모양이다.

"무시해요. 저희는 대기업입니다. 타당한 지적은 수용해야 하지만 개인적인 감정에 취한 고객을 상대하는 건 손해에요. 본인들 좋을 대로 헛소리하라고 해요. 어차피 거짓이니까."

"주가도 살짝 떨어졌는데……."

"주가까지요?"

이건 예상하지 못한 일이다.

서유라가 말했을 때는 허황된 얘기라 생각했는데 정말 영향이 있긴 한가 보다.

"얼마나 떨어졌어요?"

"많이는 아니고, 300원 정도요."

"그 정도면 금방 회복할 수 있으니 괜찮아요. 그리고 무엇보다 AG기업 대주주 라인이 듬직하고, 소규모 투자자도 많으니 상관없어요. 보나마나 김민희 씨 팬이나 제 팬들이 구매했던 주가를 떨이로 판매해서 그런 거겠죠. 너무 신경 쓰지 마세요."

"네. 알겠습니다."

사건에 휘말린 건 자신. 그러나 비서가 더 우울해보여서 격려의 의미로 어깨를 두들겨주고 엘리베이터로 향했다. 1층에서 올라온 엘리베이터가 금세 다가왔고, 문이 열렸다.

그리고…….

"…표정을 보아 하니 기사 읽고 잔소리 하러 온 거 같네?"

화가 잔뜩 난 듯한 초민아와 마주하게 됐다.

"뭐야. 뭔데 그렇게 여유로운 표정이야? 설마 진짜였던 거야?"

"감정적으로 행동해서 이득될 거 하나 없으니까."

초민아가 화났을 때는 얘기가 잘 안 통한다. 그녀를 어르고 달래는 것보다 신문사에 찾아가 진실해명을 요구받는 게 더욱 급한 일. 미안하지만 그녀를 무시하고 엘리베이터에 오르려 했고, 그때 초민아가 자신의 손목을 확 낚아챘다.

"언제부터야?"

"뭐가?"

"언제부터 김민희랑 사귄 거냐고! 이러려고 내 마음 무시했던 거였어? 내가 선생님을……! 최창수 너를 얼마나 사랑했는데! 내 마음 뻔히 알면서도 무시했던 게! 고작 이딴 여자랑……. 나쁜 새끼……."

기어코 초민아가 오열을 토했다. 큼지막한 눈동자에서 닭똥 같은 눈물이 흘러내리고, 다리에 힘이 풀렸는지 바닥에 턱 주저앉았다.

그대로 계속 울었고, 무슨 일인지 궁금한 직원이 몇 명이 나와 수군거리기 시작했다.

"들어가세요."

최창수의 한 마디에 전부 사라졌지만…….

"일어나, 민아야."

그녀의 마음을 알고 있기에 기분이 더 복잡해졌다. 한편으로는 괜히 그녀를 신경 써준다고 서유라와의 관계를 밝히지 않고 지금까지 질질 끌어 온 자신이 나쁜 놈처럼 느껴졌다.

과정은 달라도 결과는 똑같았을 일.

"일 마무리하고, 네 마음에 제대로 대답해줄게."

복잡한 관계를 정리할 때가 왔다.

• • • ◈ • • •

농림 미디어.

양질의 기사를 계속해서 내겠다는 의미로 설립된 인터넷 뉴스 전문 업체였지만 지금은 자극적인 제목과 내용의 기사만 내는 업체로 전락하게 됐다.

"담당 기자 왔습니다."

그곳 고객도우미 실.

숨을 고르며 마음을 진정시키고 있자 문이 열렸다. 두 명의 남자. 둘 다 불안한 표정이었고, 그 중 손까지 떠는 남자가 바로 이번 기사의 담당자였다.

"앉으세요."

"네……."

기사 담당자와 그 담당자가 속한 팀의 팀장이 소파에 앉았다.

"단도직입적으로 말하겠습니다. 이번 기사 내리고, 거짓이라는 기사 올리세요. 안 그러면 명예훼손으로 고소하겠습니다."

"혀, 현재 저희 쪽 기사는 전부 내렸지만 인터넷에 상당히 퍼진 상황이라서 그거까지는……."

"그건 그쪽 사정이고요. 요즘 인터넷 장례라는 전문업체도 생겼던데 거기에 부탁하면 되겠네요."

고압적인 태도로 강하게 나왔다.

적더라도 유언비어로 피해를 입었다. 그건 김민희도 마찬가지 일 터. 알아서 잠잠해질 거라는 마인드로 있다가는 일만 더 커질 게 분명하다.

인터넷이 발전하면서 네티즌의 영향력도 무시할 수준을 벗어났으니까.

"대답이 없군요."

"아, 알겠습니다! 최대한 타 업체에 협조를 구하고, 그래도 남아있는 게시물은 저희가 어떻게든 처리하겠습니다."

"일주일. 딱 일주일 드릴 테니 해결하세요. 그때도 계속해서 제 기업 이미지가 손실되고 있으면 법적대응을 하겠습니다."

"약속하겠습니다."

"좋습니다. 그럼 이제."

최창수가 담당 기자를 바라봤다.

"한 가지 묻겠습니다. 이번 기사를 낸 이유가 뭡니까?"

"네?"

"저하고 민희 씨한테 무슨 원한이 있어서 이 기사를 냈냐고요. 기사 내용이 딱 봐도 공격적이던데, 저희가 그쪽에게 피해라도 입혔습니까?"

"아, 아닙니다. 그게 아니라……."

담당 기자가 고개를 푹 숙였다.

그리고 속으로 쌍욕을 내뱉었다. 별 일 없을 거라는 얘기를 듣고 기사를 작성했건만, 설마 최창수가 직접 찾아올 줄 몰랐다.

여태껏 많은 파파라치 기사를 작성했지만 이런 적은 없었으니까.

'아, 시발! 하필 최창수한테 걸리냐! 돈 많이 준다 했을 때부터 의심했어야 했는데…….'

AG기업이 얼마나 미래가 창창하고 인맥이 두터운 대기업인지 잘 알고 있다. 추가로 최창수라는 인물에 대해서도.

"대답 안 합니까?"

"아! 하, 합니다! 할 게요! 그게, 사실 이번 기사는 제가 단독으로 쓴 게 아니라…… 청탁을 받았습니다."

"청탁이라고요?"

최창수의 눈썹이 올라갔다.

"누구죠?"

아무리 생각해도 남에게 원한 받을 일은 하지 않아왔다. 떠오르는 인물이 있다면 구자용이지만, 그하고는 대학을 졸업한 이후로 한 번도 만난 적이 없다.

안부 인사를 하러 갈 때마다 번번이 거절당했으니까.

짐작 가는 건 김민희 및 AG기업의 경쟁사였다.

"청탁 의뢰자의 신상은 보호해줘야 하는 거라서……."

"제가 법적대응을 하면 그쪽은 빚더미에 앉게 될 겁니다. 그래도요?"

"사, 사실… 말하고 싶어도 말할 수가 없습니다. 이번처럼 조심스러운 기사는 보통 유령회사를 이용해서 청탁이 들어오거든요. 저희는 돈 받고 하는 일이니 기사를 작성하는 거고, 경찰 협조를 받아서 수사를 해도 좀처럼 잡기가 힘듭니다."

"사실이죠?"

"물론이죠! 이것만큼은 사실입니다. 저희가 해드릴 수 있는 건 기사를 내리고 해명기사를 올리는 것 정도라… 나머지는 최창수 대표님이 직접 해결을 하셔야 할 거 같습니다."

"똥은 그쪽이 쌌는데 왜 내가 치워야 합니까?"

일침.

농림 미디어 직원 두 명은 반박할 말이 없었다.

"하아. 유령회사 연락처랑 입금 받은 계좌 스캔해서 저희 회사 메일로 보내두세요. 그 외 자잘한 자료도 전부 다요."

"그, 그건……."

"기다릴 것도 없이 오늘 바로 법원에 고소장 제출할까요?"

"드, 드리겠습니다!"

직원 두 명이 허리까지 숙이며 협조를 약속했다.

'민희 씨에게도 협조를 요청해야겠어.'

농림 미디어에서 나온 최창수가 휴대폰을 꺼냈다.

• • • ◈ • • •

GT엔터테인먼트.

사장의 사업수완이 나빠 어떤 연예인을 발굴해서 등장시켜도 적자를 보거나, 계약기간이 끝나기가 무섭게 타 업체에 빼앗긴 비운의 소속사였지만 김민희가 등장한 이후로 흐름이 바뀌었다.

망해가던 소속사를 부활시킨 여신으로만 보였고, 사장은 욕을 먹으면서도 그녀에게 더 많은 투자를 해줬다.

이번 달은 소속사 역사상 가장 많은 돈을 벌었고, 단물이 빠질 때까지는 김민희를 잡아두려고 했다.

그런데…… 그 단물이 생각보다 더 빨리 빠질 위기가 찾아왔다.

"대체 이게 무슨 일이야! 남자 만나지 말라고 몇 번이나 말했는데 어기면 어떡해! 응?"

"흥."

GT엔터테인먼트 대표인 정철구가 언성을 높였다.

마음 같아서는 재떨이니 뭐니 손에 잡히는 건 다 던져버리고 싶었지만, 자칫 김민희가 위약금을 지불하고 계약해지를 요청하면 후회할 게 분명하므로 최대한 화를 억눌렀다.

"그리고 너도 인마! 매니저라는 새끼가 애 남자 만나는 동안 대체 뭐 한 거야! 휴일에도 같이 있으라고 말했어 안 했어!"

"죄, 죄송합니다……."

"아오! 지금 밖에 기자들 줄 서 있는 거 어떡할 거야! 아까부터 계속 항의전화도 오는데 이 사단을 어떻게 해결할 거냐고! 최창수인지 뭔지 그 놈의 새끼만 아니었으면!"

"창수 오빠 욕하지 마요!"

내내 뿌루퉁하던 그녀가 똑같이 언성을 높였다.

"저랑 창수 오빠 정말 아무 사이 아니거든요? 정말 밥만 먹었거든요?"

"사, 사실이지?"

"그렇다고요. 뭐, 제가 창수 오빠한테 마음 있는 건 맞지만."

"뭐, 뭐?! 야! 누가 들으면 어쩌려고 그런 말을 해! 그리고 김민희. 너 아이돌이야! 그것도 지금 한창 절정인 아이돌! 남자는 인기 좀 식고 만나야 하는 거 몰라?!"

"아이돌은 남자도 못 만나요? 그리고 제가 남자 사귄다고 떨어져 나갈 팬이면 제 쪽에서 사양이거든요?"

말은 그랬지만 내심 불안하긴 했다.

많은 소속사를 전전하면 20대 중반이라는 늦은 나이에 아이돌이 됐다. 다행히 그동안의 노력이 빛을 봤는지 데뷔를 하자마자 엄청난 인기를 얻었고 3년이 지난 현재까지 그 인기는 식을 줄 몰랐다.

하지만 이번 일로 짧은 아이돌 인생을 마감해야 할지도 모른다 생각하니 가슴이 평소보다 더 빠르게 뛰었다.

"야! 너 어디가?"

"밖에 기자 많다면서요. 제가 직접 가서 사귀는 사이 아니라 말하고 올 게요. 회사가 말하는 것보다 더 신빙성 있을 거 아니에요."

"아냐, 아냐. 네가 가봤자 역효과야. 우선은 대책을 좀 더 세우자고."

"어차피 저 1시간 뒤에 스케줄……."

우우웅.

말하던 도중 테이블에 올려둔 휴대폰이 울렸다.

"하아! 벌써 민희 번호까지 새어나갔…….

"창수 오빠다."

"……뭐?"

"창수 오빠한테 전화 왔다고요."

…◈…

모두가 귀를 쫑긋 세웠다.

"뭐해, 어서 받지 않고."

"받을 거니까 재촉하지 마요."

신경질을 낸 김민희가 전화를 받았다. 굳게 닫힌 입술은 먼저 떨어질 줄 몰랐다. 이번 일은 자신의 부주의 때문에 일어났다고 생각했으니까.

좀 더 은밀한 장소에서 만났거나, 아니면 최창수에게 잘 보이고 싶어서 선글라스와 마스크를 벗지 않았다면 파파라치의 렌즈에 담길 일도 없었을 거다.

"민희 씨?"

"아, 네."

상냥한 어조의 목소리. 겨우 정신이 돌아왔고, 미안해서라도 뭔가 말해야겠다고 싶었다.

"기사 봤죠?"

"네. 정말 죄송해요. 제 부주의 때문에……."

"죄송할 게 뭐 있어요. 연예인은 남자도 함부로 못 만나게 하는 이 사회가 이상한 거지."

"그…… 창수 오빠는 괜찮아요? 오빠도 팬 많잖아요?"

"사업가한테 팬이라 해봤자 단순한 고객이죠. 그보다 지금 어디세요? 잠시 만나서 얘기 좀 나눠봐야 할 거 같은데."

"아! 저 지금 소속사에 있어요."

"GT엔터테인먼트 소속이었죠? 내비게이션 찍고 금방 갈 테니까 기다리고 계세요."

알겠다고 대답을 하기도 전에 전화가 먼저 끊겼다. 그와 나눈 대화를 곱씹으며 천천히 소파에 앉았다. 대표의 말 한 마디 한 마디 때문에 잔뜩 올랐던 화는 제법 식어 있었다.

"걔가 뭐래?"

사장이 다급하게 물었다.

최창수를 잘 모르는 그로서는 혹여나 김민희가 협박이라도 받았을까 걱정이 됐다. 소송으로 이어지면 소속사에서도 돈을 부담해야 하니까.

"……걱정해주던데요."

"뭐?"

"대표님도 안 해준 걱정을 해줬다고요."

열애설 기사가 터진 오늘.

많은 사람들로부터 연락을 받았지만 대부분 사실 혹은 어쩌다 그랬냐는 흥미위주 뿐이었다.

걱정을 해준 건 가족, 그리고 최창수가 유일했다.

• • •◈• • •

주차장에 차를 세웠다.

"저게 전부 기자인가."

차에서 내려 GT엔터테인먼트 정문을 바라봤다. 족히 오십이 넘는 기자가 잠긴 정문을 열지 못하고 하염없이 김민희의 등장만 기다리는 중이었다.

"남 연애 얘기가 특종이라니, 참."

저 무리에 자신이 등장해봤자 좋은 일은 없다. 쓴맛을 다시며 GT엔터테인먼트 후문 쪽으로 향해 김민희에게 전화를 걸었다.

머지않아 김민희의 매니저나 찾아왔고 그의 안내를 받아

대표실로 향하게 됐다.

"창수 오빠!"

문을 열기가 무섭게 김민희가 절망 속에서 희망이라도 본 듯한 표정으로 소파에서 일어났다.

'많이 불안했나 보네.'

다가온 그녀의 등을 몇 번 두들겨주고 정철구를 바라봤다.

"대표님 되시죠?"

"네. 최창수 씨죠? 우선 앉으시죠."

최창수가 앉자 매니저가 눈치껏 커피를 가져왔다.

"우선 민희의 부주의로 인해 벌어진 일에 대해 사과드립니다."

상대방이 별다른 지위가 없으면 소리라도 빽빽 지르고 싶은 심정이지만 대기업 대표라서 예의를 지킬 수밖에 없었다.

"아뇨, 이번 일에는 저도 민희 씨도 잘못이 없습니다. 연예인의 사생활을 존중해주지 못하는 사회가 잘못한 거죠."

"아무래도 연예인은 소비자의 것이라는 개념이 강하다 보니…… 그보다 어쩌실 겁니까?"

자신의 사업수완은 좋지 못하다.

그뿐 아니라 그 외 업무 처리에도 능수능란한 실력을 보여주지 못한다. 대표 자리를 지킬 수 있는 건 어디까지나 금전적인 힘이 컸다.

그러다 보니 이 상황을 좋게 해결할 방법이 떠오르지 않는다.

하지만 최창수는 순식간에 몸집을 거대하게 키운 기업의 대표다. 자신과는 사고회로부터 다를 거라는 믿음이 있었다.

“혹시 GT엔터테인먼트를 시기하는 소속사가 있나요?”

“그건 왜 물어봅니까?”

“이곳에 오기 전 기사를 작성한 기자를 만나고 왔습니다. 유령회사로부터 청탁을 받아서 작성했다고 하는데, AG기업은 적이 없는 기업입니다.”

“흠…… 민희가 GT와 계약을 맺기 전 먼저 접촉한 소속사가 있긴 하지만 그쪽은 대형입니다. 굳이 이런 기사를 작성하지 않아도 돈으로 밀어붙이면 될 텐데…….”

“음. 혹여나 짐작가는 인물이 떠오르면 말해주세요. 당하고만 있을 수 없으니까요.”

“예, 그러겠습니다.”

“자, 그럼. 이번 열애설을 잠식시킬 해결방법인데…… 일주일 안에 기자회견을 열도록 하죠.”

“기자회견이요?”

정철구가 놀랐다.

기자회견은 정말 큰 일이 아니라면 어지간해서는 열지 않는다. 기자회견에서 내뱉는 말은 모두 진실이며, 차후 거짓이란 게 밝혀지거나 번복했다가는 거센 질타를 받기 때문이다.

연예인의 기자회견은 정말 중요한 안건이 있을 때만, 여태껏 열애설 문제로 기자회견을 연 연예인은 없었다.

"인터넷 기사나 방송에서만 부인하면 늦어도 한 달 안에 잠식될 텐데 굳이 그렇게 해야 할까요?"

"민희 씨의 인기가 더 오랫동안 지속되게 하려면 기자회견은 필수입니다. 진정성 있는 모습을 보여주고, 김민희란 연예인이 활동 중에는 팬을 배신할 일이 없다는 걸 보여주는 거니까요."

"오…… 그 말을 들으니 솔깃하군요."

"네. 게다가 저는 사업가라서, 저 역시 공식입장을 표명해야만 합니다. 단점이 있다면, 이 기자회견으로 전 잃는 게 없지만 민희 씨는 있다는 겁니다."

최창수가 김민희를 바라봤다.

그가 와서 해결법을 말해주는 것만으로도 안심이 됐는지 대표와 있을 때보다 훨씬 여유로운 표정이었다.

"제가 뭘 잃어요?"

"활동 중에는 이성을 못 만나게 될 지도 몰라요."

"그게 뭐에요! 저도 꽃다운 나이인데!"

"그러니까 민희 씨가 선택해야 해요."

진지한 최창수의 말에 김민희는 감정적으로 대할 사안이 아니란 걸 깨달았다. 그리고 고민에 빠졌다.

연예인으로서 장수도 끌리지만, 인간이라면 사랑 또한

포기할 수 없었다.

"그냥……."

결정을 내렸는지 김민희가 최창수를 바라봤다.

"저랑 오빠랑 정말로 사귀면 되잖아요?"

"뭐, 뭐?!"

그 발언에 노발대발한 건 정철구였다.

"너, 너! 지금 그게 얼마나 위험한 소리인줄 알고 내뱉는 거야?!"

"알거든요? 근데 생각해봐요. 제가 남자를 사귀어도 좋다 할 팬은 있을 테니 수입은 별 차이 없을 거예요. 어차피 욕 하는 놈은 제 음반도 안사고 콘서트도 안 오는 놈들이 분명하니까요. 어때요 오빠?"

김민희가 최창수의 손을 살포시 잡았다.

"저랑 사귀면 돈 한 푼들이지 않고 얼마든지 광고모델로 사용할 수 있어요. 둘 다 손해 보지 않는 방법으로는 제격인 거 같은데 어떠세요?"

"……."

차마 할 말이 없었다.

김민희가 적극적인 건 알고 있었지만 이 위기 속에서도 사심을 드러낼 줄은 몰랐으니까.

"미안하지만 그건 안 돼요."

"왜요? 오빠 저 싫어요? 예쁘고, 인기 많고, 돈도 잘 버는데 뭐가 문제예요?"

"제가 결혼할 사람이 있다는 게 문제입니다."

"……네?"

생각지도 못한 발언에 김민희가 멍한 얼굴이 됐다.

'가급적 결혼식 일주일 전까지는 숨기고 싶었는데.'

하지만 상황이 상황이다. 최창수는 김민희에게 최초로 결혼 사실을 밝히기로 했다.

"두 달 후에 결혼해요. 중학생 때부터 친하게 지내던 친구랑."

"지, 진짜로요?"

"결혼 문제로 거짓말 치는 놈으로 보여요?"

"그건 아니지만……."

그녀의 대답에는 허무함이 가득했다. 솔로라 해서 믿었건만, 난데없이 결혼을 한다니? 혼자 북 치고 장구 친 게 창피해 쥐구멍에라도 숨고 싶어졌다.

···◈···

기자회견은 일주일 뒤로 예정이 잡혔다.

–기자회견까지 하고 아무래도 열애설 사실인가 본데? 갑자기 결혼소식이라도 말하는 거 아냐?

–하…… 김민희 진짜 존나 사랑했는데 뒤통수를 치네.

–창수 오빠 결혼하지 마요 ㅠㅠㅠㅠ

네티즌의 반응은 부정적이었다.

최창수가 누구인데 대형 아이돌과 사귀냐는 말을 기점으로 최창수와 김민희의 팬이 서로를 헐뜯기 시작했다.

-으이구 한심한 놈들아. 연예인도 사람인데 남자 좀 사귈 수도 있지! 꼭 자기들 모쏠인 걸 이런 식으로 인증해야겠냐 ㅉㅉ

-솔직히 우리 창수 오빠가 얼마나 멋있는 남자인데 여태 솔로였다는 게 이상하지. 김민희 정도면 오빠 줄 수 있음 ^_^

물론 두 사람의 사이를 응원하는 사람도 많았다.

하지만 여론이란 건 긍정적인 반응보다는 부정적인 반응이 사실인 것 마냥 포장하기 딱 좋은 매체이다.

그게 더 자극적이니까.

"오늘이지?"

오뚝이 기업 대표실.

박문수는 침침한 눈으로 인터넷 기사를 살펴보고 있었다.

열에 일곱은 최창수와 김민희의 공식 기자회견을 주제로 자신들의 망상을 푼 기사였다.

"AG기업 상황은 어떻지?"

전진문에게 물었다.

그는 일주일 동안 AG기업을 관찰하며 작성한 조사표를 건넸다.

"일주일 전까지 AG기업의 주가는 1주당 86만원이었습니다. 열애설이 터진 현재는 1주당 85만원으로 1만원 밖에 떨어지지 않았습니다."

"효과는 거의 없었다 보면 되는군."

"아무래도 AG기업은 기존에 쌓아둔 이미지가 있다 보니, 대형 투자자들을 흔들기에는 역부족이었던 거 같습니다."

"쳇. 팬이 많다기에 좀 기대했는데 이거야 원. 괜히 돈만 날렸군."

밀당을 하려고 AG기업이 흔들릴만한 요소를 찾아봤다.

하지만 워낙 깨끗한 기업이라서 물고 늘어질 거리가 없었다. 그래서 만들었고, 그게 바로 김민희와의 열애설이었다.

피해자인 김민희에게는 미안했지만, 이번 기사로 AG기업이 크게 흔들리면 계약조건을 조금은 변경할 수 있었기에 죄책감을 뒤로 하고 욕심을 우선했다.

"매출도 큰 변화는 없군."

"그의 팬이라 해봤자 전체적인 지수로 보면 극히 적다 보니, 일반 고객에게는 아무런 영향도 끼치지 못했습니다. 이제 어떡하죠?"

"음, 별 방법이 없군."

박문수가 책상을 열었다. 그곳에 들어있는 수십 장의 사진과 농림 미디어와 주고받은 계약서 및 통장 사본 등등. 그걸 전부 종이 분쇄기에 넣어 증거인멸을 시도했다.

"최창수에게 연락해. 제시한 조건으로 계약하겠다고."

"네. 알겠습니다."

전진문이 허리를 숙이고 밖으로 나갔다.

홀로 남은 박문수는 창밖을 바라봤다. 서울 도심이 한눈에 들어왔지만 매일 같은 풍경이라 슬슬 질리고 있었다.

"어서 돈을 벌어야 한 층을 더 늘리는데 말이지."

한숨을 푹 쉬며 담배에 불을 붙였다.

"돈만 날렸어."

이때까지는 몰랐다.

자신이 날린 돈의 액수를.

· · ·◈· · ·

기자회견 장소는 GT엔터테인먼트 회의실이었다.

오십 개의 의자는 하나도 빠짐없이 주인이 정해져 있었고, 늦게 도착한 기자는 어쩔 수 없이 선 채로 기자회견을 바라봐야만 했다.

"후우……."

아직 최창수와 김민희가 서지 않은 기자회견 테이블을

바라보며 서유라가 호흡을 골랐다. 이곳에 자신이 있어도 되는 지 아직도 의아했지만, 무슨 일이 있어도 최창수가 오라고 해 결국은 와버리고 말았다.

"너, 선생님이랑 같이 안 왔지?"

그때, 옆에 앉은 초민아가 말을 걸었다.

"응. 따로 따로 왔어."

"그럼 나처럼 아무것도 못 들었겠네?"

"들었으면 어쩌려고? 어차피 창수가 다 얘기할 텐데 참을성 있게 기다려 봐."

"……네가 말 안 해도 이제부터 얌전히 있을 거거든?"

고개를 휙 돌린 초민아가 인상을 찌푸렸다. 그녀에게는 이 자리가 아주 중요한 자리니까.

'내 마음에 제대로 대답해준다고 했어.'

최창수는 약속을 지키는 남자다. 때문에 그 말을 듣고'얌전히 사무실로 돌아가, 흔들리는 정신을 부여잡고 어떻게든 맡은 일을 완벽하게 소화해냈다.

'제발…….'

최창수를 포기하려고 노력했지만 안 됐다. 다른 남자를 만나도 최창수와 비교하게 됐고, 떠나려던 마음은 결국 다시 그를 찾아갔다.

'날 골라줘.'

몇 년 동안 듣고 싶었던 그 말.

오늘 이 자리에서 자신이 마음이 전해지길 바랐다.

"GT엔터테인먼트 소속 연예인 김민희 씨와 AG기업 대표 최창수 씨 입장합니다."

두 눈을 감고, 두 손을 잡고, 믿지도 않는 신에게 기도를 하고 있자 퍼뜩 정신이 들었다.

고개를 들자 카메라 세례를 받으며 김민희와 함께 들어오는 최창수가 보였다.

"반갑습니다, 기자 여러분."

자리에 앉은 최창수가 말했다.

"지난 일주일 동안 세간을 뜨겁게 달군 저와 김민희 씨의 열애설. 오늘 이 자리에서 종지부를 찍도록 하겠습니다."

과연 어떤 대답을 할까. 제발 특종거리를 줘라.

기자들이 귀를 쫑긋 세웠다.

"앞으로 두 달 뒤."

최창수의 시선이 어느 한 곳으로 향했다.

"AG기업 최창수 대표는, 오랜 친구와 결혼합니다."

···◈···

김민희와 열애 중인 게 아니었는가?

여론은 이미 확정을 내린 사안에 최창수가 찬물을 끼얹었다. 두 사람의 차후 관계에 맞춰 작성한 질문 리스트는 쓸모없는 종이쪼가리가 됐고, 누구 하나 먼저 입을 열지 못했다.

짧은 침묵.

그걸 깨트린 건 초민아였다.

"그게…… 사실이에요?"

공식적인 자리라서 존댓말을 쓴 게 아니다. 너무 황당하고, 당황스럽고, 슬픈 나머지 경어가 튀어나왔다. 그녀의 목소리는 심하게 떨렸고, 최창수를 바라보는 얼굴은 거짓말이라 말해주길 절실히 바라고 있었다.

"네."

하지만 최창수는 들통 날 거짓말은 하지 않았다.

"거짓말……."

초민아가 고개를 푹 숙였다.

오한이라도 느끼듯 크게 떨리는 그녀의 두 어깨. 이윽고 그녀가 힘없이 고개를 들어 서유라를 바라봤다.

"너야?"

"……."

"너냐고. 네가 선생님이랑 결혼하는 거냐고."

"그게……."

"묻잖아!"

언성을 높인 초민아가 자리에서 일어섰다. 붉게 물든 그녀의 얼굴은 금방이라도 분노 섞인 눈물이 터질 것처럼 불안정했다.

모두의 시선이 서유라와 초민아에게 집중됐지만 최창수는 아무 말도 하지 않았다. 그저 서유라를 바라볼 뿐이었고,

그 시선을 느낀 서유라는 고개를 푹 숙였다.

"미안해……."

사과로 긍정을 밝혔다.

딱히 사과할 일은 아닌데, 자신과 최창수가 서로를 사랑하기 때문에 내린 결론인데, 초민아보다 자신을 더 사랑하기에 진행된 일인데.

그럼에도 미안하다 말할 수밖에 없었다.

그녀 역시 최창수를 향한 초민아의 마음을 알고 있으니까.

그렇다고 최창수를 양보할 만큼 미련한 여자는 못됐다.

"둘이서…… 사람 하나 병신 만들기 쉽다더니만."

서유라로부터 눈을 땐 초민아가 최창수를 바라봤다. 불게 물든 그녀의 눈시울에 분노라 아른거렸다.

지금 당장 기자회견장에서 난리를 피우며 자신의 뺨을 때려도 좋다. 한 여자의 마음을 농락한 죄는 쉽게 사라질 게 아니니까.

"짜증나."

비련의 여자는 되고 싶지 않은 걸까.

초민아는 조용히 기자회견장 밖으로 나갔다.

"……."

고작 한 사람 떠나갔을 뿐인데, 기자회견장은 텅 빈 것처럼 고요해졌다.

그 고요를 깨트린 건 최창수였다.

“기자회견 진행하죠.”

세 사람의 관계는 모르지만 딱 봐도 초민아가 피해자인 건 확실했다. 그 상황에서도 냉정한 최창수를 보고 기자들은 괜히 대기업 대표가 아니라며 혀를 내둘렀다.

“결혼을 하신다고 하셨는데, 혹시 저 분이 배우자 되실 분인가요?”

기자 한 명이 서유라를 가리켰다.

최창수는 옆으로 오라는 듯 손짓했고, 서유라는 잠시 주변 분위기를 살피다가 창피한 듯 얼굴을 가리고 일어났다.

‘이게 뭔 일이람…….’

최창수 옆에 서자 카메라 셔터가 빛나기 시작했다.

인생에서 한 번도 겪지 못할 일, 최창수를 만난 덕분에 원 없이 겪을 수 있었지만 기분은 복잡했다.

자신의 남편이 외도하지 않았다는 증거물로 옆에 선 거니까. 한편으로는 이 정도의 능력이 있는 최창수가 자랑스럽기도 했다.

“옆에 있는 제 배우자는 AG기업 디자이너 2팀 팀장인 서유라라고 합니다.”

최창수는 자신과 서유라가 어떻게 만났고, 어떤 식으로 관계를 이어가다 결혼이란 목적지에 골인하게 됐는지 자세하게 설명을 시작했다.

도저히 일반적이지 못한 두 사람의 관계발전.

기자들은 만화도 아니고 저런 식으로 사귀어서 결혼까지 하는 게 가능한 일인가 싶었지만, 최창수의 말에는 진정성도 가득했고 운수 대통령으로 구매한 화술의 책 덕분에 믿을 수밖에 없게 됐다.

"서유라 씨, 최창수 대표의 말이 전부 사실인가요?"

"아, 네. 창수가 워낙 착해서 모든 사람에게 다 잘해주지만, 그…… 애정은 오직 저한테만 향해있어요."

"아직도 저와 김민희 씨의 관계를 의심하는 분이 있다면 차후 청첩장을 발송해드리겠습니다. 연예인과의 열애를 부정하려고 결혼식까지 올리는 미친놈은 없을 테니까요."

"음…… 아닙니다."

기자 한 명이 대답했다.

기자회견장에 모인 오십 명의 기자.

최창수의 진심어린 화법에 설득된 그들은 더 이상 더러운 취재를 할 생각이 없었다.

최창수의 말에서도, 서유라의 말에서도.

서로가 서로를 진심으로 사랑한다는 게 느껴졌으니까.

단기적인 수익을 위한 특종거리를 잡기 위해서, 두 사람의 사랑을 의심하는 짓은 도저히 하려야 할 수가 없었다.

"그리고 한 가지 사족을 붙이자면."

최창수가 기자들을 바라봤다.

"기자의 역할을 다시 한 번 생각해줬으면 합니다."

기자의 역할.

언제나 공정성 있고 실용적인 기사를 작성해 국민의 알 권리를 지켜주는 것. 그것이 초기 기자의 올바른 개념이었다.

하지만 어느 날부터 위와 같은 기자는 좀처럼 찾아보기가 힘들어졌다. 인터넷 뉴스가 등장하면서 누구나 기자라는 타이틀을 달게 된 것.

아직까지 공중파 뉴스에서는 양질의 기사를 내보내지만, 인터넷 뉴스는 너나 할 거 없이 자극적인 제목과 내용의 기사 혹은 영양가가 전혀 없는 기사가 대부분을 차지한다.

물론 그들의 고충도 이해할 수는 있다.

하루에도 수만 개가 쏟아지는 인터넷 뉴스 속에서 살아남아 돈을 벌려면 자극적인 제목을 사용할 수밖에 없으니까.

하지만 인생은 언제나 장기적으로 봐야 한다. 이 현상이 지속되면 언젠간 인터넷 뉴스는 커뮤니티 게시판처럼 변할 게 분명하며, 그때는 국민의 알 권리가 완전히 사라지게 될 거다.

"물론 여러분에게만 잘못이 있는 거라고는 생각하지 않습니다. 직업 정신도 먹고 살 돈이 있어야 할 수 있는 거니까요. 그리고 결정적으로 국가에서의 정보통제가 큰 편이죠."

예를 들어 광화문에서 대통령 시위가 일어났다 치자. 초기 한 번은 공중파 뉴스의 기사로 나오겠지만 그 후로는 찾아볼 수가 없다. 그게 과연 시위가 하루 만에 끝났기 때문일까?

아니다.

해당 기사가 계속해서 언론을 통해 비춰지면 정부에 반감을 가지고 시위에 참가하는 국민이 발생할 수도 있기 때문이다.

"국민의 알 권리는 당연히 지켜져야 하는 것. 하지만 국민의 지식이 많아질수록 위험하다고 판단했는지 과거부터 현재까지 정부는 민감한 문제는 늘 감추기 바쁘죠. 지식의 부재는 곧 안전 불감증으로 이어지고, 국가의 주인인 국민은 그저 나랏일에 관심 없는 하루살이에 불과해진다는 게 제 생각입니다."

논리정연한 최창수의 말에 기자들은 할 말을 잃었다. 이 중에서도 몇 몇은 기자의 꿈을 키울 때만 해도 남이 다루지 않는 민감한 사안을 국민에게 밝히려 했다.

하지만 그런 기사를 작성하면 늘 편집장으로부터 사회에 불만 있냐고 핍박을 받기 일쑤였고, 결정적으로 국가의 언론통제 때문인지 국민은 생각처럼 큰 신경을 쓰지 않았다.

어느 대기업의 부정부패, 서민만 손해 보는 법안의 통과 등등.

대부분의 국민은 이런 기사보다는 연예인의 사생활이나 단순간의 여흥을 즐길 수 있는 인스턴트 기사를 즐긴다.

언론통제의 영향력도 있지만, 가장 큰 이유는 국민의 생활고가 나날이 더 어려워지는데 있다.

물가는 오르는 반면 월급은 동결상태니 삶이 고달파지고, 그 슬픔을 잊기 위해서라도 인스턴트 콘텐츠를 즐기게 되는 것.

안 그래도 힘든 스스로를 더 힘들게 할 필요는 없으니까.

"딴 소리를 너무 많이 했네요. 제 입장은 표명했으니 김민희 씨 입장까지 듣고 기자회견을 마무리합시다."

"아, 네…… 김민희 씨. 이번 사건에 연루된 느낌이 어떠신가요?"

"글쎄요. 우선 팬들을 불안하게 한 점 사과드릴게요. 최창수 대표님하고는 나의 작은 텔레비전에서 친해져 간간히 연락만 하는 정도지 연인 사이는 아니에요. 앞으로도 이와 같은 근거 없는 기사는 강력히 처벌할 생각이니 조심해주시고요. 제가 아이돌이라는 타이틀을 걸고 있는 한 팬을 배신하는 일은 없을 거라고 약속해요."

일주일 간 내린 고민의 답을 내던졌다.

이성과의 달콤한 사랑보다는 현재의 엄청난 인기가 더욱 인생을 풍부하게 해줬으니까.

기자회견은 20분 만에 끝이 났고, 그 후로 30분 정도 기자들에게 포위돼 차후 행보를 구구절절 설명해야만 했다.

"저기……."

기자들이 돌아가고, 김민희가 서유라에게 다가와 고개를 숙였다.

"죄송합니다."

"네?"

"창수 오빠한테 약혼자가 있는 줄 모르고 사심을 품었었어요. 앞으로는 조심할게요."

"괘, 괜찮으니 고개 드세요. 아무한테나 호감 주는 재가 더 문제에요."

서유라가 최창수를 바라봤다. 하지만 그의 시선은 다른 곳을 향하고 있었다.

'집에 갔으려나……?'

기자회견 도중 초민아가 눈물을 흘리며 밖으로 나갔다. 마음 같아서는 당장이라도 달려가 붙잡고 싶었지만 현 상황과 자신의 위치가 우정보다 업무를 더 우선시하게 만들었다.

'전화라도 받으면 좋으련만.'

초민아에게 전화를 걸었다.

우우웅.

근처에서 진동이 울렸고 세 사람의 시선이 한 곳으로 향했다. 그곳에는 초민아 대신 가방이 놓여 있었다.

"맞아, 민아……."

그제야 그녀가 떠올랐는지 서유라가 작게 한숨을 쉬었다.

최창수와 서유라 사이에 흐르는 묘한 분위기. 참지 못한 김민희가 조심스럽게 물었다.

"창수 오빠. 아까 그 여자하고는 무슨 관계에요? 심상치 않던데……."

"음, 그게 말입니다."

"그쪽하고 똑같은 관계에요."

최창수가 대답을 머뭇거리고 있자 기자회견실 출입문에서 목소리가 들렸다. 눈물에 화장이 번진 초민아. 그녀가 힘없이 들어와 가방을 챙겼다.

"가방 가지러 왔어. 다시 갈게."

"야……."

"다 끝났으니까 말하지 마."

조심스럽게 그녀의 어깨에 손을 올리려했지만, 거칠게 거절당했다. 마치 부모의 원수라도 보는 듯한 표정으로, 초민아가 싸늘하게 최창수를 바라봤다.

"이러려고, 불여우……. 아니, 서유라랑 결혼하려고 계속 내 마음 모른 척 하던 거였어?"

"모른 척 한 게 아니라, 받아줄 수가 없던 거야."

최창수 대신 서유라가 답했다.

두 여자가 서로를 바라봤지만 각각 갖고 있는 감정의 온도는 차이가 극명했다.

"너, 창수한테 호감 있다고 표시만 하고 제대로 고백한 적 있어?"

"뭐?"

"난 있어. 대학생 때, 내가 먼저 창수한테 고백했어. 차일

까봐 두려워하면서도 용기를 냈다고. 그 한 걸음이, 오늘 이 자리에서 벌어진 너와 내 차이야."

그 말에 초민아가 한 방 먹은 표정이 됐다.

자기라고 최창수에게 고백하고 싶지 않았겠는가? 늘 기회를 엿봤지만 때가 이르면 친구라는 관계마저 무너지는 건 아닐까 두려워서 목까지 올라왔던 말을 다시 삼켜야만 했다.

"야, 서유라!"

"됐어. 걔한테 뭐라 하지 마."

초민아가 고개를 흐르는 눈물을 닦았다.

"걔 말이 맞아."

"민아야……."

"동정어린 표정 짓지 마. 비련의 여주인공은 싫으니까."

그녀가 고개를 들었다. 방금 전까지 흐르던 눈물을 온데간데없이, 평소와 다를 거 없는 활기찬 표정을 짓고 있었다.

붉어진 눈시울만이 그녀의 감정을 대변해줄 뿐.

"고백 받기만 기다리던 내가 바보지. 사랑은 쟁취하는 거라던데, 내가 멍청했어. 이럴 줄 알았다면 선생님 마음이 저 불여우한테 가기 전에 확 사로잡는 거였는데."

"너…… 괜찮냐?"

"괜찮냐고? 지금 그게 할 말이야?"

초민아가 최창수에게 다가왔다. 그리고 뺨이라도 날리려는 듯 손을 들었고, 최창수는 피하지 않았다.

이 정도로 그녀의 기분이 풀린다면 값싸니까.

하지만 초민아의 손이 폭력에 휘말리는 일은 없었다.

"눈이라도 감던가……."

그녀의 손이 축 처졌다.

"그렇게 뚫어져라 쳐다보면…… 때릴 수도 없잖아."

"때려도 돼."

"……됐어. 솔직히 아까는 진짜 막 죽고 싶고 선생님 엄청 싫어졌는데 지금은 다시 정상으로 돌아왔어. 아니, 왔으려나? 아, 모르겠다~."

슬픔을 잊기 위해서인지 그녀는 계속해서 태연한 척 말을 이어갔다.

"두 달 뒤에 결혼까지 한다는데 안 된다고 발악하면 나만 미친년 되는 거지. 이만 갈래."

계속해서 이곳에 있으면 안 된다. 최창수 또한 보고 있으면 안 된다. 힘들어지는 건 결국 자신이니까.

판단을 내린 초민아가 가방을 챙겼다.

"잘 살아봐~ 이혼이라도 했다가는 그때야말로 내가 선생님 가로챌 거니까 꼭 행복해야 해."

오랫동안 이어진 짝사랑과 외면.

복잡한 감정이 종지부를 찍었다.

100%

송근태 현대 판타지 장편소설

네 번째 이야기

오뚝이

운수대통령

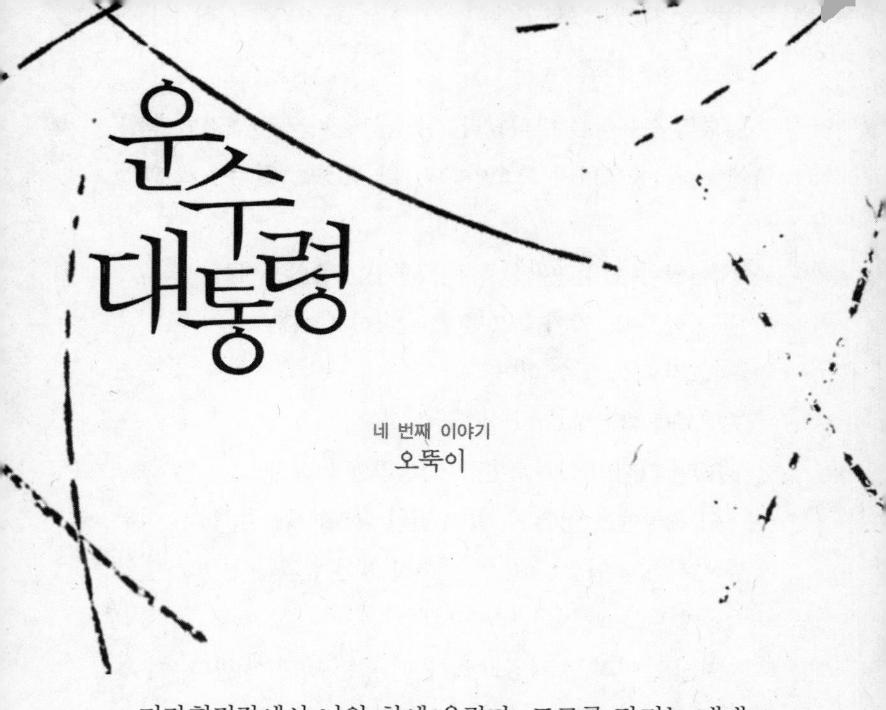

네 번째 이야기
오뚝이

기자회견장에서 나와 차에 올랐다. 도로를 달리는 내내 두 사람은 한 마디도 없었고, 들리는 건 오직 억지로라도 분위기를 띄우려고 노력하는 시끌벅적한 아이돌 노래뿐이었다.

"기분 되게 찜찜하네."

서울역 근처에 도착했을 때쯤, 서유라가 입을 열었다.

"뭐가?"

"초민아 말이야. 예전에는…… 걔한테 열등감도 참 많이 느꼈거든. 나보다 예쁘고 공부도 잘하는 애였으니까. 그래서 걔를 이기고 창수 너를 가지면 엄청 기쁠 거 같은데, 막상 그렇게 되니 복잡하네."

슬쩍 서유라를 바라봤다. 얼굴을 돌리고 있었지만 창문에 비치는 그녀의 모습이 지금의 감정을 알려주고 있었다.

"어쩔 수 없지. 민아 보다는 네가 더 좋았으니까."

"……그 말, 걔가 들으면 좀 슬퍼하겠는데?"

"그것도 어쩔 수 없어."

액셀을 밟았다.

30년 가까이 살아오면서 정말 많이 느꼈다.

이 세상에는 어쩔 수 없는 일이 참 많다는 걸. 노력 여부를 무시하고 어쩔 수 없이 뜻하지 않은 결과를 가져오는 일이 잦았다.

자신도 여러 번 겪었고, 남들이 겪는 것 또한 봤다. 이 부분 만큼은 자신도 손 쓸 도리가 없는 문제였다.

"지금은 결혼 생각만 하자. 민아도 말했잖아. 자기가 비련의 여주인공이 안 되기 위해서라도 둘이 행복하게 살라고."

"그랬지. 어휴…… 남편이 인기가 너무 많아도 안 좋네."

축 쳐진 분위기를 바꿔보려고 서유라가 기지개를 쫙 피며 활기찬 목소리를 냈다. 그 마음에 최창수도 최대한 답했다.

"그러게나 말이다. 이럴 줄 알았으면 부모님한테 못 생기게 낳아달라고 부탁하는 거였는데."

"그랬다면 나 못 만났을 텐데?"

"뭐? 외모 때문에 나랑 결혼하는 거야? 네가 얼빠일 줄은 꿈에도 몰랐는데. 나 사고당해서 얼굴 뭉개지면 쳐다도 안 보겠다?"

"야, 솔직히 학생 때 심성보고 반하냐? 외모 보고 반하지."

"……그건 그것대로 맞는 말이네."

"그치? 그리고 지금은 네 외모보다 심성이 훨씬 더 좋으니까 신경 쓰지 마~."

서유라가 살며시 최창수의 허벅지를 쓰다듬었다. 서른이 다 돼서까지 손잡은 게 스킨십의 전부인 최창수에게는 강도 높은 공격이었다.

"풉. 당황한 거 봐, 귀엽기는."

"우, 운전 중에 이상한 짓 하지 마."

"아내가 남편 허벅지 만지는 게 이상한 짓이야? 더 한 거 하면 졸도라도 하시겠어요?"

대답했다가는 더 곤란해질 거 같아서 말을 아꼈고, 신호 때문에 잠시 멈추자 이번에는 서유라가 팔짱을 둘렀다.

"창수 네가 벽에 똥질하게 되더라도 계속 곁에 있을 거니까 삐지지 마. 알겠지?"

"……여자애가 비유하고는. 이쯤에서 세워주면 돼?"

인도 근처에 차를 주자시켰다.

맞은편에 있는 큰 카페 하나.

서유라가 가방을 챙기고 차 문을 열었다.

"땡큐. 2층에서 작업하고 있을 테니까 끝나면 데리러 와줘. 여보, 파이팅!"

"……오늘따라 낯간지러운 말 많이 하네. 이따 보자."

그녀가 카페로 들어가는 걸 확인하고서 액셀을 밟았다.

···◈···

잠시 후.

지하주차장에 주차를 한 최창수가 엘리베이터에 올랐다.

'일주일 동안 날 설득할 방법이라도 찾다가 포기했나 보네.'

대표실이 있는 15층에 도착하길 기다리면서 문자를 확인했다. 전진문 경영 임원이 보낸 한 통의 문자. 자신을 믿고 조건 수정 없이 계약하겠다는 내용이었다.

'근데 이건 무슨 뜻일까?'

문자를 끄고 운수 대통령을 실행했다.

〈운수 대통령님, 목표가 생겼어요!〉

〈달성조건 : 오뚝이 기업에게 복수하기〉

〈보상 : 소원 게이지 40%〉

기자회견이 끝나고 운수 대통령이 갑작스레 목표를 세워줬다.

'오뚝이 기업에서 복수를 하라니, 내가 피해본 게 뭐가 있다는 거지? 설마…… 이번 열애설을 오뚝이가 주도했다는 뜻인가? 에이, 아니겠지. 무슨 수를 써서라도 AG기업을 잡아야 하는 와중에 공격이라니…….'

하지만 운수 대통령이 있지도 않은 일 때문에 복수하라고 말할 리가 없었다.

고민하는 와중에 15층에 도착했다.

"AG기업 최창수 대표입니다. 계약 문제로 찾아왔는데요."

"네, 이쪽으로 와주세요."

비서의 안내를 받아 오뚝이 기업 대표실에 들어갔다.

문을 열자 그동안 봐왔던 심플한 대표실과는 다른 화려한 대표실이 보였다.

계속 자신을 기다리고 있었는지 대표실 중앙에 놓인 테이블에는 쿠키와 음료수가 준비되어 있었다.

"대표님. AG기업 최창수 대표님 오셨습니다."

"그래, 나가 봐."

"네."

고개를 꾸벅 숙인 비서가 등을 보이지 않고 뒷걸음질로 대표실에서 나갔다.

상하관계가 뚜렷한 두 사람.

그 모습에 최창수는 다시 한 번 AG기업 경영방침에 자부심을 느꼈다.

"만나서 반갑습니다, 최창수 대표님. 얘기는 정말 많이 들었고, 나중에라도 요식업을 시작하면 꼭 계약을 나누고 싶었는데 이렇게 기회가 생겨서 기쁘군요."

"네, 반갑습니다. 저 역시 오뚝이 기업과 좋은 일로 만나게 돼서 기쁘네요. 제가 제시한 조건이 상당한지라 거절당하면 어쩌나 싶었거든요."

"하하! 핫한 기업의 제안을 저희가 어떻게 거절합니까."

박문수는 겉으로는 웃고 속으로는 짜증을 냈다.

'대놓고 우위를 선점하려 하는군.'

대기업에도 급이 있다.

현재의 급으로만 따지자면 오뚝이가 AG기업보다 우위에 있지만, 성장가능성을 고려하면 AG기업이 몇 발자국 더 앞선 상황. 무엇보다 계약이 성사되면 악어와 악어새처럼 서로 공생할 관계라 굳이 상대의 기분을 상하게 할 필요가 없다.

필요한 건 챙기고, 필요 없는 건 버릴 뿐.

"좀 더 일찍 연락드렸어야 했는데, 임원진끼리의 회의가 제법 길어졌네요."

"뭐라고 하던가요?"

"최창수 대표님이 제시한 조건이 싸다는 사람도 있었고, 말도 안 된다는 사람도 있었습니다만. 오뚝이 기업이 성장할 방법은 이것뿐이라 계약을 결정하게 됐습니다. 우선 계약서를 읽어주세요."

박문수가 계약서를 건넸다.

음료로 마른 목을 한 번 축이고, 계약서를 읽었다.

'내가 제시한 조건은 전부 다 들어있군. 한 가지 걸리는 게 있다면…….'

"계약기간이 5년이네요?"

"저희 측에서는 약간 부담스러운 조건이었습니다. 그 정도는 양보해주시면 감사하겠고요."

"생각 좀 해볼게요."

팔짱을 두르고 두 눈을 감았다.

'3년 정도 생각했는데.'

3년은 짧지도 길지도 않은 계약기간이다. 반면 5년은 너무 길다. 2년이나 더 AG기업의 뭔가를 나눠 가져야 하니까.

'AG기업은 3년 안에 오뚝이의 도움이 없을 만큼 더 커질 거야. 굳이 공생관계를 유지하지 않아도 되는데 2년을 더 묶여있으면 손해가 발생하겠지.'

과연 그 2년의 손해를 감수할 만큼 3년 동안 얻을 메리트가 있는가? 그 메리트는 오뚝이가 얼마나 성장하냐에 따라 달라진다.

그리고 그 오뚝이의 성장은 AG기업에 달려있는 것과 마찬가지다.

"4년으로 줄였으면 합니다."

"저희도 어엿한 기업입니다. 부디 5년으로 해주십시오."

"그럼 됐습니다."

이 상황에서의 갑은 최창수다.

사업에 있어 인간의 정은 불필요한 것. 있어봤자 손해만 보는 것이므로 쳐내야 할 때는 단호하게 쳐내야 한다.

"없던 일로 하죠."

"예?!"

"AG기업은 딱히 오뚝이와 계약을 맺지 않아도 스스로 성장할 수 있습니다. 반면, 오뚝이는 AG기업이 있어야 더 성장할 수 있다 판단해서 접촉한 거잖아요? 이만 가보겠습니다."

최창수가 망설임 없이 자리를 뜨려고 했다.

'허! 이 정도로 단호한 사람인 줄은 몰랐건만!'

보육원 설립 등 약자를 위해 노력하는 모습에서 엄청난 정을 느꼈다. 때문에 계약기간에서 만큼은 한 발자국 물러설 줄 알았다.

"알겠습니다, 알겠습니다! 4년. 4년으로 하겠습니다. 단, 4년이 지난 후 오뚝이의 성장을 보고 추가 계약을 긍정적으로 봐주십시오."

오뚝이가 AG기업의 소스를 사용할 수 있는 건 어디까지나 계약기간 동안. 그 점을 보자면 이번 계약은 양날의 검이었다.

계약기간 동안은 AG기업의 힘을 빌려 성장의 발판을 쌓을 수 있지만, 계약이 종료되면 오뚝이가 예전 같지 않다면서 고객이 떠나갈 수도 있으니까.

사실 가장 안전한 건 무슨 수를 써서라도 계약을 계속 연장시키는 것이었다.

"후우…… 긴장해서 그런 지 속이 쓰리네요, 잠시 화장실 좀 다녀오겠습니다."

"자리 비우시는 동안 잠시 대표실 구경 좀 해도 될까요?"

"얼마든지요."

박문수 대표가 자리를 비웠다.

혼자 남은 최창수는 주변을 한 번 쓰윽 둘러보았고…….

"혹시 모르니까."

바로 열애설과 관련된 증거를 찾기 시작했다.

아무리 생각해도 오뚝이 기업보다는 운수 대통령 쪽이 더 신뢰가 느껴졌으니까.

박문수에게 변비가 있기를 바라며 대표실을 샅샅이 뒤졌다. 때로는 책을 살피고, 때로는 서랍을 들추는 등. 증거를 숨길 수 있을 만한 장소는 다 살펴봤고 아무리 봐도 안 보일 때쯤 한 가지 생각이 들었다.

"생각해보니 날 대표실로 불렀는데, 관련 증거를 여기에 둘 리가 없지."

증거를 찾아야만 오뚝이 기업에게 복수를 하건 말건 하지. 증거도 없이 무작정 운수 대통령만 믿고 움직이는 건 사회인답지 못한 행동이다.

"대표실에 종이 분쇄기도 있네."

운수 대통령 목표에는 제한시간이 없다. 어차피 계약기간 동안은 계속해서 오뚝이와 마주칠 테고, 정말로 오뚝이가 자신에게 피해를 줬다면 그 사이 자연스레 알 게 될 것이다.

조급해 할 필요는 없다.

"직원들 보고서가 마음에 안 들면 바로 갈아버리려고 설치했나. 그런 거라면 생각보다 엄한 양반이군."

마침 지갑에 쓸모없는 영수증이 있어 종이 분쇄기에 갈면서 주변을 둘러봤다.

그때.

종이 분쇄기 옆에 있는 박스 하나가 시야에 들어왔다.

• • •◈• • •

손을 닦으며 박문수를 거울을 바라봤다.

최창수 앞에서는 어떻게든 표정관리를 했지만, 화장실에 들어오기가 무섭게 참았던 감정이 모조리 폭발했다.

"호랑이 같은 놈. 계약 후에도 휘둘렸다가는 정말 큰일 나겠어."

최창수는 어리다.

사업 경력도 자신보다 훨씬 적다.

하지만 그 두 단점이 보이지 않을 만큼 행동력이 있고,

상황 판단이 빠르다. 조금이라도 어리바리한 모습을 보이면 재빠르게 공격할 생각이었건만, 그 미세한 틈이 전혀 보이지 않아 휘둘려야만 했다.

"계약이 종료되기 전에 소스의 비법을 알아내야 해."

그게 AG기업에게 휘둘리지 않고 오뚝이 기업이 장수할 수 있는 유일한 길이었다.

동시에 최창수의 능력을 모르는 박문수가 할 수 있는 아둔한 생각이기도 했고.

바로 대표실로 돌아갈까 하다가, 담배라도 한 대 피우며 감정을 억누르기로 했다. 그리고 옥상에서 담배에 불을 딱 붙이는 순간…….

"그러고 보니……."

최창수가 절대로 보면 안 되는 물건이 떠올랐다.

"젠장!"

담배를 휙 집어던지고 급하게 계단을 밟고 내려갔다.

때마침 대표실 문을 열고 나오는 최창수가 보였고, 그가 제발 화장실에 가는 거기를 바랐다. 하지만 자신과 눈이 마주친 최창수는 움직이지 않고 자신이 오기만을 기다렸다.

"어, 어디……."

"계약은 없던 걸로 하죠."

날카로운 최창수의 목소리가 단칼에 말을 잘랐다.

"혼자서 잘 해보십시오."

최창수가 무심하게 자신을 슥 빗겨갔고, 박문수는 허탈한 표정으로 대표실을 바라봤다.

테이블 중앙.

잘게 갈린 종이로 만들어진 퍼즐이 보였다.

・・・◈・・・

여태껏 사업을 하면서 이토록 큰 배신감을 느껴본 적이 없었다.

"시발 놈들."

몇 년 동안 사용하지 않은 욕설이 튀어나왔다.

운수 대통령이 없었다면 목에 칼을 겨눈 자와 한 길을 걸을 뻔 했다. 그 사실에 몸이 부르르 떨렸고 사업 판에서는 아무도 믿으면 안 된다는 걸 다시 실감하게 됐다.

"감히 내 뒤통수를 쳐?"

오뚝이 기업을 믿었다. 40년 가까운 세월동안 큰 사건사고 하나 없이 깨끗하게 운영됐다는 점이 정말 마음에 들었고, 그것 때문이라도 오뚝이 기업과 정말 잘 해보려고 했다.

자신이 제시한 조건이 당장으로는 부담스러워도, 차후 그때 그 조건으로 계약한 게 저렴했다고 느껴질 만큼 잘 해줄 생각이었다.

믿음이 컸기에 배신감은 더 컸다.

1층에 도착한 최창수는 서둘러 이 더러운 기업에서 벗어나려고 했다. 하지만 그조차도 마음대로 되지 않았다.

"다들 뭡니까? 나가게 어서 비키세요."

"반드시 최창수 대표님을 붙잡으라는 대표님의 지시가 있었습니다."

경영 임원인 전진문이 대표로 나왔다.

총 오십 명의 직원.

열 명은 임원이고 나머지는 평사원이었지만 그들의 목적은 하나였다.

"이런다고 제 마음은 바뀌지 않습니다."

"죄송합니다. 이번 일은 진심으로 사과드리겠습니다."

"사과할 일을 애초에 왜 합니까?"

맞는 말에 전진문은 할 말을 잃었다. 사실 이 자리에서 최창수가 뺨을 날려도 할 말이 없다. 그만큼 이번에 오뚝이가 벌인 사건은 사람으로서 해서는 안 될 짓이었지만, 오뚝이에게는 그럴 수밖에 없는 사정이 있었다.

그 사정을 최창수가 이해할 필요는 전혀 없지만.

"허어, 허어……. 최, 최창수 대표님."

이번에는 뒤에서 목소리가 들렸다.

계단으로 급하게 내려왔는지 숨을 헐떡이는 박문수가 보였다.

"우, 우선…… 제 얘기라도 들어주셨으면 합니다."

"들을 것도 없습니다."

범죄자의 사연을 듣는 것만큼 무의미한 일이다. 무시하고 나가려했지만 오십 명의 방어벽은 두터웠고, 그 틈을 타 박문수가 일방적으로 입을 열었다.

"호오."

얘기를 다 들은 최창수는 재밌다는 표정을 지었다.

"밀당을 했다 이거죠?"

"죄송합니다. 원하시면 무릎이라도 꿇고 사과하고, 계약기간도 원하시는 대로 3년으로 수정하겠습니다. 그러니 부디 노여움 풀어주시길 바라겠습니다!"

"무릎은 됐고요. 그럼 저도 밀당 한 번 해보죠."

최창수가 손가락 하나를 폈다.

"계약조건 변경 없이 1년도 좋다면 계약해드리죠."

"네, 네?"

이번건 AG기업이 제시했던 초기 조건보다 더욱 더 터무니없는 얘기였다. 머리에 총구라도 겨눠진 게 아닌 이상 받아들이면 타 기업으로부터 병신이라고 놀림 받아도 쌀 정도로…….

"무, 무슨 말도 안 되는 말씀입니까? 그게 얼마나 손해가 큰일인데!"

"말도 안 되는 말은 하면 안 되고, 말도 안 되는 일은 해도 됩니까?"

"끄응…… 그럼 계약금을 좀 더 얹어드리겠습니다. 대신 기간은 3년으로……."

"얼마나 더 주실 건데요?"

"3억 정도면 되겠습니까?"

"20억하죠."

"최창수 대표!"

참지 못한 박문수가 결국 언성을 높이고 말았다. 사업가끼리의 관계를 떠나, 더 이상 어린 놈 손아귀에서 놀아날 수가 없었다.

"왜요? 저도 밀당 좀 해보자는데."

"아무리 상황상 AG기업이 갑이어도 그렇지! 이건 너무한 거 아닙니까?!"

"전 그쪽 덕분에 하마터면 회사가 무너지고 인생도 종칠 뻔 했습니다. 큰소리 낼 건 오뚝이가 아니라 AG기업이라고요. 계약조건 1년에 계약금 80억 주실 거 아니면 제 앞길 막지 마세요."

최창수가 힘으로 오십 명의 직원을 뚫었다. 그리고 문을 딱 열려는 순간.

"언젠간 그 자신감이 독이 되는 날이 올 겁니다."

박문수가 으르렁거리며 말했다.

"언제까지 AG기업이 미래를 주목받는 기업이고, 언제까지 최창수 대표가 마이다스의 손이라 불릴 거 같습니까? 이 세상에 영원한 영광은 없고, 상승이 있다면 추락 또한 있다는 걸 알아두시는 게 좋을 거 같습니다."

그 말에 최창수의 걸음이 멈췄다.

방귀 뀐 놈이 성낸다는 말이 어울리는 이 상황. 처음에는 화가 났지만 이렇게나 노골적으로 성을 내니 이제는 가여움 마저 느껴졌다.

"개는 작은 놈이 더 요란하게 짖는다 하던데. 딱 그 꼴이군요."

최창수가 박문수를 바라봤다.

"영원한 영광이 있다는 거, 제가 보여드리죠."

…◈…

AG기업으로 돌아온 최창수는 바로 법무팀으로 향했다.

"앞으로 오뚝이 쪽 제품은 절대 사먹지 말아야겠네요."

법무팀 총괄 팀장인 로비스트가 최창수보다 더욱 화를 냈다.

AG기업이 본격적으로 대기업 발연에 들어선 뒤, 최창수는 믿고 법무팀을 맡길 사람으로서 로비스트를 골랐고 그는 흔쾌히 직원을 데리고 AG기업 법무팀으로 직장을 이전했다.

그 후 AG기업과 관련된 법 문제는 말끔히 처리해 신뢰가 큰 인물이었다.

"이 정도면 법정싸움에서 승산이 어느 정도 일까요?"

"무조건 이긴다 보셔도 무방해요."

로비스트가 증거물을 바라봤다.

테이프로 덕지덕지 붙여져 겨우 원 형태를 되찾은 거래 명세서와 사진 수십 장. 없어도 될 건 제외한 나머지 증거물을 깡그리 챙겨왔다.

"저희 쪽에서 신속하고 정확하게 진행할 테니 대표님은 신경 안 쓰셔도 됩니다. 진행 상황은 꼬박꼬박 보고할게요."

"고마워요."

"업무인데 뭘 고맙습니까. 그리고 최창수 대표님은 제 인생의 은인! 은인을 공격한 놈은 법의 철퇴를 맞게 할 겁니다!"

"푭. 제가 사람 하나는 정말 잘 뒀네요."

로비스트 덕분에 불편했던 기분이 많이 좋아졌다. 제법 여유로워진 발걸음으로 법무실에서 나왔고, 밖에서 기다리던 서유라가 그의 손목을 낚아챘다.

"뭐래?"

"이긴대."

"와, 진짜? 다행이다. 우리 집이 오뚝이 기업 10년 고객인데 아까 엄마한테 전화해서 다시는 오뚝이 제품 사지 말라고 신신당부했어."

"뭐라 시던데?"

"감히 소중한 사위를 물 먹였냐면서 엄청 화내셨어! 동네방네 소문도 내버린대. 직원들한테도 얘기하려는데 그래도 되지?"

"됐어, 하지 마."

"뭐? 왜?"

계단을 밟고 내려가는 최창수의 뒤를 종종 따라가며 서유라가 고개를 갸웃거렸다.

적이 먼저 공격을 했다. 당연히 모든 힘을 동원해 반격을 해야 하는 게 옳은 행동이 아닌가?

"AG기업 직원이 불매운동 해봤자 오뚝이는 아무런 타격도 안 입어. 거기 신경 쓸 시간에 다들 맡은 일에 충실해서 좋은 결과 내는 게 더 좋은 일이야."

"그건 그런데…… 그래도 너무 괘씸하잖아! 세상에 사업이 연애도 아니고 밀당 하는 게 말이 돼?"

"화 내줘서 고맙다. 하지만 감정적으로 대할 문제가 아니야."

열애설 사건을 오뚝이가 만들었다는 사실을 처음 알았을 때는 감정을 조절하기 힘들었지만, 차츰 시간이 지나자 감정보다 이성이 뇌를 장악하기 시작했다.

"법무팀 통해서 법정싸움도 할 거고, 오뚝이로부터 제대로 된 사과도 받아낼 거야."

"창수 네가 그렇다면야…… 나는 믿고 열심히 내조하는 거 말고는 할 게 없네. 에휴, 결혼 전에 악재만 계속 찾아오네."

"우리 더 행복하게 잘 살라고 내리는 시련인가 보지. 나중에 부부싸움은 안 할 테니 다행이네."

느긋하게 말하며 휴대폰을 꺼냈다.

"우선 푸드푸드 만나고 올 테니까 먼저 퇴근해."

···◈···

푸드푸드.

오뚝이보다 10년 늦게 스타트를 끊은 식품기업으로 수많은 요식업 체인점과 수백 개의 인스턴트식품을 끊임없이 고객에게 선보이고 있다.

오뚝이 기업은 하나부터 열까지 전부 평범하다면, 푸드푸드는 하나부터 열까지 공격적이다.

설령 결과가 나쁘더라도 거액 광고를 계속했고, 고객이 욕을 하더라도 이상한 식품을 주기적으로 출시했다.

그리고 그게 현재의 푸드푸드를 있게 해줬다.

거액 광고는 고객에게 푸드푸드라는 기업을 기억하게 만들었고, 콜라 맛 카레처럼 이상한 식품은 특정 고객을 사로잡는 계기가 됐다.

거기에 간혹 국민식품을 하나씩 출시하니 푸드푸드가 요식업 최고의 기업이 되는 건 당연한 결과였다.

"그럼 계약은 이대로 진행하겠습니다."

푸드푸드 경영팀 총괄 팀장이 계약서 한 본을 최창수에게 건넸다.

계약금 30억에 계약기간 3년.

차후 매출은 5:5로 오뚝이보다 훨씬 더 좋은 조건의 계약이 성사했다.

푸드푸드는 오뚝이보다 자본이 3배 이상 많은 대기업이었으니까. 결정적으로 오뚝이와 달리 푸드푸드는 AG기업에게 목숨을 걸기 보다는, 서로 윈윈할 수 있는 관계로 만족하려고 했다.

“오뚝이와 먼저 접촉했다는 얘기를 듣고는 내심 아쉬웠는데, 일이 잘 안 풀렸다니 저희 측에서는 다행이네요.”

“저도 다행이네요. 훨씬 좋은 조건으로 더 좋은 기업이랑 계약을 하게 됐으니까요.”

“저희는 오뚝이처럼 뒤통수치는 일 없으니 걱정하지 않으셔도 됩니다. 계약서에 명시된 대로 계약이 종료되면 소스 관련 기밀은 전부 파기하겠습니다.”

그 후 푸드푸드 경영 임원과 대표를 만나 인사를 나눴다.

“어디 한 번 떼돈 벌어봅시다!”

차분한 경영 임원과 달리 푸드푸드 대표인 임명진은 활기찬 성격이었다. 동시에 과시욕이 상당한 사람이기도 했다.

대표실 문손잡이를 시작으로 어지간한 물건이 전부 순금으로 제작되어 있었다. 푸드푸드가 문을 닫더라도, 대표실에 있는 금을 전부 처분하면 몇 년은 걱정 없을 만큼 그 수가 많다.

“짧은 시간에 돈 많이 번 AG기업 대표님 만나니 저도 한 동안 금전 운이 좋을 거 같군요! AG명품 음식점이 순식간에 인기열풍이 되고 호시탐탐 같이 일 해보려고 기회를 노리고 있었습니다."

"그럼 좀 더 빨리 연락주지 그러셨어요."

"얼마나 돈이 될 지 계산하느라 늦었지 뭡니까. 후하하!"

호탕하게 웃은 임명진이 책상에 있는 초콜릿을 집었다. 봉지를 까지도 않고 먹는 모습에 최창수가 고개를 갸웃거렸다.

"포장지는 먹어도 되는 금이라 통째로 먹습니다. 일일이 까기도 귀찮고, 금을 먹으면 건강해지는 기분도 들고요."

"저도 먹어봐도 되나요?"

"물론이죠."

금에 쌓인 초콜릿을 먹었다.

'그냥 초콜릿 맛 밖에 안 나는데?'

불필요한 사치가 이런 게 아닌가 싶었다. 하지만 이 불필요한 사치가 푸드푸드의 꾸준한 성장의 원동력인 거 같기도 했다.

'이런 것에 돈 낭비하려면 계속 벌어야 할 테니까. 기업이 안 망하게 절제 있는 사치를 부리는 것도 어떤 의미로는 대단하네.'

자신을 보고도 계속 돈 얘기만 하는 게 이해 됐다.

"그보다 경영팀 총괄한테 듣자하니 오뚝이한테 뒤통수를 맞았다 하던데, 자세히 들을 수 있습니까?"

"물론이죠."

가해자가 아닌 피해자다. 딱히 숨길 필요도 없고 오히려 동업자끼리는 알리는 게 좋다.

"돈도 못 버는 기업이라 그런지 멍청하군요. 물론 제 쪽에서는 고맙다고 금이라도 한 돈 보내야겠지만."

"굴러들어온 복을 제 발로 걷어찬 꼴이죠. 푸드푸드와 함께 오뚝이에게 복수를 해주고 싶습니다."

"음?"

"저는 오뚝이에게 받은 수모를 몇 배로 돌려줄 겁니다. 하마터면 회사도 크게 흔들릴 뻔 했고 약혼자와의 관계도 무산이 될 뻔 했으니까요. 보아 하니 대표님은 돈을 상당히 좋아하시는 거 같은데, 오뚝이가 현재보다 지분을 잃으면 더 많은 돈을 벌게 되지 않을까요?"

"오, 그 생각은 항상 합니다. 오뚝이만 없으면 푸드푸드의 제품이 더욱 많이 팔릴 테니까요."

"그거. 가능합니다."

최창수가 목소리에 확신을 담았다.

"AG기업의 특별 소스와 푸드푸드의 공격적인 마케팅. 그 두 가지만 있으면 저희 둘 다 목적을 달성할 수 있습니다."

이미 계약은 나눴다.

가만히 있어도 오뚝이는 큰 피해를 입겠지만, 푸드푸드가 뒤에서 더 힘을 실어주면 피해규모를 무한히 확장할 수 있다.

그 말에 임명진은 머리를 굴렸다.

'돈! 돈이 더 벌린다!'

세세한 문제는 생각할 필요 없었다.

매출 증가가 폭발한다.

단지 그것만으로도 최창수를 도와줄 명분은 충분했다.

···◈···

푸드푸드와 손을 잡았다.

이제 남은 일은 계속해서 오뚝이를 절벽으로 몰아 복수를 하는 것.

'사과만 받는 걸로 끝내지 않겠다. 열애설 때문에 입을 뻔한 손해까지 전부 포함해서 복수해주겠어!'

단순히 인간관계의 문제였다면 평생 저러고 살라는 마음으로 넓은 아량을 발휘했을 거다.

하지만 이번 문제는 기업 대 기업의 문제.

약육강식인 이 세계에서는 작은 피해더라도 몇 배로 갚아줘야만 차후 뒤끝이 없다.

힘의 차이를 보여주는 거니까.

현재 AG기업은 국내 패션 기업으로는 2위를 차지하고 있다. 1위인 미디어 패션이 너무 두터워서 당장은 재치지 못했지만, 길어도 10년 안에 미디어 패션 마저 뛰어넘을 수 있다는 게 최창수의 생각이었다.

패션에서 상당한 자리를 잡았으니 이번에는 요식업이다.

지금은 스타트를 끊은 지 1년도 안 됐지만 그 인지도는 어마어마한 수준. AG명품 음식점의 매출은 다달이 오르고 있고, 그 어떤 맛집이어도 열 번 넘게 찾아가면 슬슬 감각이 무뎌지기 마련이건만 AG명품 소스는 아직까지도 고객에게 많은 사랑을 받고 있다.

덕분에 AG기업의 주가는 패션 때 48만원이었던 반면, 현재 1주당 82만원까지 오르게 됐다.

그동안 승승장구한 전례가 있는 기업이다 보니, 수많은 투자자들이 계속해서 몰려들어 몸싸움을 한 탓.

최창수 입장에서는 아주 좋았다.

'5년. 5년 안에 요식업 계 2위를 차지하겠어.'

패션 때도 5년 만에 패션 업계 2위를 차지했다.

요식업 또한 마찬가지.

2위를 차지한 다음에는 차근차근 준비를 해 최종적으로 10년 안에 패션과 요식업 정상 자리에 오를 생각이었다.

'15년. 세월로만 보면 정말 길지만 기업의 성장으로서 생각하면 엄청난 속도야. 이 속도는 계속해서 증가하겠지.'

맨땅에서 시작해서 5년 만에 패션업계 2위가 됐다. 만약 밑바탕이 탄탄하다면? 1위를 탈환하기까지 5년도 안 걸릴 수 있다.

'가능해! 가능하다! 나와, 운수 대통령의 능력만 있다면!'

이번 열애설 사건에 휘말리면서 트로피를 또 얻었다.

〈보유 인생 포인트 : 812개〉

〈운수 대통령 정식판까지 앞으로 83%〉

성장에 도움이 되는 능력은 최소 50개 이상은 더 구매가 가능해졌다.

'정식판까지도 앞으로 얼마 남지 않았어.'

자신의 궁극적인 목표를 이루려면 5000%의 소원 게이지가 필요하다.

시간문제지, 반드시 이룰 수는 있다고 생각했지만 여차하면 소원 게이지로 기업을 더욱 빠르게 성장시킬 생각이었다.

'대한민국 최고의 기업이 되면 돼. 그 어떤 기업도 날 짓밟을 생각조차 안 들게 할 만큼 엄청난 대기업이!'

현재 대한민국 최고의 기업을 생각해보자.

그 기업 덕분에 대한민국이 정상적으로 운영된다 해도 결코 과언이 아니다.

세계에서도 엄청난 영향력은 가진 그 기업.

손대고 있는 분야도, 만들어내는 신기술도, 보유하고 있는 직원의 수도, 갖고 있는 기업의 수도, 1년에 올리는 매출도.

모든 면에서 타 기업을 압도적으로 누르고 있다.

사실상 대한민국 경제의 일부를 손에 쥐고 있다는 말도 과언이 아니다. 그 기업이 망하면 수만 명이 실직자가 되고 국가에 받치는 돈의 액수가 확 줄어드니까.

그러다 보니 국가에서도 많은 혜택을 주고 있다.

'그 자리, 내가 빼앗아주겠어.'

현재 자신의 나이 29살.

그 기업 회장이 70살인 걸 생각하면 아직 자신에게는 40년이란 시간이 남아있다.

'환갑 전에 모든 걸 끝내놓겠어.'

그러기 위해서는 이번 푸드푸드와의 계약에서 엄청난 이득을 얻어야만 한다.

'고맙다, 오뚝이. 너희 덕분에 나태해질 뻔 한 마음이 다시 활활 타오르게 됐다.'

인생에 궁극적인 목표를 갖기 시작한 19살 때부터 29살인 현재까지의 10년.

그 10년 동안 최창수는 동료도 많이 만났고, 적도 많이 만났다.

한 때는 라이벌이 없다면 세상이 더욱 평화로워지지 않을까 생각도 했지만, 요즘은 반드시 인생의 적이 필요하다고 결론을 내렸다.

'인생에 있어 적은 필요해.'

자신이 서형문이라는 최초의 적을 만들면서 이 자리에 서게 된 것처럼, 목표의식을 뚜렷하게 해 계속해서 앞으로 나아갈 수 있는 원동력은 필요한 존재다.

"당분간 여기로 출근하겠네."

고개를 들었다.

경기도 성남시에 위치한 푸드푸드 신 메뉴 집중개발팀.

모든 신 메뉴가 이 5층짜리 건물에서 태어났고, 한동안 최창수도 신 메뉴 개발에 적극적으로 참여하기로 했다.

'부서가 많네.'

푸드푸드 신 메뉴 핵심부서는 매출에 따라 수시로 변동한다.

만약 1팀에서 만든 신 메뉴가 그 달 최고 매출을 갱신했다면, 다음 달까지는 핵심부서가 되어 타 부서보다 더욱 적극적인 지원을 받게 된다.

보상심리를 이용해 직원의 열정에 불을 지피는 것.

'단점도 존재하겠지만 좋은 제도네. 보완해서 AG기업에 반영해야지.'

뭐 하나라도 더 배울 게 있나 주의 깊게 살피며 걷다 보니 어느 사이 목적지에 도착했다.

신 메뉴 개발 3연구실.

무려 10개월 동안 핵심부서 자리를 차지하고 있는 부서였다.

"안녕하세요."

임시 사원증을 찍고 개발 3팀에 들어갔다. 70평의 넓은 공간. 20평은 사무실이었고, 나머지 50평은 신 메뉴 개발을 위한 주방으로 사용하고 있었다.

"헉! 최창수 대표님?"

총 열 다섯 명의 직원, 그 중 한 명이 가장 먼저 최창수를 바라봤다.

"와! 당분간 3연구실에 출근한다고 연락 와서 뭔 소리인가 했더니 정말이었군요! 3연구실 실장 고용찬이라고 합니다!"

"AG기업 대표 최창수라고 합니다. 이번에 푸드푸드와 소스 독점 계약을 맺고, 함께 신 메뉴 개발을 하려고 참여했습니다. 당분간 잘 부탁드려요."

"저희도 잘 부탁드립니다! 야, 다들 인사 안 하고 뭐해!"

"안녕하세요……."

실장이 한 소리하자 그제야 직원들이 어색하게 고개를 숙였다.

"만나서 정말 기쁩니다! 제가 메뉴 개발에 진짜 엄청나게 열정을 갖고 있거든요. AG명품 소스 먹고 대박 충격을 받은 지라, 똑같이 만들어보려 했는데 안 되더라고요."

"하하. 성분을 분석해서 만들어도 그 맛은 안 날 겁니다."

혹여나 타 기업에서 소스의 성분을 분석해 짝퉁 소스를 만들면 어쩌나 걱정한 적이 있었고, 서유라에게 AG명품 소스의 제작법을 알려줘 만들어보라 한 적이 있었다.

결과는 걱정할 필요가 없다 였다.

AG명품 소스는 운수 대통령의 능력으로 만들어낸 소스.

오직 최창수가 관여를 해야만 그 중독적인 맛이 만들어졌다.

"이번에 한 수 가르침을 주시면 감사하겠습니다!"

"으음, 이게 가르친다고 배울 수 있는 게 아니라……."

어색하게 웃었다.

운수 대통령이 없으면 백 날 배워도 소용없는 짓이니까.

3연구실 직원들과 통성명을 끝낸 후 바로 회의를 시작했다.

"최창수 대표님이 새로 영입됐으니 전 회의 내용을 간략히 짚어드릴게요. 우선 3연구실은 분기별로 신 메뉴를 개발하고 있습니다. 저번 분기는 허니버터 감자 칩을 시장에 선보였고 현재 선풍적인 인기를 끌고 있습니다."

허니버터 감자칩.

달짝지근한 맛으로 젊은층, 주로 소비력이 강한 여성을 휘잡은 감자칩이었다.

쉴 새 없이 공장이 가동되는데도 불구하고 발매 후 4개월이 지난 현재까지도 간간히 품절된 매장이 보일 정도였다.

"허니버터 감자칩이 이 정도 인기를 끌었으니 조만간 타 업체에서도 허니버터가 붙은 제품이 나올 거라 예상됩니다. 현 소비자에게 익숙하지 않던 맛으로 성공한 만큼, 인기는 오래 지속될 거라 생각하고 허니버터만 붙어도 평균은 될 거 같습니다."

"한 번 먹어볼 수 있을 까요?"

AG기업 여성 직원이 허니버터 감자칩을 먹는 걸 자주 봤지만 간식을 즐기지 않는 성격이라 늘 보기만 했다.

"여기요."

직원이 허니버터 감자칩 한 봉지를 가져왔다.

뜯자마자 코를 찌르는 강렬한 단 맛.

'윽, 엄청 다네.'

한 조각 먹기가 무섭게 단 맛이 입안을 정복했다.

'내 입맛은 아니지만, 특정계층은 환장을 할 맛이네. 특히 어린애들이랑 여자들…….'

고객층이 확실한 제품이었다.

"이 기세를 모아 다시 한 번 허니버터 제품을 만들려고 합니다."

"메뉴는 정해졌나요?"

"그게 문제입니다. 감자칩은 꾸준히 사랑받는 제품이어서 결정에 고민이 없었지만, 두 번째 제품도 과자로 하자니 경쟁력이 떨어질 거 같더라고요."

"그럼 3분 인스턴트 제품은 어떤가요?"

최창수가 서류가방을 열었다.

테이블을 꽉 채운 서류.

"오오……."

고용찬 실장이 감탄을 터트렸다.

푸드푸드 인스턴트와 관련된 자료였고, 당장 3연구실에 있는 것과 비교해도 모자람이 없었다. 입사한 지 몇 달 안 된 직원에게는 처음 보는 자료도 존재했다.

"푸드푸드에서 가장 많은 제품군이 3분 인스턴트더라고요. 그만큼 소비자가 저렴한 값에 가장 많이 구매할 수 있는 제품이기도 하고요. 이 매출 표는 푸드푸드로부터 받은 건데 인스턴트는 매출 하락이 아예 없더라고요."

"하지만 허니버터는 단맛이 강한 제품이에요. 밥과 함께 먹는 인스턴트에는 어울리지 않을 거 같은데요?"

"그 부분 말인데요. 음, 허니버터 소스가 어떤거죠?"

아무래도 말보다 행동이 더 빠를 거 같았다.

"이거요."

"네. 제 가방 보면 붉은색 소스 있을 거에요. 그것 좀 갖다 주시고, 아무나 근처 편의점가서 햇반 몇 개만 사다주세요. 돈은 드릴게요."

직원들이 고개를 갸웃거렸고, 고용찬은 뭘 할 지 기대돼 가슴이 두근거렸다.

주방에 들어간 최창수가 휴대폰을 꺼냈다.

〈3단계 소스의 책〉

〈습득한 소스 제작 실력 : 정확한 고객층을 겨냥하고 제작할 경우 90%확률로 강력한 중독을 이끔 / 특정 조건을

달성할 경우 100% 중독을 가진 소스를 제작하게 됨〉

'4단계로 업그레이드하면 95%확률. 하지만 조건도 달성 안됐고 하기에는 시간이 없어. 우선 고객층을 좁히자.'

고객층만 정확히 겨냥하면 운수 대통령의 능력이 발휘된다.

'AG기업과 푸드푸드를 아는 고객 모두를 고객층으로!'

사실상 치트키나 다름없는 것.

최창수가 바로 소스 배합을 시작했다.

'허니버터 소스는 단맛, AG명품 소스는 매콤한 소스야. 3:7 비율로 섞어보자.'

비커에 소스를 부어 골고루 섞었다.

'음, 생각보다 단맛이 강하네. 이대로는 이도저도 아닌 맛이군.'

AG명품 소스 덕분에 애매한 맛이더라도 소비자는 강렬한 중독성을 얻게 된다.

하지만 이왕 시장에 내놓는 것이니 최고의 제품을 만들고 싶었다.

'2:8도 아직 미묘해. 1:9는? 음…… 괜찮네. 매콤한 맛이 강하지만 중간 중간, 그리고 끝에 단맛이 느껴져서 매운 맛을 잊게 해줘.'

우선은 이 비율의 소스를 햇반에 부어 직원들에게 가져갔다.

"드셔보세요."

먹지도 않고 의견을 토하는 건 예의가 아니라 직원들이 한 입씩 맛을 봤다.

"음?"

"와우……."

처음에는 반신반의하던 직원들의 얼굴에 미소가 피어났다.

"맛있는데요?"

고용찬 실장이 식사를 계속하며 말했다.

"AG명품 소스 특유의 맛이 나면서도 마지막에는 허니버터 특유의 맛도 나고요. 어울리지 않는 조합인 것만 같은데 실제로 먹어보니 좋은 조합인걸요? 한 가지 문제가 있다면……."

햇반 그릇을 비운 고용찬이 어색하게 웃었다.

"허니버터 제품이라 홍보하는 건 좀 어렵다는 걸까요?"

"……역시 그렇죠?"

맛은 있다.

직원 모두가 한 입 먹자마자 이건 경쟁성이 뛰어나다고 느꼈다. 하지만 현 상태로는 푸드푸드의 허니버터 제품이 아니라 AG기업의 AG명품 소스 제품이 되어버린다.

"그래도 AG소스와 잘 어울린다는 건 알게 됐으니 최창수 대표님 말대로 인스턴트 제품으로 정하면 될 거 같습니다!"

"으아, 드디어 회의 문제로 야근 안 해도 되는 건가."

"그럼 뭐하냐. 이제 제품 때문에 또 야근할 텐데."

직원들이 한숨을 푹 쉬었다.

그 원인을 아는 최창수가 말했다.

"일주일만 주세요."

"네?"

"제품에 사용할 허니버터 소스요. 일주일 안에 만들어올게요."

3연구실 직원 전체가 몇 달을 집중해야 겨우 한 제품을 만든다.

그런데 고작 일주일 안에 만들어오겠다고?

신입사원이었다면 패기가 넘친다고, 경력 있는 사원이라면 상사에게 잘 보이기 위한 허세라고 생각할 발언이었다.

하지만.

AG명품 소스의 제작자인 최창수가 말하니 믿고 맡겨도 좋겠다는 생각이 들었다.

아니, 오히려 부탁하고 싶을 정도였다.

···◈···

스스로에게 준 일주일의 시간.

그동안 최창수는 AG기업과 관련된 업무는 경영팀 총괄팀장에게 맡기고 하루 12시간씩 3연구실에서 소스 제작에만 힘을 썼다.

'이 맛이 아니야.'

AG명품 소스 1호는 이번 인스턴트 제품에 사용하지 않기로 했다. 처음에는 이 소스를 개량할 생각이었지만 몇 번을 해도 허니버터 제품이라는 느낌을 받기 힘들었기 때문이다.

그래서 소스 2호 제작에 들어갔다.

'이번 특수 조건은 대체 뭐야?'

소스 제작 6일째.

내일까지 오늘처럼 허비했다가는 스스로는 물론 직원들과의 약속을 지키지 못한다.

"돌아버리겠네."

10시간 내내 서 있었더니 두 다리가 욱신거린다.

잠시 근처 의자에 쉬고 있자니 휴대폰이 울렸다.

〈대표님, 실수 보고입니다……. 공장 측에 물자비로 천만 원 더 입금했었습니다. 현재 천만 원 반환받았습니다.〉

다른 문제는 직원 개인이 처리해도 되지만 경영에 관한 문제는 최창수가 깊게 관여하고 있었다.

이번에는 소스 제작 때문에 자리를 비우게 되는 바람에 자신이 관여할 수가 없었고, 대부분의 권환을 경영팀 총괄 팀장에게 건넸다.

부담스러운 완장을 차서 그런지 요 사이 실수가 잦았다.

"어디서 임원을 모셔 와야 하나."

모든 대기업에는 임원이 있다.

하지만 AG기업에는 임원이 없다.

전부 최창수 혼자서 척척 해내니까.

자기가 조금만 더 힘들면 해결 가능하다보니, 몇 억을 쓰면서까지 임원자리를 만들 필요성을 느끼지 못했다.

'AG기업이 지금보다 몸집이 더 커지면 내가 자리를 비워야 할 일도 많아지겠지. 지금은 없지만 몇 년 안에 자회사도 설립해야 하고.'

경영 총괄팀장의 문자 한 통 때문에 소스 제작만으로도 꽉 찬 머릿속이 더 복잡해졌다.

"아오! 앉아있으니까 머리만 복잡해지네. 일 하자, 일!"

소매를 다시 올리고 주방에 들어갔다.

'특수 조건을 알아내야 해.'

소스 1호의 특수 조건은 넘어지면서 우연찮게 수십 개의 소스가 뒤섞이는 것.

매 소스마다 특수 조건이 다른지 몇 번을 넘어져도 2호 소스는 완성되지 않았다.

'특수 조건을 달성하면 운수 대통령이 알림을 줘. 그러니까 나는…… 열심히 기행만 부리면 된다!'

비커 세 개에 연속해서 소스를 휙휙 부었다. 그리고 믹서로 골고루 섞은 다음, 또 다른 비커에 붓더니만 갑자기

하늘로 휙 던졌다.

그리고 온몸으로 소스를 뒤집어쓰게 됐다.

"시발, 눈 매워……."

원래는 비커를 멋있게 잡고 바로 끓는 물에 소스를 투하할 생각이었다.

"또 씻어야겠네."

특수 조건은 말 그대로 특수하다. 일반적일 수도 있고, 일반적이지 않을 수도 있다. 그래서 뭐가 됐던 떠오르는 건 전부 실행으로 옮기다 보니 하루에도 몇 번이나 소스를 뒤집어써야만 했다.

"씻고 올게요."

저녁 8시.

아직 퇴근하지 않은 직원이 많았다.

"최창수 대표님 있잖아."

최창수가 씻으러 나가자 직원 한 명이 입을 열었다.

"대체 소스는 안 만들고 뭐하시는 거지? 어제는 소스를 벽에 뿌리더니 오늘은 계속 하늘로 던지시네."

"3일 전에는 냉동고에 얼렸다가 전자레인지로 돌렸다가, 어쨌든 이해 못 할 행동만 하시던데요? 모레가 약속 기일인데 어쩌시려고 저러지?"

"이러고 마지막에 못 만들겠다고 우리 뒤통수를 탁!"

"탁 같은 소리하네."

고용찬이 직원의 뒤통수를 가볍게 후려쳤다.

"AG명품 소스를 만든 분이셔. 우리가 범인이라 이해 못하는 거지, 분명히 의미 있는 행동일 거야. 그러니까 우리는 신경 끄고 간식 쪽에 집중하자고."

"네에~."

직원들이 본업으로 시선을 옮겼다.

그 중, 딱 두 명 만이 못마땅한 표정을 짓고 있었다.

···◈···

"애매하다……."

차에서 내린 최창수는 영혼 없다는 표현이 딱 어울렸다.

"오늘도 하늘은 맑은데 이번 소스는 어둡구나."

신 메뉴 개발 본사로 향하면서 보틀에 담긴 소스를 바라봤다.

밤하늘처럼 검다. 드문드문 떠 있는 흰 알갱이는 마치 별처럼 빛나고 있다.

"특수 조건을 알아내는 능력까지 팔았다면 얼마나 좋았을까."

어제.

직원이 모두 퇴근하고 새벽 3시까지 연구실에 남아 있었다. 떠오르는 방법을 전부 실천했고 어떻게든 운수 대통령의 알람이 찾아오게 만들었다.

〈애매하네요.〉

'특수 조건을 절반만 달성했다는 뜻이지? 그러니까 운수 대통령도 동전을 똑바로 세우는 거겠지? 알람 온 시간도 기억하고 있겠다. 이 소스를 우선 선보이고 다른 조건도 한 번 찾아보자.'

연구실에 들어가기 전 운전 내내 참아왔던 걸 화장실에서 비워내기로 했다.

"뭐야, 문 잠겨 있네……. 아, 실장님한테 물어보고 와야겠네."

몸을 획 돌렸다.

그리고 그때.

"최창수 대표님 말이야……."

화장실 너머에서 소리가 들려왔다. 주변이 워낙 고요한 탓에 목소리는 제법 생생하게 귓가에 닿았다.

"조금, 그렇지 않냐?"

"조금만 그러면 다행이지. 난 너무 불편하다."

오랜만에 듣는 자신의 부정적인 평가. 더 듣고 싶어서 귀를 기울이려는 순간, 화장실 문이 열렸다.

"헉!"

최창수를 본 직원 두 명이 소스라치게 놀랐다.

"대, 대표님 왜 여기에……. 아니, 그전에 언제부터 거기에……."

"방금 막 왔어요. 볼 일이 급했는데 타이밍 맞춰 문 열어 줘서 고마워요."

웃으면서 화장실에 들어갔다.

닫힌 문 너머로 자신들의 얘기를 들은 게 아닌지 걱정하는 직원들의 얘기가 들렸다.

"뭘 잘못했지?"

볼 일보고 손을 닦으면서 생각했다.

아무리 생각해도 직원에게 민폐를 끼친 게 없다. 자신의 직장이 아닌 만큼 행동에 조심하고 또 조심했다.

"모르겠다. 기회가 되면 은근슬쩍 물어봐야지."

문제가 있다면 바로 고치는 게 좋다.

화장실에서 나와 3연구실로 향했다.

"안녕하세요. 오늘도 활기찬 하루입니다."

"어서 오세요, 대표님! 오잉, 손에 그건 뭡니까?"

"소스요. 그나마 괜찮은 걸 건진 거 같아서요."

"헉!"

그 말에 직원들의 눈이 휘둥그레졌다.

지난 일주일 동안 최창수가 계속해서 소스를 만들고 버리는 걸 봤다. 맛이라도 보고 도움을 주고 싶었지만 최창수는 결코 기회를 주지 않았다.

그런데 오늘!

드디어 소스 시식 기회가 왔다.

"색은 짜장 소스 같네요. 냄새는 달짝지근하고, 맛

은……."

고용찬 실장이 밥과 함께 소스를 먹었다.

"……."

그리고 수저를 떨어트렸다. 영혼 없이 벌린 입에서는 밥풀이 떨어져 직원들이 소리 지르며 거리를 벌렸다.

"맛, 없나요?"

"맛……."

중얼거린 고용찬이 최창수를 바라봤다.

"있습니다……."

고용찬이 소스에 밥을 비비더니 다른 직원에게 다가가 수저를 들이밀었다. 눈치를 본 직원은 말없이 입을 벌렸고, 그 역시 고용찬처럼 입을 다물지 못했다.

"와……."

"뭐야, 너까지 왜 그래."

"너무 맛있어서…… 입이 안 다물어져."

"진짜야? 실장님 저도 한 입만, 웁! …… 맛있다!"

평소 신 메뉴 평가에 깐깐하기로 소문난 여직원마저도 두 눈을 휘둥그레 떴다.

"두 분도 드셔보세요."

아까 전 자신의 뒷담 화를 나눴던 직원에게 다가갔다. 그들은 어딘가 불편한 표정을 지으면서도 입을 벌렸고, 금세 얼굴에 미소가 피어올랐다.

"야야, 어서 다른 연구실 직원도 전부 불러와!"

"아, 네!"

고용찬의 명을 받은 직원이 급히 타 연구실로 향했다.

한 연구실에서 모든 직원이 통과사인을 내리면, 그 후 나머지 연구실 직원 모두 맛을 본다.

해당 연구실 20명, 타 연구실 60명.

총 80명이 통과사인을 내리면 그때는 푸드푸드 본사로 넘겨 고위 임원에게 보내진다.

최종적으로 그들까지 통과하면 비로소 제품 준비를 시작한다.

"와! 맛있다! 소스는 검은데 어울리지 않게 달짝지근하네?"

"밥이랑 단맛이랑 이렇게 잘 어울리는 줄 오늘 알았어요. 허니버터 비빔밥? 좋네요. 인스턴트 제품에는 액체 소스 사용하고, 가루 소스를 따로 발매해서 볶음밥용으로 써도 좋을 거 같아요."

"어떤 재료를 쓰셨기에 이 맛이 나오는 거예요? 이 알갱이는 또 뭐고요?"

"재료는 고추장, 팥가루, 벌꿀 등. 단맛을 부담스럽지 않게 살릴 수 있는 것만 넣었고요. 그 알갱이는 양배추 알갱이랑 작게 썬 흰콩이에요. 양배추가 부드러운 맛을 더 해주고, 콩은 씹는 맛이 더 해주더라고요."

"아, 팥가루로 색을 내셨군요. 하긴, 짜장 분말을 넣으면 그거는……."

"아오, 말 많네! 다 먹었으면 설명충 그만하고 차례 넘겨!"

먼저 맛 본 직원의 친절한 감상에 차례를 기다리고 있는 직원들이 핀잔을 주기 시작했다.

다들 신 메뉴 개발에 뜻을 갖고 있는 직원들.

그들에게 있어 최창수는 훌륭한 모델이나 마찬가지였다.

소스 하나로 전 국민의 입맛을 훔쳐갔으니까.

다들 그 소스 같은 메뉴를 만들고자 하는 의지가 있었다.

"역시 최창수 대표님이십니다! 일주일 만에 이런 소스를!"

"운이 좋았어요."

"이 맛은 운만으로 나올 게 아닙니다. 키야…… 조금만 더 밥이랑 어울리게 보완하면 본사가 발칵 뒤집어질 물건이 나올 거 같습니다! 진짜! 저희 대표님이 최창수 대표님이랑 계약 맺은 건 신의 한수였네요!"

"와! 실장님 그럼 저희 이번 제품은 1개월 만에 만들어낸 거니까 3연구실 모두 월급 두 배네요?!"

"그치! 이건 대박, 대박! 초대박이라고! 야! 3연구실 실장인 내가 허가한다! 오늘은 출근하자마자 일 때려치우고 다들 당구나 한 판 치러가자! 밥도 내가 쏜다!"

"앗싸! 역시 실장님! 기분파라 좋다니까요!"

직원들이 소리 지르며 겉옷과 가방을 챙기기 시작했다.

"……이래도 돼요?"

"안 들키면 범죄가 아니란 말 모르세요?"

여직원이 후다닥 밖으로 나갔다.

・・・◈・・・

"후하하! 이번 3분 허니버터 밥 총괄은 실장인 제가 아니라 최창수 대표님이 맡으면 되겠네요!"

"에이, 임시 직원인 저보다는 실장님이 하셔야죠. 커리어도 쌓이실 거 아니에요? 그리고 전 가장 중요한 일 처리했으니 이제 제 업무도 봐야죠."

"앗차차, 듣고 보니 그러네요. 이거 참, 제가 결례를 저질렀습니다."

오전 내내 당구장에서 당구를 치고, 오후쯤에 3연구실 전 직원끼리 회식을 갖게 됐다.

근처 회집에서 가장 큰 방을 차지했고, 다들 내일부터 시작될 야근을 잊고 지금 이 순간을 즐기고 있었다. 어차피 법인카드로 진행되는 회식. 누구는 회를 두껍게 집어 먹고, 누구는 술에 술을 말아마셨다.

'그러고 보니 회식은 정말 오랜만이네.'

마지막으로 가진 회식은 무려 8개월 전이다.

워낙 일이 바쁘고, 대표인 자신이 끼어들면 직원이 눈치를 살필까봐 대기업 전환이 된 뒤로는 직원 회식에 잘 끼지도 않았다.

'그래, 가끔은 이런 휴식도 나쁘지 않지.'

한동안 또 정신없이 달려왔다.

휴식이라 해봤자 덜 급한 일을 처리하는 것뿐.

'아쉽지만 소스 2호는 이놈으로 정하자.'

정면에 놓인 그릇을 바라봤다.

오늘 연구소 직원을 놀라게 한 그 소스가 담겨 있었다. 한 입 먹고 벌써 중독이 됐는지 직원들의 부탁 끝에 각 각 접시에 소량의 소스를 나눠주게 됐다.

'운수 대통령이 나쁘다고는 안 했어. 직원들도 좋아하고, 게다가 이번 제품만 내가 관여하는 게 아니야. 계약기간 동안은 신 메뉴 개발에 꾸준히 관여할 거고, 그때마다 최상의 소스를 제작하려고 했다가는 몸이 남아나질 않겠지. 가끔은 스스로의 기준을 낮춰보기도 하자.'

그게 장수로 가는 길이었다.

우우웅.

직원과 얘기를 나누고 있자니 휴대폰이 울렸다.

'참, 그러고 보니 유라한테 회식하고 간다고 얘기를 안 했네.'

영락없이 그녀의 문자인 줄 알고 휴대폰을 확인했다.

〈운수 대통령님, 목표가 생겼어요!〉

〈달성조건 : 직원과의 관계를 회복하고 깨달음을 얻기〉

〈보상 : 소원 게이지 5%〉

'…… 목표잖아?'

달성조건에 있는 직원이 누구를 지칭하는 지는 한 번에 알 수 있었다.

"경수 씨 어디 갔어요?"

바로 옆자리, 아까 전 권경수와 함께 자신에게 몰래 불만을 표출한 직원에게 말을 걸었다.

동료와 신나게 웃고 있던 그는 최창수가 말을 걸기가 무섭게 화들짝 놀랐다.

"겨, 경수요? 글쎄요. 담배 피러 나간 거 아닐까요?"

"음…… 그렇군요. 참, 경수 씨랑 승욱 씨랑 나눌 얘기가 있는데 잠시 따라 와주시겠어요?"

"무, 무슨 얘기를……?"

"별 얘기는 아니고요, 물어볼 게 있어서요."

혹여나 두려워할까 활짝 웃었지만, 신승욱은 불안한 표정을 지우지 못했다.

최창수를 따라 신승욱이 밖으로 나갔다.

횟집에서 조금 떨어진 건물 앞에서 담배를 피우고 있는 권경수가 보였다. 딸랑 거리는 소리에 그가 고개를 돌렸고 최창수와 함께 있는 신승욱의 모습에 황급히 담배를 껐다.

"대, 대표님?"

"아, 저희도 담배 피우러 나왔어요."

"그, 그렇군요. 그럼 저 먼저……."

"잠시 만요."

도망치듯 자리를 뜨려는 권경수를 잡았다.

"한 가지 물어볼 게 있는데요."

그 순간 권경수와 신승욱의 얼굴이 확 굳었다. 드디어 올 게 왔다는 표정에 최창수는 신중하게 단어를 골라 말했다.

"제가 불편한가요?"

…◈…

권경수와 신승욱.

둘 다 20대 초반에는 호텔 주방장에서 막내로 활동했었다. 언젠간 최고급 호텔 주방장이 되겠다는 목표를 갖고 살았지만 재능이 없음을 깨닫고 함께 호텔에서 나와 푸드푸드 신 메뉴 개발팀에 입사하게 됐다.

호텔 동기이자 입사 동기.

사회생활에 있어 동기가 그렇듯 두 사람도 힘든 일이 있으면 늘 서로를 의지하며 살았다.

입사 초기에는 신 메뉴 개발에 영향력을 전혀 주지 못했지만, 5년 차에 돌입하면서 슬슬 두각을 보이고 있었다.

두 사람도 초기에는 최창수가 3연구실에 온다는 소식을 듣고 쌍수를 들었다.

유명인을 직접 보는 거니까.

그들 역시 타 직원처럼 선풍적인 인기를 얻은 소스의 제작자인 최창수를 인생의 모델로 여겼다. 그에게 잘 보여눈도장을 찍고, 차후 최창수가 호텔관광에도 손을 대면 포기했던 주방장의 꿈을 낙하산 타서라도 이룰 생각이었다.

"본의 아니게 화장실에서 두 분 얘기를 엿듣게 돼서요. 고칠 게 있다면 알고 싶어서 묻는 거예요. 아무리 생각해도 제 잘못이 떠오르지 않아서……. 두 분도 저 입사 초기에는 잘 대해줬고요."

그 말처럼, 3일 째까지만 해도 두 사람은 최창수를 졸졸 따라다니며 호감을 표시하고 궁금한 걸 물어왔다.

그리고 4일 날부터 그 열기가 서서히 식었다.

"두 사람을 타박하기 위해서 부른 게 아니에요. 잘못한 게 있다면 고칠게요."

"……딱히, 최창수 대표님이 잘못하신 건 없어요."

긴 침묵 끝, 힘겹게 입을 연 건 권경수였다.

"그냥, 저희가 못 나서 그래요."

"네?"

"열등감 때문에 그렇다고요."

권경수가 고개를 푹 숙였다. 시야에 들어오는 담배꽁초, 그 옆에 떨어진 금색 포장지. 마치 자신과 최창수인 것만 같았다.

"처음에는 최창수 대표님이 오셔서 좋았어요. 많은 걸 배울 수 있다 생각하고, 실제로도 사소한 행동 하나하나에서도 배울 점이 존재했어요."

"그리고요?"

"배울 게 많은 만큼, 저희가 느껴야 할 열등감도 커졌어요."

두 사람이 최창수를 바라봤다.

힘이 전혀 실려 있지 않은 두 사람의 눈동자. 마치 결코 넘을 수 없는 벽 앞에서 좌절한 것만 같아 보기 불편했다.

"3연구실 전 직원이 쉴 새 없이 최창수 대표님 얘기를 나눴어요. 그리고 모르시겠지만, 최창수 대표님이 폐기한 소스를 직원 한 명이 몰래 가져와서 먹어봤는데…… 오늘 맛 본 소스보다는 모자라지만 그것도 충분히 맛있었어요."

"최창수 대표님 입장에서는 폐기를 결정하게 한 소스를 먹은 날, 되게 복잡한 감정이 들더라고요."

권경수의 말을 신승욱이 이었다.

"우리는 대학전공도 요리고, 호텔에서도 근무했었어요. 저희뿐 아니라 비슷한 경력을 갖고 있고요. 하지만, 최창수 대표님은 아니시잖아요?"

"최강대 영어통번역학과. 그 뒤 BJ로 활동하면서 패션 쪽으로 사업을 시작하셨어요. 요식업도 이번 년도에 시작하셨고…… 요리랑은 전혀 관련이 없는 삶을 살아오셨잖아요?"

"이게 재능의 차이인가 싶었어요. 그래서 불편하다고 느낀 거예요. 최창수 대표님이 곁에 있으면 자꾸만 저희랑 비교하게 되니까요……."

"그러니까, 최창수 대표님에게는 잘못이 없습니다."

두 사람이 동시에 고개를 숙이고 한숨을 내쉬었다.

속에 숨겨왔던 얘기를 전부 내뱉고, 최창수가 딱히 기분 나빠하는 기색을 보이지 않아 마음은 조금 편해졌지만 스스로가 더욱 작아진 느낌이었다.

・・・◈・・・

시계 초침 돌아가는 소리가 들린다.

"회식 중에 뭔 일 있었어?"

시야에 가녀린 손과 함께 커피 잔이 들어왔다. 옆을 바라보니 화장을 안 지운 서유라가 보였다.

"집에서는 화장 좀 지우라니까."

"싫어. 아직은 너한테 예쁘게 보이고 싶어. 좀 더 편해지면 지우지 않을까?"

"안 해도 예쁘니까 피부 좀 쉬게 해줘라."

커피 잔을 들어 한 모금 홀짝였다. 믹스 커피 특유의 단맛이 뜨겁게 목을 찔렀다.

평일에는 함께 할 시간이 거의 없다 보니, 금토일은 늘 신혼집에서 함께 생활하는 두 사람. 미리 체험하는 결혼생활은 즐거웠고, 정말 결혼을 하면 얼마나 더 즐거워질 지 기대됐다.

시공도 한참 전에 끝난 신혼집은 드라마에 등장할 법한

부잣집 그 자체였다.

"질문에나 대답해. 회식 중에 뭔 일 있었어? 들어와서 한 마디도 없으니까 걱정되잖아."

"음…… 너 혹시, 나한테 열등감 느낀 적 있냐?"

최창수는 오늘 있던 일을 자세하게 설명했다.

얘기를 들은 서유라는 고개를 갸웃거리며 과거를 떠올렸다. 얼추 생각이 정리됐는지 입을 열었다.

"없다고 하면 거짓말이지."

"그래?"

"열등감 느꼈으니까 나 공모전 당선됐을 때 사귀자고 얘기를 못 꺼낸 거잖아, 바보야. 근데~ 지금은 안 느껴."

서유라가 최창수의 어깨에 슬쩍 기댔다.

"지금은 네 덕분에 내가 더 열심히 노력할 수 있었다고 생각하거든. 그리고 남편이 잘났는데 질투하는 아내가 어디 있냐?"

"그렇지."

"너무 신경 쓰지 마~. 어쩔 수 없는 거야."

서유라의 손이 뱀처럼 기어와 최창수와 깍지를 꼈다. 따뜻하고 부드러워 경직됐던 마음이 조금 녹아내린 것만 같았다.

"솔직히 창수 너는 잘 났어. 잘 나도 너무 잘났어. 신은 완벽하지 않다는 말도, 창수 너를 보면 다 거짓말이야."

"……갑자기 왜 그래?"

"원래 완벽한 사람은 적도 많은 법이야. 열등감은 인간에게 있어 당연한 감정이라 생각해. 그 열등감을 단순히 비하적인 감정으로 쓰냐, 아니면 노력의 엔진으로 쓰냐만 다르다고 생각해."

자신은 최창수에게 느낀 열등감 덕분에 계속해서 성장할 수 있었다.

반면, 권경수와 신승욱은 그 열등감의 무게를 이기지 못해 좌절하고 분노의 화살을 최창수에게 돌리게 됐다.

"너무 낙담하지 마. 이런 사람도 있고, 저런 사람도 있는 법이니까. 그렇다고 또 신경 안 써서는 안 된다고 생각해."

"응. 그래서 신경 쓰고 있는 거야."

자신은 대기업의 대표다.

규모가 커질수록 부하 직원과 영향력은 늘어나고, 자연스레 이번과 비슷한 일이 발생할 거다.

그때.

자신은 어떤 행동을 취해야 할까.

정상에 선 사람은 아랫사람 또한 보살필 줄 알아야만 했다.

"근데 그 사람들은 아직 네 보살핌을 제대로 못 받아서 그래. 적어도 우리 회사 직원 중에 너한테 열등감 느끼는 직원은 없어."

"그건 다행이네."

다행이지만, 이것 또한 자신이 풀어야 할 숙제였다.

• • • ◈ • • •

3분 인스턴트 제품에 핵심인 소스가 제작됐다.

보통 두 달은 잡아먹는 소스 제작이 일주일 만에 해결된 덕분에 3연구실은 조금 욕심을 내서 이번 신 메뉴는 두 개를 발매할 각오로 업무에 임했다.

"그럼 이 제품은 3분 허니버터 밥이라는 이름으로 가죠."

신 메뉴가 확정되면 직원들은 늘 긴 회의를 갖는다. 주제는 신 메뉴의 제품명과 홍보 문구. 그리고 표지다.

소비자가 제품명을 보는 순간 이 제품은 어떤 음식인지 알아야 하고, 홍보 문구를 보는 순간 제품이 흥미를 느껴야 하며, 표지를 장식한 음식을 보고 군침을 삼켜야 한다.

이 세 가지가 충족돼야만 소비자가 제품을 선택하게 되는 것.

허니버터가 젊은 층을 공략하는 제품인 만큼, 젊은 취향에 맞춘 제품명을 고르려고 했지만 하나 같이 제품의 정체를 직관적으로 알기 힘든 것뿐이라 가장 무난한 이름을 선택하게 됐다.

"홍보 문구는 단 맛을 좋아하는 당신! 이 제품이 욕구를 충족해줄 것이다! 를 크게 작성해서 주 고객층을 사로잡는 방면으로 하죠."

"그럼 단 맛 싫어하는 고객은 거들떠도 안 보니까 그 밑에 단 맛 싫어하는 사람도 당 중독이 됩니당! 이라는 문구도 추가하죠."

"나쁘지 않네. 어미 덕분에 젊은 층도 좋아할 거 같고, 좋아! 최창수 대표님이 진짜 어마어마하게 좋은 소스를 만들어주신 덕분에 회의도 3시간 만에 끝났네요!"

"평소에는 기본 3일인데…… 최창수 대표님한테 다들 잘 보여야 한다고 생각하는지 의욕이 넘치네요."

"잘 보이려고 하는 게 아니라, 성공한 분이 옆에 있으니 나까지 성공한 느낌 들어서 더 열심히 하게 되는 거야."

"1년 내내 출근해주시면 좋을 텐데~."

최창수가 출근한 지 이제 8일째.

그 사이 직원들은 최창수를 오래 전부터 함께 한 상사처럼 대했고, 다음 주부터는 다음 신 메뉴 개발 때까지 그가 없다는 사실에 아쉬움을 토했다.

"저 없이도 잘 하셔야죠."

자신이 할 수 있는 말은 이것뿐이었다.

회의가 끝난 후 직원들은 업무를 분담했다.

누구는 홍보문구 보완, 누구는 표지 예시 작업 등.

"최창수 대표님. 이 소스 개량하면 색이나 내용물 바뀌나요?"

"아뇨, 이 소스 그대로 갈 겁니다. 지금 샘플 사진으로 쓸 음식 만들고 있으니까 30분만 기다리세요."

최창수가 직원 몇 명과 주방에 들어갔다.

"경수 씨."

"네."

"호텔에서 근무하셨으면 요리 잘 하시겠네요? 샘플 음식 경수 씨가 만들어보세요."

"……네? 대표님이 하셔야 더 먹음직스럽게 완성될 거 같은데……."

"전 이 회사 직원이 아니니까요."

최창수가 권경수의 등을 두들겼다.

"사람에게는 다 각자의 역할이 있다고 생각해요. 경수 씨가 3연구실에서 맡은 역할은 음식 전반 담당이잖아요?"

오늘 아침 일찍 고용찬과 단 둘이 카페에서 만나 권경수와 신승욱에 관한 얘기를 물었다.

두 사람 중 좀 더 요리 실력이 뛰어난 건 권경수.

그동안 소스 제작 및 샘플 요리는 대부분 권경수가 담당했다고 한다. 게다가 늘 열정을 갖고 아이디어도 꾸준히 냈었다고.

'그걸 내가 빼앗아버렸어.'

자신의 걸 남에게 빼앗겼다.

과거에 당했던 경험이었다.

구자용에게 영어 말하기 대회 1등을 빼앗겼을 때, 그때 느낀 감정은 말로 설명하기 힘들 정도로 모욕적이고 허탈했다.

'악의는 없었어도, 이래서야 서형문과 다를 게 없어.'

권경수가 자신에게 열등감을 느끼는 건, 무능한 상사가 유능한 부하 직원에게 갖는 것과 동일했다.

어느 날 갑자기 임시 입사한 자신이 권경수의 역할을 빼앗았고, 그 분야에서 뛰어난 모습만 보여주고 있으니 짜증나는 건 당연하다.

'이제는 돌려줘야지.'

문제점을 알자 해결법도 알게 됐다.

뺏은 걸 돌려주고, 자신보다 네가 더 뛰어나다고 말해주면 된다.

진심을 담아서.

"오, 감자랑 고기는 그 정도 크기가 좋은가요? 전 좀 작게 써는 편이거든요."

"호불호가 갈리죠. 크면 식감이 좋아지고, 작으면 먹기 편해지고. 그런데 이건 샘플 사진으로 사용할 음식이니까 재료가 최대한 눈에 잘 들어오도록 큰 편이 좋아요."

"음, 그렇군요. 제가 요리했다면 큰 실수할 뻔 했네요. 좋은 거 하나 배워갑니다!"

"배, 배웠다고요?"

"뭘 그렇게 놀라세요? 제가 소스만 잘 만들어봤자 뭐합니까. 나머지 지식은 경수 씨랑은 비교가 안 되게 부족한데. 많이 배우게 어서 계속 해주세요."

"아, 아. 네."

얼떨떨하게 대답하면서 권경수가 다시 샘플 요리를 만들기 시작했다.

'뭐지…….'

요리를 하는 내내 이런저런 얘기를 했고, 그때마다 최창수는 큰 반응을 보여줬다. 또 쉴 새 없이 질문을 던졌고, 작은 대답 하나에도 큰 깨달음을 얻은 표정을 보였다.

부담스러운 그 행동.

하지만 기분은 좋았다.

'내가…… 일개 회사원인 내가. 대기업 대표에게 가르침을 주고 있어…….'

최창수와 자신의 관계.

이 순간만큼은 그 상하관계가 완전히 역전된 기분이었다.

"감사합니다, 대표님. 그리고 죄송합니다."

완성된 샘플 요리를 점심으로 먹고, 최창수는 권경수와 함께 담배를 피우고 있었다.

"저 띄워주신 거…… 곰곰이 생각해보니까 기운 차리게 하려고 하신 거죠?"

"……아뇨. 정말 배울 게 많았어요."

"그렇다면, 다행이네요."

담배를 한 모금 빨아들인 권경수가 창피하다는 듯 웃었다.

"아. 내년이면 서른 중반이라 어른이라 생각했는데, 아직도 애네요."

권경수가 미소 지으며 뒤통수를 가볍게 긁었다.

"제가 모자란 걸 인정하기 싫어서 괜히 대표님에게 불만이나 갖고. 초등학생도 안 이럴 텐데, 그죠?"

"자기비하하지 마세요."

"네, 그래야죠."

필터까지 타들어간 담배를 바라봤다. 그 담배꽁초에 가져봤자 악영향만 불러오는 감정을 전부 담아, 있는 힘껏 옥상 난간 너머로 던졌다.

"정신 차리겠습니다!"

···◈···

단순히 매출이나 이미지 상승 문제를 떠나, 최창수는 푸드푸드와 계약하길 정말 잘 했다고 느꼈다.

'두 사람 다 예전처럼 돌아왔어!'

오뚝이와 계약했다면 몰랐을 일.

계속해서 AG기업이라는 우물 안에만 있었다면 몰랐을 일.

바로 부하 직원의 마음을 깊게 헤아리고, 적절한 보상과 칭찬으로 의욕을 향상시키는 것.

저번 일을 계기로 권경수는 더 이상 자신에게 열등감을 느끼지 않았다. 그전까지는 열등감에 짓눌려 제대로 업무도 못 했다면, 이제는 하나라도 더 많은 걸 자신에게 배우려고 알에서 막 태어난 새끼 병아리처럼 최창수를 졸졸 따라다녔다.

"사람 진짜 단순하다."

방금도 막 최창수오 담배를 피우고 들어온 권경수에게 신승욱이 한 마디 했다.

"뭐가?"

"최창수 대표님이 칭찬 몇 번 해줬다고 태도가 확 바뀌냐?"

"그 칭찬으로 깨달음을 얻었으니까 그렇지. 나 혼자 꿍해봤자 좋을 거 없더라. 옆에 높으신 분 계실 때 콩고물 하나라도 더 얻어먹어야지. 그리고 너도 요즘은 최창수 대표님 다시 좋아졌다며?"

"그야 전보다는 난데…… 그래도 여전히 불편한 건 조금 남아있다."

"야, 내가 요즘 느끼는 건데. 생각을 바꾸니까 매사에 더 적극적이 되더라. 열등감 같은 거, 아무 쓸모도 없었어."

"짜식, 누가 보면 산 속에서 몇 년 묵언수행한 줄 알겠네."

"최창수 대표님이라는 산에서 많은 걸 얻었지~."

힘내라는 듯 권경수가 씨익 웃으며 신승욱의 등을 두들겼다.

비록 최창수 찬양일색이었지만, 동료의 격려에 힘이 났는지 신승욱이 점심 때 몰래 술이나 한 잔 하자고 말했다.

멀찍이 떨어진 곳에서 그 모습을 바라본 최창수는 흐뭇했다.

'역시, 가장 먼저 경수 씨의 마음을 돌린 게 좋은 수였어.'

고용찬에 말했었다.

신승욱은 다루기 힘든 부하직원이라고. 하지만 권경수를 통하면 누구보다 다루기 쉬운 직원이라고. 그만큼 신승욱은 입사동기인 권경수를 상당히 의지하고 있었다.

우우웅.

때마침 운수 대통령 알람이 도착했다.

〈축하합니다, 운수 대통령님! 목표를 달성하셨네요!〉

〈보상 : 소원게이지 5%〉

〈이번 일로 얻은 깨달음! 정상에 설 생각이면 절대로 잊지 마세요!〉

"좋았어!"

이로서 현재 보유한 소원 게이지는 10%.

'앞으로 4990%! ……엄청 많이 남았네.'

마음은 5000%를 전부 모은 거 같았는데 현실은 쥐꼬리만큼도 안 됐다.

'됐어. 조급해 하면 잘 될 일도 안 되는 법이니까 긴장만 놓지 말고 여유롭게 모으자.'

콧노래를 부르며 3연구실로 향했다.

소스는 한참 전에 완성됐고, 그 소스에 감칠맛을 더 해줄 첨부물도 진작 정해졌다. 푸드푸드 본사 임원은 물론, 회장인 임명진도 대박 제품 하나 건졌다면서 일일이 최창수에게 전화를 걸어 감사함을 표했다.

허니버터 비빔밥은 최창수 홀로 만든 거나 다름없으니까.

대박 제품이 갖다 줄 돈 생각에 참을성이 바닥났는지 임명진은 공장 가동 명령을 내렸다. 현재 공장은 쉴 새 없이 가동되고 있고, 제품 표지만 완성되면 늦어도 2주 안에 푸드푸드와 AG기업의 합작이 세상에 모습을 드러낸다.

'임명진 그 양반도 어지간히 기분이 좋았나 봐. 이번 제품은 수익 배분 때 로열티도 따로 챙겨준다 하고.'

3연구실 출입구에 사원증을 찍었다.

문이 열리자마자 보인 건 평소와 다른 풍경이었다.

"임명진 대표님?"

3연구실 직원 사이에서 활짝 웃고 있는 임명진 대표가 보였다. 오늘도 어김없이 금반지에 금 목걸이 등으로 자신의 재력을 자랑했고, 직원 몇 명은 부럽다는 눈빛을 보내고 있었다.

"어우, 최창수 대표님!"

"여기에는 어쩐 일이세요?"

"저번에 통화로만 감사 인사 전한 게 마음에 걸려서 직접 전하러 왔습니다. 겸사겸사 직원들 얼굴도 보고요."

최창수가 직원들을 바라봤다.

어째 평소보다 더 행복해하는 표정. 단순히 임명진 앞이라서 표정 관리를 하는 것처럼은 안 보였다.

그 의구심을 풀어준 건 잘 안 웃기로 소문난 여직원이었다.

“최창수 대표님! 저희 이번 달 월급 더 받아요!”

“월급이요?”

“개발팀에는 성과제 제도가 있습니다.”

질문에 대답한 건 임명진이었다.

“한 달 안에 신 메뉴 통과를 받으면 월급 두 배. 두 달이면 1.5배. 세 달이면 1.25배 식으로 성과급여를 줍니다. 3연구실은 개발팀 최초로 월급 두 배를 받아가게 됐고요.”

“와우…….”

듣기로 고용찬 실장의 월급이 450만원이라고 했다. 즉 이번 달은 900만원을 받는다는 것. 다른 직원도 상당한 월급을 받아갈 게 분명하다.

“감사합니다, 최창수 대표님! 전부 대표님 덕분이에요!”

“최창수 대표님 있는 동안은 계속 월급 두 배 받는 거 아냐? 와, 제가 종교를 안 믿는데 오늘부터 창수교 믿겠습니다!”

“이번 달 카드 값 많이 나와서 걱정했는데 최창수 대표님 덕분에 살았어요!”

사람인 이상 좋아할 수밖에 없는 돈!

자신 덕분에 누군가의 지갑이 더 풍요로워졌다고 생각하니 가슴 한편이 따뜻해졌다.

"보기 좋지요?"

"……그러게요. 돈 욕심 많은 분이라 짠돌이이실 줄 알았는데, 솔직히 의외네요."

"후하하! 써야할 때는 팍팍 써야 돈이 도망가지 않은 법이죠! 다들 월급 두 배의 맛을 봤으니 다음 달부터는 더 열심히 일할 테니까요."

호탕하게 웃은 임명진.

직원들과 사소한 얘기를 더 나누고는 푸드푸드 본사로 돌아갔다.

"아~ 오늘 너무 행복해서 일이 손에 안 잡히네."

"저도요~."

"그래도 할 일은 해야죠."

최창수가 박수를 치며 직원들의 시선을 주목시켰다.

"혹시 모릅니까? 제품이 예상보다 더 반응 좋으면 로열티가 또 있을지? 표지 제작만 하면 되니까 다들 힘냅시다!"

3연구실의 최고 우두머리는 고용찬이건만, 어느 사이에 최창수가 총괄지휘를 하게 됐다. 그것에 불만을 가진 이는 한 명도 없었다. 그의 의견을 따르는 편이 더 능률상 좋으니까.

우우웅.

그때, 휴대폰이 진동했다.

'또 뭐지?'

혹시 새로운 목표일까?

목표를 달성했을 때의 짜릿함에 중독된 최창수는 제발 목표이길 바라며 휴대폰을 확인했다.

그리고…….

"……죄송한데, 저 먼저 퇴근해보겠습니다."

바로 겉옷과 가방을 챙기고 밖으로 나갔다.

• • • ◈ • • •

목표를 바라긴 했다.

하지만 이런 식의 목표를 바랐던 건 아니었다.

"젠장! 한동안 건강해서 걱정 안 했는데!"

신호등에 걸려 액셀에서 발을 뗐다. 몇 분의 짧은 기다림. 그 시간이 영겁으로 느껴질 만큼 마음이 초조했다. 혹여나 가는 도중에 그녀에게 사고라도 발생하는 건 아닐까 걱정됐다. 꽉 깨문 입술은 아파왔고, 핸들을 계속 내려치는 손가락에서는 초조함이 느껴졌다.

"불안하게 전화도 안 받고……."

때마침 신호가 바뀌었다.

거칠게 휴대폰을 조수석에 던지고 다시 액셀을 밟았다.

혼자가 익숙한 그녀를 사람 사이에 둔 일을 후회하게 되지 않기를 바라며 AG보육원으로 향했다.

"아름 씨!"

긴 주행 끝에 드디어 목적지에 도착했다.

차에서 내린 최창수는 보육원 문을 확 열며 그녀의 이름을 외쳤다. 보육원 원생과 교사들의 시선이 자신에게 쏠렸다.

"대, 대표님? 왜 그러세요?"

"아름 씨 어디 있습니까?"

"원장님이요? 애들이랑 산책하러 나가셨는데요? 한참 전에 나가셨으니 슬슬 돌아오실 거예요."

"나가기 전에 아름 씨 안색은 어땠어요? 요 근래 혹시 피로한 모습을 보인 적은 있고요? 아무거나 좋으니 얘기 해 보세요."

마음이 다급했다.

한아름은 자신에게 있어 은인 중 한 명이니까.

그녀가 적극적으로 지원해줬기에 BJ로서도 큰 성공을 이룰 수 있었고, 그녀를 만났기에 미디어 패션과 손을 잡아 이 자리에 오를 수 있었다.

요 근래 일이 바빠 안부전화도 못 한 자신이 원망스러워졌다.

교사들도 한아름의 건강상태를 최창수로부터 들어서 알고는 있다. 그래서 작더라도 그녀에게 문제가 생기면 바로 최창수에게 보고를 하게 되어있지만 따로 연락은 없었다.

"딱히 문제는 없던 거 같은데요?"

"그래요? 산책 이 근처로 갔죠?"

"네. 근처 중학교 운동장으로 가셨어요."

"알겠어요, 수고하세요."

바로 두 다리를 움직이려고 했다. 그리고 뒤로 딱 돈 순간. 저 멀리서 원생에게 둘러싸여 웃고 있는 한아름이 보였다.

"아름 씨!"

"어머, 창수 씨? 어쩐 일로 왔어요?"

"혹시 건강……!"

"헐~ 날도 추운데 무슨 땀을 이렇게 흘려요?"

말을 끊은 한아름이 코트 안주머니에서 손수건을 꺼냈다. 따스한 온기가 담긴 그녀의 손수건이 이마를 적신 땀을 훔쳤고, 눈이 마주치자 상냥하게 미소 지었다.

불안한 마음이 사르르 녹아내릴 정도로 상냥한 미소였다.

"아름 씨."

그 상냥함을 거두고 그녀의 손목을 잡았다.

"저랑 병원 좀 갑시다."

"……병원은 왜요?"

"정기검진 안 받은 지 한참 됐죠? 혹시 모르니까 저랑 같이 가요."

요즘은 건강하니 괜찮아요. 한아름이 그렇게 대답을 하기도 전에 최창수가 그녀를 차에 태웠다.

잠시 후, 두 사람은 서울에 위치한 최강대학병원에 도착했다.

"창수 씨, 나쁜 꿈이라도 꿨어요?"

순번을 기다리며 한아름이 물었다. 오랜만에 보육원에서 봤을 때도 그렇고, 대학병원으로 오는 내내 최창수는 어딘가 불안한 표정이었다. 기다리면 말해줄까 싶었지만 꽉 다문 입은 좀처럼 열리지 않아 먼저 묻게 됐다.

"나쁜 꿈이기만 하면 다행이죠……."

"네?"

"우선 검사부터 받고 오세요. 기다릴게요."

"아, 네……."

얼떨떨해 하며 그녀가 자리에서 일어났다.

'오랜만에 받는 검진이네.'

검사복으로 갈아입으며 그녀는 과거를 떠올렸다.

예전에는 정기검진 때만 되면 가슴이 불안하고 우울해졌다. 늘 부정적인 소식만 들었으니까. 한편으로는 정말 큰 병에 걸렸으면 하고 바라기도 했다.

하지만 최창수를 만나고, 점점 건강을 회복하면서부터는 정기검진이 딱히 두렵지 않았다. 이제는 좋은 소식이 찾아올걸 아니까.

"하아…… 별 문제 없겠지."

한숨을 푹 쉬며 휴대폰을 꺼냈다.

"말해도 믿지 않겠지. 말할 수도 없고……."

운수 대통령을 확인했다.

〈운수 대통령님, 목표가 발생했어요!〉

〈달성 조건 : 한아름을 살려라〉

〈보상 : 소원 게이지 100%〉

"시발…… 불안하게 진짜."

여태껏 운수 대통령이 준 목표는 전부 자신의 성장과 관련됐었다.

이번처럼 타인의 생명이 달린 목표는 없었기에 더욱 불안했다.

'하필 목표를 줘도 이딴 걸 주냐! 아름 씨한테 뭔 일이 생기는 거냐고!'

답답한 마음에 소리라도 지르고 싶었다.

"최창수 보호자님. 한아름 환자 검진 끝났습니다."

제발 건강해라. 간절히 기도하며 몇 시간 동안 다리를 떨고 있자 간호사가 자신을 호명했다. 긴장을 삼키며 진료실에 들어가자 평상복으로 갈아입은 한아름과 무뚝뚝한 표정의 의사가 보였다.

"한아름 씨 보호자시죠?"

"네."

"우선 검진 말입니다만……."

의사가 말끝을 흐렸다. 설마 진짜 문제 생긴 거냐? 의사의 다음 말을 기다리며 입을 뚫어져라 바라봤다.

"건강합니다."

"……네?"

"건강하다고요. 몇 년 전과는 비교도 안 될 만큼 모든 수치가 정상입니다. 가장 큰 문제였던 심장도 정상인과 다를 거 없고요. 의사 경력만 40년인데 이런 경우는 처음이라 놀라우면서도 기쁘군요. 제 담당 환자가 더 이상 병원에 올 일이 없어졌으니까요."

"하아…… 다행이다."

안도감에 한숨이 절로 나왔다. 옆에서 그 모습을 바라본 한아름은 고개를 갸웃거렸다.

"창수 씨, 이제 괜찮아요?"

"네. 괜찮습니다. 아름 씨 말대로 나쁜 꿈을 꿨었거든요. 제 기우였네요. 그래도 혹시 모르니 오늘 하루는 저하고 같이 있도록 해요."

"아내 분은요?"

"얘기하면 이해해줄 테니까 괜찮아요."

한아름을 살리라는 게 생명과 관련된 일이 아니라, 다른 일이길 바라며 그녀와 함께 병원에서 나왔다.

그 날.

최창수는 한아름과 함께 보육원에서 하루를 보냈지만 딱히 이렇다 할 문제는 발생하지 않았다.

'어쩌면 오늘이 아닐 지도 몰라. 잠시도 긴장을 풀면 안 돼.'

보육 교사들에게 더 주의를 주고, 수시로 한아름에게

안부 전화를 하기로 마음먹었다.

하지만 일주일 동안 아무런 일도 발생하지 않았고.

결국 살리라는 게 어떤 뜻인지 정확히 알지 못한 채, 결혼식 당일의 해가 밝았다.

100%

송근태 현대 판타지 장편소설

다섯 번째 이야기
결혼

운수대통령

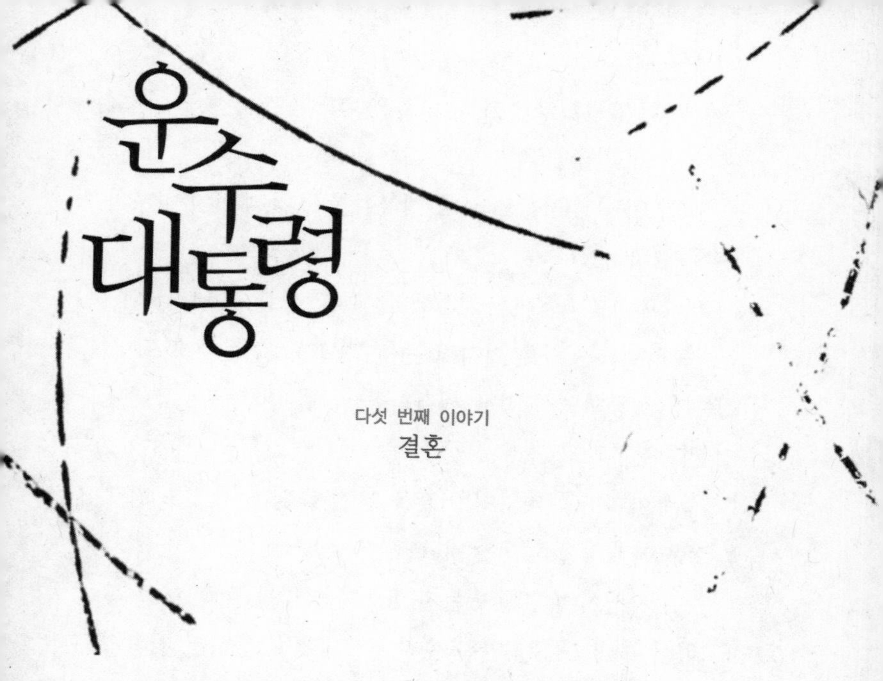

다섯 번째 이야기

결혼

드라마에서나 볼법한 사랑의 두 사람의 결실.

그 결실을 세상에 알리게 된 장소는 영등포에 위치한 웨딩 로열샵이라는 곳이었다.

11층에 달하는 건물은 총 5000평에 주차장은 600석, 그 외 신혼부부의 결혼을 최대한 축복해줄 수 있도록 인테리어는 물론 사소한 것에도 신경을 썼다.

그만큼 대관 및 식사에 필요한 비용도 상상을 초월할 정도…….

"여보."

최창수와 서유라의 결혼식이 이뤄질 식장.

22개의 식장 중 가장 넓고 가장 화려한 공간을 본 최창수의 어머니가 말했다.

"우리 이혼할래요?"

그 한 마디에 거울을 보며 넥타이를 고쳐 매던 아버지의 손이 우뚝 멈췄다.

그리고 자신의 귀를 의심했다. 결혼 생활 40년 가까이 돈 문제 말고는 싸운 적이 없는 부부사이, 그 돈 마저도 최창수가 성공하면서 전부 해결되어 몇 년 전부터는 동네에서 잉꼬부부라고 불리고 있다.

그런 아내가 난데없이 이혼을 입에 올렸다. 그것도 자랑스러운 아들의 결혼식 날에…….

순간 자신이 뭘 잘못했는지 바쁘게 머리를 굴렸고, 곧 동의 없이 몰래 산 300만원 짜리 골프채를 들켰다는 결론을 내렸다.

"그, 여보. 내가 미안해……."

"네? 뭐가요?"

"말도 없이 비싼 골프채사서…… 나도 슬슬 돈이 생기니까 취미생활로 눈이 돌아가더라고."

"풉, 당신 혹시 오해했어요? 내가 한 말은~ 이혼하고 이 결혼식장에서 다시 결혼하자는 거였어요!"

어머니가 다시 식장을 둘러봤다.

아줌마가 되고 할머니가 되도 한 번 여자는 영원한 여자.

경제 문제로 초라한 식장에서 결혼한 두 사람. 아버지와 달리 어머니는 계속 아쉬움이 남는 모양이었다.

"흠. 조만간 지인만 몇 명 불러서 한 번 더 올릴까?"

"글쎄요. 당신이 골프채를 사서 돈이 될지 모르겠네요."

어머니가 싱긋 웃었다.

그 미소에 아버지는 할 말을 잃고 며칠은 언행을 조심해야 할 듯 싶었다.

'우리 아들, 넌 절대 아내한테 잡혀 살지 말거라.'

식이 끝나고, 몰래 아들을 만나 유용한 정보를 몇 개 줘야겠다고 생각했다.

시간이 지나자 하객이 하나 둘 늘어났다. 서유라의 친구, 최창수의 친구, AG기업 직원, 사업 지인 등등. 그 종류는 다양했고 모든 하객이 자리를 차지했을 때는 무려 300명에 달했다.

"유라는 좋겠다, 남편 잘 만나서 이런 식장에서 결혼하고."

"유라가 우리 중에서 가장 성공했네~. 이럴 줄 알았으면 더 잘해줄 걸."

"와, 창수가 진짜 개천에서 용 난 케이스 아니냐? 중딩 때 같이 공부 포기해서 든든한 동료였는데, 자기 혼자 성공했네."

"걔는 천재라니까? 우리랑 놀고 공부 하나도 안 하면서도 중간은 했잖아. 아, 친구가 잘 나가는 사업가니까 괜히 나까지 어깨에 힘이 들어가네. 친구 부심 좀 부릴 수 있겠어."

소란스럽게 떠드는 하객들.

신랑 대기실에서 그 모습을 바라본 최창수는 기분이 좋았다.

'오랜만에 보는 애들이 많네. 몇 명은 안 올 줄 알았는데.'

입대 전까지는 학창시절 친구들과 자주 연락하면서 교류를 가졌다.

하지만 입대 후 정신없이 바빠지면서 자연스레 연락이 끊겼다. 그때부터 친구란 관계를 이어가기 힘들다는 걸, 성인이 되면서부터는 친구를 사귀기 힘들다는 걸 깨달았다.

이번 결혼식을 통해 과거의 인연을 되살릴 생각이었는데 다행히 현실이 됐다.

"최창수 신랑님. 메이크업 할게요."

방금 막 도착한 메이크업 아티스트가 말했다. 식장에서 눈을 뗀 최창수는 바로 신랑 대기실로 향했다.

최대한 더 잘 생겨지게 메이크업을 하고, 조심스레 옷을 갈아입었다.

"와우, 정말 잘 어울리세요!"

메이크업 아티스트가 진심으로 감탄을 터트렸다.

거울 속 자신의 모습.

머리는 거센 폭풍에서 빠져나온 것처럼 자연스럽게 흐트러져 있었고, 화장 덕분에 좋은 피부가 더욱 하얘졌다.

화장도 제법 마음에 들었지만 무엇보다 시선을 사로잡은 건 바로 옷이었다.

'역시 우리 회사 최고의 디자이너야.'

이번 결혼식에서 입을 의상은 전부 서유라가 직접 디자인해 만들었다. 그녀가 직접 만들었다는 사실만으로도 평범한 옷이 더욱 특별해보였다.

신랑에 비해 신부의 준비시간이 훨씬 길다.

최창수는 그녀의 준비과정을 직접 보기 위해서 신부 대기실로 향했다. 그리고 문을 연 순간…….

"아."

"……미안."

가슴패드를 사용하려는 서유라와 마주하게 됐다. 조용히 문을 닫고 밖에서 기다리기를 10분. 슬슬 그녀의 가슴이 달라졌을 거 같아서 다시 문을 열었다.

"끝났어?"

마치 아무 일도 없었다는 듯, 시치미를 뚝 땐 서유라가 거울에 비치는 최창수를 바라봤다.

"나야 할 게 뭐 있나. 구경하려고 왔어."

"안 돼, 다 끝나고 봐야 더 예쁘지."

"지금도 충분히 예뻐."

웨딩드레스를 입은 서유라. 흰색은 평범하다는 이유로 입은 올 블랙의 웨딩드레스는 놀라울 만큼 잘 어울렸다.

거기에 메이크업 아티스트 다섯 명의 정성어린 화장은

그녀의 외모를 더욱 아름답게 해줬다.

고데기로 만든 웨이브 진 머리카락은 그녀를 동화 속 공주처럼 만들어줬다.

"가슴이 커졌네?"

"……조용히 해라."

"크기는 상관없는데."

"조용히 하라니까!"

무신경한 그의 태도에 창피함이 분노로 바뀐 서유라가 고개를 확 돌렸다.

"헉!"

그리고 아이섀도가 눈가를 지나쳐 이마에 선을 쫙 그었다. 졸지에 개그 프로그램에서나 나올 법한 얼굴이 된 그녀는 말없이 최창수를 사납게 노려봤다.

"나가겠습니다."

서유라와 결혼을 준비하면서 함께 있는 시간이 길어졌다. 자연스레 여자의 분노가 얼마나 무서운 줄 알게 돼 조용히 밖으로 나왔다.

우우웅.

그녀가 나오기만을 기다리고 있자 휴대폰이 진동했다.

〈아이고, 우리 창수 ㅠ_ㅜ;; 생에 한 번 뿐인 결혼식인데 못 가서 어떡해~ 오늘은 민아랑 있어줘야 해서, 다음번에는 꼭 갈 테니 너무 슬퍼하지 마라!〉

신소율이 보낸 문자였다.

아직 벌건 대낮이건만, 첨부된 사진 속에는 술판 속에 있는 신소율과 초민아가 찍혀 있었다. 게다가 초민아는 벌써부터 흠뻑 취한 표정이었다.

〈괜찮아. 사진 찍으면 보내줄게. 그리고 생에 한 번 뿐인 결혼식이라면서 다음번이 어디 있냐 ㅋㅋㅋㅋ〉

두 사람에게도 청첩장을 보냈었다. 신소율은 오겠다했지만, 초민아는 아무리 두 사람을 인정했어도 결혼식을 보면 난리를 피울 거 같다면서 참석거부를 표했다. 그리고 애꿎은 신소율을 붙잡아 하소연을 하고 있다.

우우웅.

또 다시 휴대폰이 진동했다.

답장인 줄 확인한 최창수의 눈이 휘둥그레졌다.

〈운수 대통령님, 목표가 도착했어요!〉

〈달성조건 : 모두의 축하를 받으며 행복하게 결혼식 치루기〉

〈보상 : 소원 게이지 200% / 인생 포인트 100 / 원하는 능력 무료 업그레이드 1회〉

"짜식. 너도 내 결혼을 축하해주는 구나."

10년 동안 함께 한 운수 대통령.

이제는 둘도 없는 친구나 마찬가지였다.

"그러고 보니 정식판이었으면 저 보상이 전부 두 배였네."

"뭐가 두 배야?"

신부 대기실 쪽에서 목소리가 들렸다.

고개를 돌리니 모든 준비가 끝난 서유라가 서 있었다.

"……누구세요?"

아까 전 봤을 때하고는 비교도 안 되게 달라져 있는 그녀의 모습. 여자의 변신은 무죄라지만 이 정도면 유죄이지 않나 싶을 정도였다.

"못 알아볼 만큼 예뻐졌나 보네?"

"예쁘다. 화장도 자연스럽게 잘 됐고 드레스도 딱 네 옷이고."

이 세상에 미녀를 안 좋아하는 남자가 어디 있는가? 기쁜 마음에 그녀를 확 껴안았다.

"가슴도 더 커졌네."

"……꼭 한 마디 더 많아요."

서유라가 웃으면서 그의 등을 가볍게 두들겼다.

30분 후면 식이 시작된다.

두 사람은 이런저런 얘기를 나누다가 시간이 되자 식장 출입문 앞에 섰다.

〈최창수 신랑, 입장합니다. 모두 박수로 맞이해주세요.〉

방송과 함께 문이 열렸다. 열렬한 박수세례와 좋은 감정만 담긴 눈빛들을 받으며 최창수가 레드 카펫 위를 걸어 단상에 올라섰다.

〈서유라 신부, 입장합니다. 모두 박수로 맞이해주세요.〉

이번에는 서유라의 차례였다.

그녀는 아버지의 손을 잡고 우아한 걸음걸이로 레드 카펫 위를 걸었다. 최창수 때보다 더욱 거친 환영을 받으며 그녀가 단상에 올라섰다.

"신랑도, 신부도. 정말 아름답고 멋지네요. 그렇죠?"

이번 결혼식의 사회자를 맡은 서은결이 활기차게 말했다. 대학 시절 시작한 BJ활동을 현재도 잇고 있는 그, 유명 BJ반열에 올라 남부럽지 않은 인생을 살고 있는 만큼 사회자로 제격이었다.

"식을 시작하기 전에! 신랑과 신부의 부모님의 한 마디 듣겠습니다."

서은결이 마이크를 갖고 두 사람의 부모님에게 향했다.

"우리 아들, 꼭 엄마 아빠처럼 행복한 결혼생활 해야 한다! 그리고 절대 아내한테 붙잡혀 살면 안 돼! 남편은 위엄이 있어야 해, 위엄이!"

“딸! 아빠도 남자라서 저 심정을 알아. 남편 너무 꽉 붙잡지 말고 잘 살도록 해.”

두 사람의 아버지는 남자의 심정으로 말했다.

하지만 어머니들은 달랐다.

“아직도 우리 유라가 애처럼 보이는데 벌써 드레스까지 입었네…….”

“두 사람 다 너무 잘 어울리네. 행복하게 잘 살아야하고, 아프지 말고, 집에도 간간히 얼굴 비치렴.”

마치 이 결혼식을 마지막으로 이별이라도 하듯, 눈물까지 보이며 서글픈 감정을 드러냈다.

두 사람은 울컥해진 가슴을 달래며 걱정하지 말라는 듯 웃을 뿐이었다.

다음 차례로 두 사람의 어린 시절, 그리고 사귀면서 찍은 사진이 한 편의 동영상으로 스크린 속에서 재생됐다.

그 후 두 사람의 절친, 그리고 한석구나 임명진 등 회사 대표들이 나와 한 마디씩 축하 연설을 말했다.

일반인 하객 입장에서는 친구를 정말 잘 뒀다고 다시 한 번 생각하는 시간이었다.

몇 몇은 단상으로 나와 두 사람의 결혼을 축복하기 위한 장기자랑을 펼쳐 식장을 웃음바다로 만들기도 했다.

“자, 그럼 마지막으로!”

드디어 결혼식의 하이라이트가 찾아왔다.

“행복하게, 절대 싸우지 않으면서, 검은 머리가 파뿌리

될 때까지 함께하겠다는 맹세의 키스를 나누겠습니다! 최창수 신랑, 반지 여기 있습니다."

"고마워요, 선배."

서은결이 건넨 반지 함을 받았다. 그 안에는 들어있는 다이아 반지. 두 사람이 함께 고른 물건이었다.

반지 하나를 꺼내 조심스레 서유라의 약지에 끼웠다.

"나도 끼워줘."

"응."

행복하게 웃으며 서유라가 최창수의 약지에 반지를 끼웠다.

서로 그 모습을 바라본 후, 조심스레 눈빛을 맞췄다. 키스 정도야 몇 번 했지만, 이토록 많은 사람 앞에서 하려니 조금 창피해졌다.

그녀의 마음을 읽었는지 최창수의 고개가 서서히 가까워졌다.

"꺄악!"

"터프한데!"

이윽고 닿은 두 사람의 입술.

주로 두 사람의 친구들이 소란을 피웠고, 서은결이 한 술 더 떠 분위기를 달궜다.

"두 사람! 두 사람의 입술이 찰싹 달라붙어서 떨어질 줄을 모르네요! 결혼! 진짜 결혼했어요!"

최창수가 먼저 입술을 뗐다.

"소란스럽네."

"그러게. 그래도……."

서유라가 주변을 둘러봤다.

웃으면서 자신의 결혼을 축하해주는 수많은 사람들.

"너랑 결혼하게 돼서 기뻐."

길고 굵었던 소원 하나가 드디어 이뤄졌다.

···◈···

결혼식의 마지막이라 하면 무엇일까?

바로 부케 던지기다.

"유라야, 꼭 나한테 줘야 해!"

"넌 남자 친구 있잖아! 유라야, 나 줘! 나 제발 시집 좀 가자!"

아직 결혼하지 못한 하객들이 간절한 눈빛으로 서유라를 바라봤다.

대충 부케를 던지려던 서유라는 누구를 향해 던져야 하나 고민에 빠졌다.

결혼식장에서 부케를 받은 사람은 올해 안에 결혼한다는 미신이 있으니까.

'에잇, 모르겠다!'

간절한 눈빛이 너무 많아, 정말 간절한 사람은 알아서 받으라는 듯 부케를 휙 던졌다.

하늘에 떠오른 부케.

최창수의 아내가 던진 것이니만큼 더 좋은 사람과 결혼할 수 있을 거라 생각했는지 여자들이 세일 중인 백화점을 방문한 아줌마처럼 몰려들었다.

"어?"

하지만 부케는 생각보다 멀리 날아갔다. 그곳에는 따라온 원생들의 손을 잡고 있는 한아름이 서 있었다.

"아름 씨, 받으세요!"

최창수가 말하자 한아름은 어쩔 줄 몰라 하며 두 손을 뻗었다. 그리고 운동신경이 전혀 없다는 걸 증명하듯 얼굴로 부케를 받았다.

"헉!"

그뿐이면 다행이지. 생각보다 충격이 컸는지 한아름이 뒤로 넘어졌다. 원생들은 웃고, 하객들은 우스꽝스러운 그 모습에 조심스레 폭소를 자아냈다.

그 속에서, 걱정하는 건 오직 최창수 뿐이었다.

'설마……!'

아직 해결하지 못한 목표 중 하나.

한아름을 살려라.

혹여나 방금 넘어진 걸로 뇌진탕이라도 일어난 게 아닐까.

아무리 사소한 거라도 운수 대통령이 말한 이상 그녀의 생명에 해를 입힐 수도 있다. 다급한 마음에 서유라의 손을 놓고 바로 그녀에게 달려갔다.

"아름 씨! 괜찮아요?!"

"……아이고, 아파라."

하지만 걱정과 달리 한아름은 붉어진 코를 문지르며 바로 몸을 일으켰다.

걱정하지 말라는 듯 활짝 웃으며 그녀가 물었다.

"얼굴로 받아도, 받은 걸로 쳐주죠?"

"……아마도요."

"진짜요? 그럼 저도 올해, 누군가에게 시집가겠네요?"

그제야 서서히 피어오르던 걱정이 눈 녹듯 사라졌다.

"원장님 누구랑 결혼해요?"

"저 원장님 좋아요! 저랑 결혼해요!"

초등학생 쯤 되는 원생들이 다가와 그녀를 부축해줬다. 한아름은 좀 더 크면 생각해보겠다면서 부케를 들고 일어났다.

부케 던지기까지 끝나면 사실상 결혼식은 끝난 것.

남은 건 맛있는 뷔페 음식을 맛보면서 대화를 나누는 것뿐이다.

"유라 너 진짜 예쁘다! 드레스 직접 만든 거야?"

"너 보니까 나도 어서 결혼하고 싶어지네…… 그전에 남자 친구부터 사귀어야겠지만. 어디 좀 괜찮은 남자 없니?"

"나도 좀 소개 시켜줘! 지금 남자 친구 너무 별로라서 조만간 헤어질 거야."

콩고물 하나라도 얻어먹으려는 듯 친구들이 서유라에게 달려들었다. 남편이 훌륭한 사업가니 그 주변 친구들도 잘나갈 거라는 생각 때문이었다.

"하하, 글쎄……?"

하지만 최창수 주변의 친구는 대부분 평범한 직장인이다.

친구들이 원하는 조건의 사람은 대부분 아저씨 뿐……. 하지만 눈빛을 보니 몇 몇은 대머리에 배불뚝이 아저씨라도 능력만 있으면 좋아할 듯 싶었다.

"축하하네, 창수 군."

한편, 최창수는 대기업 고위 임원들과 얘기를 나누고 있었다.

마음 같아서는 친구들과 평범한 얘기를 하고 싶었지만 이것도 업무의 일환이라 어울려야만 했다.

"마음 같아서는 아름이랑 잘 됐으면 바랐지만, 그래도 축복하겠네."

한석구가 말했다.

자신의 딸에게 인생의 의미를 부여해준 최창수.

이 남자라면 믿고 한아름을 맡길 수 있었지만 이제는 다 끝난 일이었다.

"아름 씨는 저보다 더 좋은 사람 만날 테니까 너무 걱정하지 마세요."

"흠, 그러길 바라야지."

"뺏어간 내 손녀 마음은 어쩔 겐가?"

이번에는 철강산업 회장인 엄병철이 다가왔다.

"엄 회장님, 오랜만이시네요."

"네가 바쁘다고 하정이랑 안 놀아주니 오랜만이겠지."

엄병철이 퉁명스럽게 말했다. 마음만큼은 최창수의 결혼을 축복하고 있지만, 하나 밖에 없는 손녀만 생각하면 잔소리가 저절로 나왔다.

"하하…… 하정이는 같이 안 왔나요?"

"안 오긴 왜 안 와, 저기 있지."

엄병철이 가리킨 곳으로 시선을 돌렸다.

그곳에는 몰라보게 성장한 엄화장이 홀로 휴대폰을 바라보고 있었다.

'나랑 회장님 말고는 아는 사람이 없지…….'

조심스레 그녀에게 다가가 말을 걸었다.

"하정아, 안녕. 오랜만이네?"

"아, 오빠."

자신이 20살 때 첫 만남을 가졌던 엄하정. 벌써 중학교 2학년이 되어 있었고, 그때 말한 것처럼 미녀로 잘 자라줬다.

"결혼 축하해요. 신부인 언니 정말 예쁘네요. 저 같은 건 상대도 안 돼요."

"음, 유라가 예쁘긴 하지만 하정이 너도 예뻐. 느낌이 딱 학교에서 얼굴마담 할 거 같은데?"

"헤헤…… 남자 애들한테 인기 있긴 해요. 그만큼 저 싫어하는 여자애들도 많고요."

"다 네가 예뻐서 그래. 기죽지 말고 지금처럼 건강하게 잘 살아! 공부도 열심히 하고. 그리고, 하정이 어릴 적에 나눴던 약속 못 지켜서 미안해."

엄하정이 아직 초등학교 저학년이었을 때. 그녀는 틈만 나면 최창수에게 성인이 되면 꼭 결혼하자고 말했었다.

어린 애의 말이라 알겠다고 했건만, 설마 그 마음이 아직까지 이어지는 줄은 몰랐다.

"괜찮아요. 친구들이 그러는데 첫사랑은 이뤄지지 않는다면서요? 전 아직 어리니까 충분히 오빠 같은 사람 또 만날 수 있을 거라고 생각해요."

"그럼! 나보다 훨씬 더 좋은 사람 만날 수 있어. 하정이는 예쁘고 착하니까."

최창수가 웃으면서 엄하정의 머리를 쓰다듬어줬다. 예전부터 그 행위가 기분 좋기만 했는데. 눈앞에 남자가 이제는 임자가 있다고 생각하니 조금 부담스러워졌다.

중학생이라도 우선은 여자니까…….

· · · ◈ · · ·

모두의 축복 속에서 막을 내린 결혼식.

최창수와 서유라는 바로 인천국제공항으로 향했다.

"VIP석은 이렇게 생겼구나……."

비행기에 오른 서유라가 감탄을 터트렸다. 이코노미 석은 평범하면서도 꽉 찼다는 느낌이 심했는데 VIP석은 여유로움 그 자체였다.

승객이 적어 여유 공간이 널찍하고, TV와 컴퓨터도 이코노미하고는 비교가 안 됐다.

"좋지? 나도 이번이 두 번째인데 몇 년 사이에 더 좋아졌네."

"네 덕분에 이런 것도 다 타보네. 비행기는 학생 때 제주도 갈 때 말고는 타본 적도 없는데."

"앞으로 자주 타게 해줄게."

승무원에게 짐을 넘기고 창가 자리에 앉았다. 조금 기다리자 비행기가 슬슬 이륙준비를 하기 시작했다.

이윽고 비행기가 떠오르고, 시야에 들어오는 건 새하얀 구름과 간간히 보이는 작아진 대한민국뿐이었다.

"기뻐 보이네?"

"당연히 기쁘지! 이게 몇 년 만에 여행인데!"

여행을 정말 좋아했지만 사회인이 되면서부터는 회사에서 벗어날 생각 자체를 못 했다. 자신이 없으면 회사 업무처리가 그만큼 늦어지니까.

"20살 때 LA간 게 마지막이니까. 와! 9년 만에 여행이네. 어릴 적에는 내가 사업가가 될 줄 몰랐는데."

"그럼 뭐가 될 줄 알았어?"

"방랑자. 세계를 자유롭게 누비면서 살아갈 줄 알았어."

"안 이뤄져서 다행이네. 하마터면 나까지 네 여행길에 동참할 뻔 했으니까."

"그러게. 나중에 한가해지면 더 길게, 더 자주 여행가자."

대기업의 대표.

게다가 푸드푸드와의 계약으로 인해 AG기업은 전례 없을 만큼 바쁜 상황이다.

이번 2박 3일 신혼여행도 잠을 줄이고 또 줄이며 업무를 처리한 끝에 겨우 갈 수 있었다.

"AG기업 망하면 가려고? 그때면 둘 다 꼬부랑 노인네겠다."

"망할 일이 없는데 그러면 평생 못 가나?"

"풉, 역시 우리 신랑. 자신감 하나는 끝내줘."

웃으면서 서유라가 최창수의 엉덩이를 팡 두들겼다. 화들짝 놀라 그녀를 뚫어져라 쳐다보자 서유라가 쿡쿡 웃었다.

"왜? 창피해? 내가 내 거 엉덩이 좀 만지겠다는데?"

"……점점 아줌마처럼 변하는 거 같다?"

"여자는 늙어 죽어도 아가씨거든요?"

분풀이라도 하듯 서유라가 최창수의 엉덩이를 더욱 쌔게 잡았다.

• • • ◈ • • •

잠시 후.

두 사람은 세계에서 가장 아름다운 도시 1위인 몰디브에 도착했다.

"예쁘다……."

"그러게. 이래서 아름다운 도시라고 하는 거구나."

예약한 리조트 근처에 도착한 두 사람의 발걸음이 멈췄다. 시야에는 몰디브의 푸른 바다가 꽉 차 있었다.

바다 속이 훤히 비치는 아름다운 바닷가.

몰디브는 워낙 작은 섬이라 환경오염이 극히 적은 곳이다. 그러다 보니 바다 속에 무엇이 있는지 한 눈에 알 수 있을 만큼 투명하고, 깨끗한 곳에서만 자라는 식물이나 야생동물도 간혹 보이는 곳이었다.

행복한 결혼을 축복받기 충분할 정도로 아름다운 곳이라 신혼부부가 자주 찾는 여행지였다.

"이것 봐, 소라 고동도 있어. 파도 소리가 들려."

"고운 소리네. 저기는 야자수도 있네. 옆 가게에서 코코넛 파는데 하나 사갈까?"

"응!"

두 사람은 바로 가게로 달려가 코코넛을 구매했다. 달짝지근하면서도 시원한 야자 즙이 목을 촉촉하게 적셨다.

"좋다……."

리조트에 짐을 전부 두고 해변으로 나왔다.

단지 해변에 앉아 멍하니 바다를 바라보기만 할 뿐인데, 사랑하는 사람과 함께 있다는 이유만으로 이 시간이 더할 나위 없이 행복했다.

"3일 동안은 일 생각 말고 푹 쉬자."

"그래야지. 잠도 못 자게 계속 끌고 다닐 거야."

데구르르…….

얘기를 나누고 있자 비치볼 하나가 굴러왔다. 한 손으로 집어 저 멀리 달려오는 서양 꼬마에게 돌려줬다.

"부모님이랑 왔나?"

"여기 사는 애일 수도 있지. 왜?"

"음…… 있잖아."

최창수의 손을 잡으며 그녀가 고개를 돌렸다. 잠시 머뭇거리나 싶더니, 조심스럽게 입을 열었다.

"애는 몇 명 가질까?"

"……어?"

"자식 말이야. 예전에는 애들 봐도 별 생각 없었는데, 결혼까지 하고 나니 생각이 조금 달라졌어. 너하고 날 꼭 빼닮은 애가 있으면 좋겠어."

"남자? 여자?"

"상관없어. 우리 둘의 애면 충분해. 너는 바빠서 육아가 힘들 테니까, 내가 대신 할게. 나는 업무량만 줄어들면 애 돌보면서 충분히 소화해낼 수 있으니까."

"음……."

한 번도 생각해본 적 없는 문제라 바로 대답이 나오지 않았다. 딱 결혼까지만 생각했으니까. 그 뒤로는 행복하게 산다는 거 말고는 계획을 세워두지 않았다.

"만약 첫째가 여자라면 둘째도 가지겠지만, 첫째가 남자면 그걸로 만족할 거 같아."

"그래?"

"응. 괜히 남자애 두 명 낳았는데 나중에 내 자리 갖고 싸우면 어떡해. 가족끼리 불화 있는 건 죽어도 못 본다."

"헤헤, 그럼 첫째는 여자! 둘째는 남자! 두 명만 낳자!"

서유라가 신이 나서 말했다.

"나 있지, 애기들 이름도 벌써 다 생각해놨어. 딸이면 최설하! 아들이면 최설우야!"

"……로맨스 소설에서나 나올법한 이름이네."

"특이한 이름처럼 인생도 특이하게 살아가라는 뜻이야. 나는 애 낳으면 내가 못했던 거 다 시켜줄 거야."

"공부만 시키는 엄마만큼은 되지 마라. 난 방임주의로 키울 생각이야."

"그건 차차 합의보고~ 음……."

"왜 그래?"

"아냐."

뭔가 말 하려던 서유라가 고개를 획 돌렸다. 그뿐이면 모른 척 하겠지만 갑자기 붉어진 얼굴이 의심스러웠다.

잠시 생각하자 그 이유가 떠올랐고 최창수가 장난스럽게 말했다.

"애 만들러 갈까?"

"……뭐, 뭐래!"

생각했던 게 그의 입에서 나오자 화들짝 놀랐다. 짓궂게 웃는 그를 몇 번 때리고 난 후 서유라가 붉어진 얼굴을 무릎에 파묻었다.

"그, 그런 건 밤에 하는 거거든……."

그 날 늦은 새벽.

무슨 일이 있었는지는 두 사람만의 비밀이었다.

〈6권에서 계속〉